# 午后的繁花

陈建华

著

中国出版集团

东方出版中心

图书在版编目（CIP）数据

午后的繁花 / 陈建华著. －上海：东方出版中心，
2020.8

ISBN 978-7-5473-1661-0

Ⅰ. ①午… Ⅱ. ①陈… Ⅲ. ①随笔－作品集－中国－
当代 Ⅳ. ①I267.1

中国版本图书馆CIP数据核字（2020）第116002号

## 午后的繁花

著　　者　陈建华
策　　划　刘佩英
责任编辑　张芝佳　唐君宇
封面设计　钟　颖

出版发行　东方出版中心
地　　址　上海市仙霞路345号
邮政编码　200336
电　　话　021－62417400
印 刷 者　上海盛通时代印刷有限公司

开　　本　890mm×1240mm　1/32
印　　张　8.25
字　　数　158千字
版　　次　2020年8月第1版
印　　次　2020年8月第1次印刷
定　　价　68.00元

# 自　序

陈建华

这些随笔杂七杂八，多少带点文艺腔。初次收编成集，总要取个书名，脑中跳出"午后的繁花"，再想想别的，也没有想出更合适的。其实是一种记忆的连接，其中有些隐秘闪烁的东西，如点滴火星的烬余，不知哪阵风又把它燃烧起来。

20世纪80年代我在复旦读博，偶尔有内部电影可看，那天汪跃进带我们去外文系看《去年在马里昂巴德》，说是一部有关爱情记忆的影片，看完后画面在脑际久久回荡：一个舞会的镜头，突然定格，男男女女神情木然，灵魂出窍，又分秒活了过来。在木然的间隔里，我也好像在另一片天空里飞翔。汪跃进说这部影片当初在巴黎放映给知识界带来震撼，赛过洗脑。大约十年之后我在哈佛遇见他，知道我在跟李欧梵先生读现代文学，他就哈哈笑起来说我"堕落"了，指我从前是学古典文学的。虽是玩笑，不过确实哈佛向来崇尚古典，直到90年代才开始设置中国现代文学这一学科，并请李欧梵先生担任教授。那时汪跃进已经跟巫鸿先生念完美术史博士，后来在哈佛任教，至今好多年了。

小时候看电影，每一次都激动无比，由班主任带领我们去影院集体观看，比如《鸡毛信》、《地道战》等，像是一种文化仪式，经历另一种人生，悲壮而神奇。后来看内部电影，一听到《清宫秘史》和《桃花扇》的歌曲就不得了，人好似软瘫一样，荡气回肠之中仍然伴着战栗的罪恶感。

最初看玛雅·黛伦的《午后之网》是因为选修了布鲁诺的电影课，她说电影史有写实和奇幻两个源头，分别以卢米埃尔兄弟和梅里爱为代表。虽然她在课上这么讲，但实际上却把《午后之网》作为奇幻类型的典范，我想这跟布鲁诺的女性主义立场有关。玛雅是一个来自俄国的天才女子，在美国一心要拍吃力不讨好的现代主义艺术片，没拍成几部片子，却成了文化另类。说实在的，《午后之网》很短，只有二十分钟，最初是在卡朋特视觉艺术中心（Carpenter center for visual arts）看的，无厘头的叙事让我一头雾水，而镜头异常唯美，在我心头激起阵阵惊喜的涟漪。其实整个学期最令我神往的是文德斯的《柏林苍穹下》，我的学期论文是对片中女主角的背影作美学分析，批作业的是布鲁诺的助教，一个美国小伙子，给了我A，批语说：excellent throughout！（通篇精彩！）

在哈佛读书还有闲心思写点诗文自娱自乐。《午后之网》只看了一次，却在脑中挥之不去，片中的钥匙、镜子、匕首和花的意象与恐怖、爱情、谋杀的母题一起在记忆中发挥作用，和我从唐人街搭乘小巴去纽约一路上车速飞快的惊险体验，和第五大道纽约现代艺术博物馆的现代主义的破碎噩梦般的观感，和讨论班上《金瓶梅》、

《海上花》的阅读经验交杂在一起，掺和着些许颓废情调，梦幻般散落在一些散文篇章里。

在香港教书的时候，一年里总有回上海老家的机会，多半是出公差、开会或去图书馆查资料。有一回淘到玛雅·黛伦的碟片，双碟套装，有她的三部影片，另有一部她的传记片，那份惊喜难以形容。于是对玛雅的生平大感兴趣，等于做学术研究，借助香港科技大学图书馆的几本参考书，写了一篇《蓝火：玛雅·黛伦的镜像舞台》，发表在林贤治主编的《人文随笔》杂志上。

我和林先生的交情比较特别，若用"铁肩担道义，妙手著文章"来形容林先生，一点都不过分。他写了不少书，始终能保持尖锐清晰的思路，很不容易。有时和他通个话，他的那股浩然正气总会震动我，他对专搞学术的人似乎不那么看得起，对我也有所提醒。不过大约因为我从前写过诗，他才对我另眼相看。那是通过在日本的刘燕子，她主编的一本叫《蓝》的文学杂志介绍了20世纪60年代上海的文学活动，林先生觉得不应该让文学史被忘记，所以他为我出版了《陈建华诗选》，除了诗，还有我的"诗传"以及关于当年写诗的一些直白的回忆，也是在他的督促下赶出来的。

没想到这本诗选竟会产生某种"蝴蝶效应"，把我带回了家。记得先是张真给我发邮件，说他的好朋友唐颖——有名的上海小说家——喜欢我的诗集里的上海味道，问我几时去上海，可跟她聊聊。我是在波士顿认识张真的，是通过孟浪，一位真诚的诗人，很可惜前年因病走了。张真来自上海，早在70年代便是知名女诗人，去美国芝加哥大学读博，专攻电影。

讲这句话已经好几年过去了，唐颖经常在国外，因此总和她错过，倒是见到了金宇澄老师，《上海文学》的编辑，他从唐颖那里知道我，确切地说他们好像在水面上发现了一枚60年代的风筝，勾起了他们有关上海的乡愁。一个明亮的下午，我去巨鹿路作家协会拜访了金老师，下楼坐在隔壁的咖啡店里，他细长个子，上海腔调，额头刻着人生，从前叫"老侠客"，现在会叫"老司机"。我们相见恨晚，我比他大几岁，除了书里已经写过的，讲不了多少，他却会讲故事，对细节有一种天然的痴迷，跟我讲这咖啡馆的老板娘是《上海文学》的读者与作者，讲他在黑龙江插队的见闻，并把专写插队故事的《洗牌年代》赠予我，又说这是他早年写的东西，因为一直做编辑，看得太多反而不敢写不想写了。和他初见的感觉好像把我从书斋里拽了出来回转到了大千世界。

大约一年之后老金发来电邮，说他在写小说，一部上海人的小说，在一个"弄堂"网上连载，他说他边写边跟网友互动，越写越"扎劲"，所以一发不可收。那就是后来的《繁花》了，现在大家都知道这部小说。我想他搁笔二十年，一旦动了真念，便水到渠成，正是长期累积的结果。关于《繁花》我写过一些文字，它至今走势犹劲，说明其意义远远超出了上海，虽说海派文学咸鱼翻生是新世纪以来的气运所致，也须有足以当之的底蕴。《繁花》写出了上海人骨子里的世故世俗，而书中"不响"的修辞像阿多尔诺所说的"否定辩证法"，把从《海上花》到周瘦鹃、张爱玲的文学传统提升到一个新的层次。

这是这本小书书名的由来，大概不免"攀林（贤治）贴金（宇澄）"之嫌。其实书中的每一篇文章都有故事。我是做文学与文化研究的，书写与发表涉及生产与流通过程，少不了媒体及其编者的辛劳付出，在此小文里难以一一表达我的感激。再作一番自我观察，或许应了钱锺书的"围城"的比喻，在我身上表现为在学术与文艺之间滑进滑出，我不断提到少年时代写诗的事，还是一种文青心结在作怪。如果读者有兴趣，可在本书《悲剧共同体：舞台剧〈繁花〉观后记》一文里看到，剧中姝华念我的诗句，是我的诗选中《梦后的痛苦》的一段。在观看《繁花》的第二天，我发了一条微信："昨夜在美琪观《繁花》，见门口冒寒等余票者。与饰演姝华、小毛合影，乃剧中念拙诗者，幸甚感甚！全剧倾力赴演，场中笑声连连，谢幕时掌声满贯，诚可喜可贺！遂赋一绝：申江雪后献鸭春，俊靓鸳蝶赏《繁花》。桂冠世情张恨水，羡煞只手胜芳华。"至于那篇剧评，我向来出手慢，大约过了一个月才写就。

两月前金老师微信上问我："陈兄大作'梦中美景……'写于1967？还是更早？"又说："书中沪生背诵时在'文革'之前，有点牵强。""说是姝华抄的，她一个表哥写的，我只能答之是表哥最初草稿。"大概有人较真，金老师也认真，要落实小说或戏剧所引的诗句的具体时间。我回答说："不必拘泥的，在《繁花》里是另一条汉子。"又说："谢谢给另一个梦。"本来小说中引用他人的文本，是一种艺术手法，如郁达夫的短篇小说《黄仲则》即为再创作，与黄仲则的真实历史是两码事。然而金老师邀我去看戏，与演员们认识，对我来说十分开心，不啻是传奇性经历，不惜把虚构回复到真实，这也是金老师的厚道处。事实上我的感激不止于此，至今记忆深刻的是他当初就直言不讳，说我的"诗传"写得太简单，建议我重写，甚至把我的诗作为素材来写小说。

2013 年我从香港科技大学退休便回上海，一晃六七年，虽说我生于斯长于斯，到底出去了二十多年，石门路上的老家早已消失，摩天大楼拔地而起，记忆受到挤压，由是不免陌生。但是人情不变，旧雨加新知，可喜的是认识了不少搞创作的，正所谓"无友不如己者"，我的人生与写作愈加丰富，虽然我的学院围墙仍在，却如这眼花缭乱的世界，真实与虚构之间的界限变得模糊起来。

唐颖也终于见到，几年前在上海当代艺术博物馆举办的一场国际学术研讨会上，也见到她的丈夫张献，80年代上海先锋戏剧的引领者。后来接二连三读到她出版的小说，如山阴道上应接不暇。那个研讨会是旅法建筑专家张梁组织的，名曰"市民都会：上海现代城市的样本"，本书第一篇谈海派文学的即收在那次会议的手册里。张梁笔名"南方"，以前在北美做过《今天》杂志的编辑，我们是在那时认识的。我在会上作了关于我在60年代的诗歌创作与波德莱尔的报告，题目也是张梁出的，去年他向我约稿，要我写成文章，至今还没交稿，真不好意思。

由于东方出版中心副总编刘佩英女士的厚意、责编唐君宇的细心编校，这本小书得以呈现在读者面前。我在这里对她们表示衷心感谢。这将给我带来许多难忘的人和事，对我的写作而言是一种新的动力。

2020年2月22日于香港铜锣湾南洋酒店

# 目　录

# 悲剧共同体：
# 舞台剧《繁花》观后记

　　看舞台剧《繁花》已是年前的事了，那晚感动而享受，还有台上演员读我的诗，顿生一种奇特的感觉回不过神来。因为读过小说，也写过评论，因而会关注剧本的改编。其实我在剧演一开始便受震撼，舞台上布景设置具空间概念，情绪给多媒体的影像与音乐带动起伏，感官跟不上，这些超乎我对戏剧的期待，当然也是我的无知，对当代话剧了解甚少。想谈点感受又想最好再看一次，正逢年节纷纭，记忆中台词场景与微信上的报道评论时时如碎弹来袭，现在要讲的还是原初印象，略带点反思。

　　先是金老师问我 1 号是否有空，不巧我 31 日要离开上海，于是给我定了 30 日去看。他告诉我小说里引到我的一首诗在剧中出现，我觉得惊喜而有趣。说有趣，这是"文革"初期写的一首诗，在《繁花》里文学青年姝华把其中一段抄在日记里，是她"表哥"写的，小说这么借用本是《孽海花》式伎俩，不料我自己先把它坐实

与舞台剧《繁花》中姝华和小毛扮演者的合影

了。11月里在思南书店当店长时，主持人要我当场朗读自己的作品，我一时情急就念了这首诗，这么借光《繁花》自扮"索隐派"角色，事后想想有点老面皮。这回是老金的主意，那晚我到了美琪大戏院门口就见到舞台导演马俊丰，他把我带到后台，到化妆室门口正好闪出一个小伙子，马导说这就是小毛，我冲口说：像！个子小结结，两目炯炯，似比小说里的更加鬼精灵些。又见到姝华，一股文雅书卷气，也像！马导跟他们说诗就是我写的，大家高兴莫名，一起拍了照。后来看了节目表，知道扮演小毛的是杜光祎，姝华是 A 角王文娜。

我在看戏时，老金发了微信朋友圈："本诗是 1964 年上海唯一'地下诗人'陈建华所作，引自小说《繁花》1964 年姝华的手抄本，作者托词是她'表哥'。舞台上的姝华和小毛，今晚见到了这位大表哥。"并附了三张图，我的诗句、小说里一页、我和两位演员的合影。我的脸给鸭舌帽遮着，好像怕见光似的。

次日我也发了朋友圈："昨夜在美琪观《繁花》，见门口冒寒等余票者。与饰演姝华、小毛合影，乃剧中念拙诗者，幸甚感甚！全剧倾力赴演，场中笑声连连，谢幕时掌声满贯，诚可喜可贺！遂赋一绝：申江雪后献鸭春，俊靓鸳蝶赏繁花。桂冠世情张恨水，羡煞只手胜芳华。"微信限于字数，仅表达个感动而已。在民国文坛上张恨水最会讲故事，写了几十部小说，人情通透，文字硬软适中，几可谓只手遮天雅俗通吃，张爱玲对文字算得洁癖，对张恨水则大为称道。最后一句的"只手"另有所指，张恨水写了几十部小说，以《啼笑因缘》最为著名，被改编成电影、评弹、绍兴戏等，而《繁花》更有过之。我曾以《世俗的凯旋》为题撰文，认为《繁花》激活了久已失落的自晚清《海上花列传》以来的城市文学传统，数年来这部小说魅力不衰，其实也是世俗文化繁盛所致，这样的发展势头是健康的。另外老金近来不断在画插图，画中经常见到一只没头脸的手在搬弄大小物件，大约也是雕筑造化的一种隐喻吧。

回到那晚剧场，开头震惊之后便进入舞台世界，敏感中不免挑剔，生怕一树繁花被风吹雨打去。见到小毛因为姝华难过而怒怼阿宝、沪生"滚！滚！"时，我不禁冒个粗口，大约不久前在文化广场看过百老汇的《金牌制片人》，文化人爆粗口家常便饭，如果小毛说一句"册那"也好些，虽然小说里是没有的。看到20世纪90年代阿宝成了宝总，怎么风里来雨里去老穿同一件风衣啊？见到小毛把留声机搬到楼下，和银凤、大妹妹、兰兰一起偷听王盘生的《碧落黄泉》，想起当初读到小说里他们关在三楼上房间里那一段描写，何等荡气回肠，舞台上空荡荡的，没了闷锅里的情欲气氛，不免惋惜。然而银凤对小毛说"做男人的，要勇敢"，为之叫赞。尽管这里那里觉得不足，三个钟头里把我神经吊足，情绪回应像全剧一样流畅紧张，尤其是场息之后剧情进展干脆利落，伴随李李的痛苦自述，高亢的音乐把我吊到山巅有点吃不消，最后沪生读信，是姝华的声音，落到"人生是一次荒凉的旅行"一句，顿觉五内震动，井蛙惊雷，舞台揭盖，通天透亮。落幕中掌声不歇，音乐升起。"花花世界，鸳鸯蝴蝶，在人间已是癫，何苦要上青天，不如温柔同眠"，在温馨回荡中渐次抚平心灵的风暴之旅。

原先听说要把《繁花》搬上舞台，心里嘀咕，话剧经典首选《雷雨》、《茶馆》，皆以"三一律"讨巧，《繁花》的人物与故事头绪多如牛虻，搔不着一身痒。用上海话来演，好似改写话剧名片，倒为之好奇，这有助复制上海风味，不过小说里上海方言好似洒在响油鳝丝上的胡椒粉，其神韵在于传统说书加现代节奏，上千个"不响"是绝响，要改成舞台剧，怎么个弄法？然而看了演出之后，这些顾虑烟消云散，对于剧演好歹大家已经谈论很多，我想其之所以成功，正在于对原作"神韵"的把握，由"形似"臻乎"神似"之境，为小说量身定做，却找到戏剧的自身语言，改编固然是重要环节，而作为舞台的整体呈现，从剧本、导演到音乐、灯光、舞美等缺一不可，换言之经过小说与戏剧之间的不无辛苦的协商过程，创造了独特的戏剧形式。当然这一切都在导演马俊丰的新锐构想与精心调度之中。

首先对舞台的空间处理独具匠心，脱落了话剧的写实传统而作适度的抽象。开演前便见到舞台上搭建了一个平台，左右楼梯一直一横，画面略具蒙德里安式的线条切割意味，放上剃头店座椅和红蓝白标记便是小毛的石库门弄堂，放上书架便是南昌公寓的沪生家里，道具与背景影像的变换使画面随意拼贴。的确，这给我带来一种奇妙的体验，当人物从楼梯上上下下，这平台变成实景，当沪生与小毛走在街上，在国泰电影院、大自鸣钟、苏州河、拉德公寓、天主堂等影像变换中平台楼梯被虚化了，我的视觉系统摄镜般在自动调节焦距，在空间的想象参与中渐次融入戏剧世界，赏心悦目中我的焦虑松弛了下来。

相对来说20世纪90年代的场景较为简单，以饭桌为主景，合乎原作却带来挑战。全球化时代的饭局文化风云变幻，八方出风，与从前集体主义不同，把重心落到个体，转台的运用起了至关重要的作用，既避免画面呆板，同时展示各人的心理风景，个个情通四海。尤其是常熟徐宅一场，通过对白、表情与动作将情欲、金钱与权力之间的纠葛表现得活色生香。小说里男女双档评弹原是在天井小戏台，舞台上则被安置在右上角，宛如一幅空间镶嵌的工笔画，扬声顿挫，兴味浓郁。这样抽象与具象糅合的舞台风格含先锋性，却是适度的，合乎我们碎片式的时空体验，既易于为大众接受，也在培养一种新的观剧方式。

开放的想象空间压缩了时间，也为自由吞吐小说的巨大容量提供机遇，而舞台改编在写真写意之间颇费思量。本来《繁花》中人物在双轨叙事空间之间穿梭，情节并非依照线性时序开展，时空如记忆般错置，改编充分利用这一点而重构叙事空间，如姝华给沪生的信在小说中场便出现，而舞台上则为全局收官。这部戏是讲三兄弟，然而几个女人——姝华、银凤、李李和汪小姐的感情跌宕起伏掌控着观众。银凤红杏出墙、汪小姐飞蛾投火、李李玫瑰溅血和姝华的荒凉旅程，男欢女爱各具典型，无不映射出时代风云变幻。编剧拉出这几条感情线，台词不离原作，提炼到位，警句迭出。"至真园"饭局一场，苏安跑出来当着众人的面对汪小姐厉声吆喝，叫她去打胎，在小说里其实是"轻悠悠"说的，但舞台对全场情绪掌控有自己的寒暑表，接下来幕间休息，风暴留在观众脑中。

《繁花》市井气息浓厚，情欲表现直捣人心，形式上重拾说书传统，而叙事结构、隐喻与节奏等具先锋性，因此在雅俗之间如何把握，做到张爱玲说的要低俗又要"从里面打出来"，是个难题。剧本在银凤、汪小姐与李李的处理上直指真性，原汁原味，包括李李口中的"金逼、银逼"够魄力（不见字幕也是一法）。的确，情网密布，套路应有尽有，对多重感情线要作选择，容易落入溺情煽情的陷阱。李李与阿宝的拍拖是一条线，至其自述一场戏在转台上痛苦扭曲，音乐极渲染之能事，小说里是在阿宝怀里讲的，戏剧的处理使坐在旁边的阿宝显得尴尬，然而从全剧进程来看，这大约算是高潮了，对于满足观众的期待无可厚非。但我认为接下来姝华的信，在悲剧的启示中落幕，意味更为深长。

有论者认为戏剧叙事淹没了原作的悲悯态度，我觉得"悲悯"是一回事，而不可忽视的是剧本显然着眼于悲剧性，且表现得极其精微。回顾全剧，姝华的戏份最为吃重，看似没有大起大落，而悲情是诗意的、递进累积的，负荷着一代的记忆。她表哥的诗读了两次，为原作所无，另一次是小毛读的，不仅为她的悲剧气质，也为其周围的悲剧共同体作铺垫，她也是三兄弟的暧昧对象，这些都比原作显豁。她从东北回来精神失常，仍打听蓓蒂和钢琴的下落，使我大受震动。须指出小说里蓓蒂、阿婆如鱼般人间蒸发的故事富于象征意味，虽然蓓蒂等未出现在舞台上，但通过众人为她寻找钢琴与她们的下落表现出集体的悲痛，多少保留了原作的诗性表达，对此编剧可谓煞费苦心。因此姝华仍不忘蓓蒂，当然与她的疯癫有关，让人体会到悲愤的力度。最后她与沪生绝交，信中说，"我们不必再联系了，年纪越长，越觉得孤独，是正常的，独立出生，独立去死。人生是一次荒凉的旅行"，似乎随遇而安接受了命运，悲哀的意蕴却更为深广，既是个人的也是时代的，其实也是20世纪90年代生存状况的镜像映现，相对于李李的悲痛自述可视作另一个高潮，在历史与现实之间形成"参差的对照"，这与非单线结局的《繁花》也异曲而同工。

姝华的命运选择不免悲怆，却含一种"正常"的人生态度，遂显出人性的复杂。对于剧中各人的遭际可有多种解释，却像姝华一样无不显示文明进程中人性的困境，这唤醒我们的同情与思考。因此在处理情爱方面避免了肤浅与宿命，而在切实而复杂的人性基础上把整个舞台剧撑了起来，这也多半拜赐于话剧自身上扬高开的传统。

舞台剧充满实践与革新精神，也体现在上海话的运用上，其效果乃意外之喜。三兄弟之间上下只角沪语的区别、徐总的苏北腔、林太的台湾腔等显出五方杂处及其历史质地，加上苏安的苏州话、李李的北方话等于五湖四海，不仅突破了"方言"的界限，对于话剧来说也有传统更新的意义。

总之舞台剧之于原作可说是形神具足，非常不容易，非常成功！金老师要我多提意见，要说不足只是觉得这里那里还推板一眼眼

（差一点点），比方说多媒体影像或可穿插几张黑白照，还可加一点怀旧，或者可给男人们加一点不算骂人的口头语，特别在饭局上，或者给阿宝和沪生多加点戏。不过接下来还有第二、第三季，我相信这个年轻人主打的班底朝气蓬勃，已经把《繁花》的种子播向未来，后劲还有更多精彩！

原刊《上海书评》2018 年 2 月 27 日

# 死缠和赖活

## ——《图雅的婚事》观后

说起第六代导演，一个时新话题是为他们的票房成功设计方案。这可以理解——其中有多少酸甜苦辣。但他们当中很不一样，不必条条大路通罗马。像娄烨、王全安和张元、张扬在起点上不同。前者是从复杂开始——指电影的叙事策略而言。所谓简单即相对于复杂比较会讲故事，能接近大众、靠近票房，像张元他们在这方面的转向没遇到太大的麻烦，虽然要拍片同样不那么容易。

娄烨的处女作《周末情人》里，那不是"罗马假日"，伤心的雨下个不停，在《苏州河》里还是伤心，下个不停，甚至到后来打湿了"紫蝴蝶"的翅膀。在我看来第六代电影当中，《苏州河》也许是叙事结构最复杂的片子，女主人公的双重叠影与第一、第三人称叙述脉络的错综交织，而稠密的影像文本中另有不止一个"次脉络"（sub-context），如精心编织的各种跨国商业品牌，而不断出现的雨的图景则给整个影片情绪铺设了基调。

王全安的处女作《月蚀》也追求复杂的叙事，也玩基耶斯洛夫斯基式"双重"（double）游戏，在断续的回忆和展开的故事之间不连贯、反逻辑，故意造成扑朔迷离之感——正版的后现代风格。《图雅的婚事》则给人以返璞归真之感，叙事紧凑，以有情人成眷属的喜宴结局，但正中有奇，一部独特的爱情悲喜剧，无论是内容与形式，大有咀嚼之处。

影片开始的镜头，一个人躺在地上，与《月蚀》的开头似曾相识，余男被车撞了，但这回是一个男的开摩托车自己撞了，不在繁华的都市。来了一群羊，令人想起布努艾尔或戈达尔影片里的羊群，对现代都市反讽的神来之笔。这回是王全安的羊群，不是稀稀拉拉几只，是稀里哗啦一大片，由是展开了茫茫内蒙古草原的浪漫风情。紧接着骆驼出现了，上面坐着余男，这回她是救人的。是的，这部片子仿佛更是为她和骆驼量身打造的，厚厚的嘴唇发挥了善良忍耐的优势。

图雅的婚事真正开始，是在乡公所办离婚手续之时。公务员问谁负责巴特尔，图雅的回答没有像预期的那样说将巴特尔交给他的姐姐，而是说跟她一块过。公务员又问："那算是什么离婚？""那个男人会同意吗？愿意吗？"但图雅还是那句回答："反正谁跟我养巴特尔，就嫁给谁。"

这样的"婚事"离奇而荒诞，不消说让公务员傻眼，对于看热闹的观众，也激起好奇和期待。的确，不光是电影，即使爱情故事，古今中外不知说了多少，还未看到如此出奇过。我相信大千世界无奇不有，也相信这样的故事有事实根据，但一旦诉诸艺术再现，就像艾略特说的，不免用传统和经典的尺度来评头品足一番了。文艺作品中的"尤物"也不算少，就图雅这一形象的"陌生化"而言，也占一席地。或者不说外国的，如果放到近现代"新女性"的长廊里，至少从她吊诡的自主性而言也别具一格。像20世纪20年代中国影片中常见的典型，对丈夫和家庭仁至义尽，具有悲剧性的"妇德"，但她的婚事又给男人以难堪（最近金庸先生在北大谈起林黛玉会给男人带来"尴尬"，不过比起图雅，这种"尴尬"大约只算是小菜一碟），其中不无现下女权的诉求。

与鸳蝶情深的丈夫离婚出自经济原因，为了求生存。丈夫是残疾，还有两个孩子，一家生计本来就靠图雅，现在她身体出了毛病，离婚再婚是死里逃生，不仅为她自己，也为一家人。然而，求婚者络绎不绝，谁也不接受图雅的苛刻条件，不是不接受图雅，而是不接受巴特尔。终于等到了救星——宝力尔，图雅的中学同学，开采石油发了大财，从分文莫名到"成功人士"，还离了婚，是个"钻石王老五"，于是她的眼里闪烁着光芒，这一回草原上升起了彩虹。

"经济"是一条副线，影片以寥寥数笔，却浓彩艳色地勾画出大草原的改革风貌，富于当代气息。当宝力尔驾着他的私人轿车，带着图雅一家四口，在新婚之旅中，也让我们看到了整齐的公路、新兴的城镇、豪华的宾馆。的确这根线好像由宝力尔画出来的，跟他的发财致富的传奇连在一起。

镜头主要对准的是图雅一家的"经济学"。其实这一家子不算穷，拥有几十头羊的家产，一头三百几十元，也算个"万元户"。但要命的是图雅每天要往返二三十里去打水，给骆驼担了水，自己得走回来。宝力尔挑在图雅打水的时候，问山长水短，随即披露了求婚之意，充分发挥了他的世故的聪明，也点中了她的情穴。

其实这"情穴"是一口井，其深度完全超乎经济的想象。为了炸一口井，巴特尔毁了他的腿，变成个残疾。这也是图雅的苛刻条件，出于道义和责任。宝力尔看到水，没看到井，他以为只要使这一家人背井离乡，就脱离了祸根。他把巴特尔安置在福利院，当夜在宾馆里向图雅求欢时，俩人的对白：

"宝力尔，答应我一件事。"

"我都答应。"

"叫巴特尔以后跟咱们一块儿过，别的咋都行。"

"这咋怎么行呢？我也是场面上混的人，这不叫人家都笑话死了，你叫我以后还怎么做人？"

"让巴特尔住在福利院那个地方，等于把他杀了。"

"一样的，你叫巴特尔跟我们住在一块儿，不是把我也杀了？"

结果是有缘没情，好事不成。宝力尔得知巴特尔在福利院里割脉自杀，才发现这头婚事，包括图雅，远非那么简单如意。从两人对白中"杀"的比喻来看，他意识到自己在情场上厮杀。自己不能去死，就得认输。影片表现了宝力尔的慷慨，不仅在钱财上为巴特尔付了医药费，也在感情上。在处理宝力尔这一角色时，影片没有重复"为富不仁"的老调，白黑分明，通过他所表现的不仅是社会变动，也是不同价值观的较劲。虽然着墨不多，却简洁老到。既然是两条道上的车，跑不到一块，就各走各的。

图雅赶到医院看巴特尔，一面责备他寻短见的下策，一面拿起酒精瓶给孩子（应当是酒精吧？），要全家一块死。这一场景令人鼻酸。好像在这里，第六代"摄影机不说谎"的信条发挥了威力。围绕着图雅的婚事揭示了生活的某种真实，那种与自然斗争而孤立无援的生态，至今仍发生在遥远的一角，这一家人的绝望境地只是一个缩影。但令人不无困惑的是，图雅一边要大家一起死，一边说："这家人谁也不能死。"看似语无伦次，却触及她的动机和行为之间的暧昧或矛盾，而在揭示现实的同时，更进一步探索了人性的某些复杂之处。我想这部片子能抱回柏林金熊，一个原因是其中有猜不透的谜在。

"这家人谁也不能死。"说什么也没比活着更重要，大概可算是一种赖活哲学，也是在"无粮的土地"上挣扎的呐喊。但活法不止一种，为什么一定要拖着巴特尔？让他住进福利院，未尝不是放生一法。对于巴特尔，没有图雅不能活，因此要死缠。从图雅方面说，藕断丝连，也是真情所寄，不愿埋葬过去，对未来缺乏信心，因此也要死缠。如孟老夫子讲的，仁爱之心，与生俱来，而对于这陷于困境的一家子来说，求生即求爱、求被爱，其强烈之程度超乎温饱之上。事实上凭借这"赖活"和"死缠"之间的张力，影片展开了一波三折的爱情、生存与死亡之旅。

一家人回到原地，故事重新开始。另一个男人插了进来，为了赢得图雅的芳心，在她家门口打井，不惜重蹈覆辙，做巴特尔第二。不消说对这一家子无异于绝处逢生，影片的情节开展也峰回路转，柳暗花明。然而让观众跌破眼镜的是，晚来的求婚者不是别人，是影片一开头躺死地上的森格。在抢救巴特尔的过程中，他见义勇为，有过漂亮的表现。在观众眼中，森格貌不惊人，猥猥琐琐，谁也瞧不上这一笑柄似的角色。他一心想发财，为的是填满他老婆的欲望，结果还是填不满，眼睁睁看她跟别人飞走。

但回过头看，他对图雅早已垂涎三尺。图雅也瞧不上森格，却也照顾有加，不说一开始就令他起死回生，后来也还是为了救他，把自己的腰扭伤，导致她丧失劳动力。尽管她无心插柳，却也生死相随，两人之间的友情发展不乏温馨与信赖。因此前面所有的情节铺垫，都已指向结局，竟丝丝入扣，无一冗笔。这番森格跑到了前台充当婚事候选人，虽属意外，却也在情理之中。同样让人跌破眼镜的是他的求婚一点都不窝囊，当图雅表示她实在不愿眼看悲剧再度发生时，森格振振有词说他早已置一己生死于度外，且死生有命，不需她担心，这一番表白足使她心动。在与巴特尔的争夺战中，他赢了，图雅呢，跌落又一个陷阱。

井呵井，女人呵女人，都是为了一口井。对图雅来说，是祸，是福？而她自己难逃"祸水"的诅咒？她要的是井，还是男人？从图雅陷入的尴尬，我们看到一个女人的命运与一口井绑在一块，现代生活仍披上了悲伤过去的阴影。难道命中没有更幸福的恋爱经验？而为了一口井要担起难以负荷的道义与责任？不过，井的历史与文明一般古老，象征着苦难与希望，其意象也一再激发艺术的想象和创造。在《图雅的婚事》中，井扮演了一个关键的角色，却既非"老井"，也非"盲井"，就女人与井的关联方面，拉开了源远流长的文学传统，这里不能细说，想想几个女人投井的传说，也似乎是一首永恒的哀歌。某种意义上，《图雅的婚事》以置男人于尴尬的方式唤醒行将消逝或急于忘却的文明的古老记忆，一个平凡女人演出一段悲喜交杂的新传奇，突显了乡土、亲情、家庭和责任的价值。

影片接下来在图雅、森格和巴特尔的三角生死恋之间展开，井的死结越打越紧，叙事上毫不松懈，在描绘图雅的心理方面却跌宕起伏，展示一种诗意的节奏，与草原风光融为一体。尤其在连续几个镜头中，对于图雅心理转变的刻画不动声色，却深入纤微。先是她在山上遥望森格他们在继续打井，她的儿子远远向她欢呼第五十八次爆破时，影片巧妙地用孩子的欢乐衬出图雅的内心紧张和挣扎，也说明孩子早已接受了森格。接着图雅回到屋里，在厨房里煮奶茶，茶底已是情潮沸腾，与打井工地暗通款曲。值得注意的是这一厨房画面一反整个影片大红大绿的基调，色调特别柔和。图雅也换了素淡花纹的上衣，暗示她内心的温柔，犹如黄昏的平静和期待，但传来一声爆响，勺子从她手中跌落——心中顿起波澜。

接着她站在梳妆镜子面前，端详自己，和森格会面前的一刻，整理一下发鬓，整理一下内心，也是下定某种决心的前兆。从镜中看到巴特尔正在给女儿喂饭，这略带冷漠的一瞥意味深长，暗示着她和两个男人关系的微妙变化，对于巴特尔来说，已经输定了。

《图雅的婚事》在电影叙事方面由繁入简，但简中有繁，标志着王全安成熟的"作者印记"（auteur signature），凝练中有激荡和奇崛。围绕"井"的坐标中枢编织死缠和赖活的经纬，整部电影文本具有细密的质地。从死缠方面说，始终紧扣剧中人物欲罢不休的爱欲，表现了人性，追其原始，还是 20 世纪初由好莱坞经典"情节剧"（melodrama）奠定的基础。就在图雅和森格定情之后，影片又设置悬念，即森格寻妻不归，风雪中图雅失去羊群，继而接受又一次求婚。正当出嫁之时，森格突然出现，带回了离婚证，图雅喜怒交加，与他扭打翻滚于草原，由是把激情的表现推向高潮，也把"情节剧"的精髓发挥得淋漓尽致。

另一方面赖活的叙事脉络及其美学特征显示出浓郁的本土性。不光是反映当代生活，富于真实感，在表现手法上也忠于第六代对

"真实"的理解，不夸张、不煽情，与好莱坞模式保持距离。如在刻画图雅的内心变化时，几乎不用镜头特写，因此别具含蓄的诗意，给观众留下空间。在表现图雅和森格对手戏的场景时，如她下井与他定情以及俩人在草地上激情翻打（看看李安《卧虎藏龙》中玉娇龙与罗小虎的打滚戏，近景，狂吻，把美国女孩都迷翻了），也不过如此。然而最精彩的是影片的最后一幕，婚事却不以皆大欢喜终结，喜宴变成了闹剧，巴特尔又在酩酊中寻死觅活，和森格过不去，帐篷外图雅的儿子因为一句"两个爸爸"的侮辱而同邻家孩子打得死去活来。这一结局的处理既给观众的欣赏习惯带来挑战，也给"情节剧"加入"黑色"（film noir）成分，颠覆了好莱坞经典叙事的传统（这里"好莱坞"也是大致上说，其实30年代起步的"黑色片"也是在好莱坞机制里产生的）。

最后的镜头与片头相重复，我们看到图雅独自躲在一角，掩面而泣。一切都失控了，喜宴如何了结？麻烦才刚开始。影片似乎不让人回避"真实"，那是一个女人和一口井的命运，一首古老的长恨之歌从远处飘来。

原刊《书城》2007 年 10 月

# 蓝火：玛雅·黛伦的镜像舞台

　　约十年前在哈佛上电影课，一开始老师讲西方电影的两大传统，一是发轫于卢米埃尔兄弟的写实主义传统，二是由梅里爱开创的抽象、幻想的表现手法。后者的示范电影却是20世纪40年代美国女导演玛雅·黛伦（Maya Deren）的《午后之网》（*Meshes of the Afternoon*）。一部仅十四分钟的黑白片，没什么故事情节，但那种梦幻的气息，诗意的画面，令我印象深刻。影片中一连串意象——花、匕首、镜子、钥匙以及爱情、谋杀的隐喻，后来被编织到我的一篇题为《四枝花和我的钥匙》的噩梦般迷狂的散文小品里，只是主人公换成几个清末的青楼女子。那时也在上韩南先生的讨论班，一部《海上花列传》读了一个学期，满脑子弥漫着一个世纪之前的十里洋场的颓废情调。

　　前两个月去上海开会，市面上得两张碟片，都是黛伦的，真是喜出望外。一片是她的几部"实验"电影，《午后之网》当然在内；

另一片叫《在玛雅·黛伦之镜中》，有关她的传记。看了之后，觉得以前课堂里看的，像是蜻蜓点水。而现在呈现在我眼前的，是玛雅，一个来自俄国的奇女子，与美国"先锋"电影运动极有关系，被尊为独立制片的创导者。好几天里，我是满脑子玛雅·黛伦，为她的才华惊叹，又惋惜。她死于1961年，仅44岁，一生如蓝色的火团，短促而绚烂，神秘而热烈，不由令我联想到张爱玲，虽然两人十分不同。我找了几种有关她的研究论文，也读到她写的才气横溢的电影理论，在香港科技大学图书馆还能见到她在海地做研究拍摄的片子，于是对她越发钦佩，也越发产生了好奇。

挥之不去的是她的眼神，印在碟片的封套上，是《午后之网》的一个镜头。她站在窗前，美丽的脸庞不是纤巧温柔的类型，狮子头的发型，满头蓬松的头发，向四处散发光热；一双大眼睛，像是注视，带着迷惘，其神情难以捉摸。特别是悬在胸前的那一双手，摊开的手掌，像要贴近玻璃窗，却又犹豫着，像一头小鹿，充满疑惑、惊惧。事实上在影片里，她站在窗后看到了一个黑影，手里拿着一枝花，在下面匆匆走过，黑影蓦然回首，面孔如白板，却是一面镜子。

玛雅的眼神交织着细腻的、难于言传的紧张，不仅在《午后之网》中，还出现在其他几部片子里，常以特写的手法表现之。她的影片实验性很强，刻意表现运动的韵律、诗意的抽象，即使她在其中扮演角色，并不含故事成分，她也明确声言她的电影不屑于表现个体的心理经验，然而时时出现她的眼睛的特写，却构成了玛雅的连贯的内心叙事。她蓝火般燃烧的生命、不竭的创造意志和外在世界之间，总好像隔着一层玻璃，从她的眼光里透出某种不安和脆弱。

玛雅·黛伦《午后之网》

那种"隔"的感觉也一直在我观看的经验里。玛雅喜欢为她的电影作解说，一口纯正的美腔英语，速度极快，把那些新颖的理念表述得极其清晰，听上去刮拉松脆、咄咄逼人，完全是一种"美式"的自我表现，跟她的眼神给我的感受对不上号。

玛雅原名爱莉诺拉·黛伦考斯基（Eleanora Derenkowsky），1917年生于乌克兰的基辅，一个犹太家庭里。父亲是心理医生，家境富裕，由于纳粹的反犹太运动，于1922年举家迁至美国，居住在纽约。玛雅自小受美国教育，先后在纽约大学和史密斯学院获得学士和硕士学位。20世纪40年代初跟随非裔舞蹈家凯萨琳·邓菌来到洛杉矶，遇见流亡的捷克导演哈米德（Alexander Hammid），于是坠入爱河，和他合作拍摄了《午后之网》。1944年两人定居纽约，在美国"前卫"艺术的大本营格林威治村租了个公寓，日子过得清苦，但专注于艺术创造，认识了法国女作家阿奈·宁（Anais Nin）、亨利·米勒（Henry Miller）等。她拍片的合作者如约翰·凯奇（John Cage）、马塞尔·杜尚（Marcel Duchamp）等，都是先锋艺术的顶尖人物。

玛雅喜欢海水、蓝色、镜子、猫，更爱好自由。敢想敢为，衣着和言行惊世骇俗，一头爆炸般的卷发，或穿低胸的连衫裙，至20世纪60年代为青年所仿效。她不满自己的名字，于是哈米德为她取了"玛雅"，意谓"水"，乃"菩萨之母"，在印度教中指戴着面纱的女神，不让世人窥见她的真相，也即具"幻象"的寓意。

从此玛雅热情投入电影制作，如她自述："我是个笨拙的诗人，习惯于图像思考，盘踞我脑海的永远是画面，而诗不得不把图像化为语言。当我手中拿着摄影机，不必借助语言翻译，对我来说是如鱼得水。"然而始料不及的是，这却是一个神话的开端。在好莱坞摄制的《午后之网》意味着向主流挑战，有人把玛雅比作从好莱坞偷取火种的普罗米修斯。她也有意宣导独立制片，认为最初电影的发明同电报、飞机等现代技术并驾齐驱，为人类许下解放的诺言，但好莱坞电影工业被"机制化"，追逐娱乐和赢利，已经远离了"解放"的理想。

《午后之网》获得1947年戛纳电影节"先锋"奖。1950年玛雅和一些社会名贤成立"创作电影基金会"，支持独立制片。

1946年玛雅借格林威治村某剧院举办首次个展，放映《三部被遗弃的电影》，即《午后之网》、《在陆地》与《为摄影机的舞蹈学研究》，成功地展示了"先锋性"。无疑玛雅接续了梅里爱的超现实奇幻传统，欧洲电影自20世纪10年代以来，发展出科幻、鬼怪、恐怖等类型，如费依雅德的《吸血鬼》、韦恩的《卡里加利博士的小屋》、弗立茨·朗格的《大都会》等，遂使这一作派大放异彩。但玛雅另辟蹊径，与那些"第二世界"的"超自然"幻境不同的是，《午后之网》介乎真幻之间，在日常场景中制造"诡异"效果，这倒与布努埃尔的《一条安达鲁狗》的"超现实"风格相近，虽然她更追求一种诗意的残酷。影片一开始展示一条幽径，旁边参天的棕榈树，午后灼热的阳光，很有洛杉矶的情调。突然从上方垂下一只纤手，放下一朵花，在观众的心底泛起涟漪。玛雅出现了，捡起了花，看见前面一个黑色的身影，也拿着一枝花，同样的花。于是她追逐这个黑影，怎么也追不上；走进她的屋子，看见黑影把花放在她的床头，消失了。

画面在静默中交替，稍加入些配音；没有情节，时间在梦境中展开。反复出现的意象——花、钥匙、黑影、匕首、镜子——复杂的象征世界，不外乎欲望的指符，构成某种内心叙事，其间充斥着焦虑、紧张和悬念。像这样用电影来表现弗洛伊德式白日梦的，以前还不曾有过。她掏出钥匙开门，钥匙却失手滑落，犹如弗洛伊德所说的"失口"，是欲望的潜意识浮现。最具视觉冲击的一个镜头是玛雅从口中吐出钥匙，放到桌上却变成一把切面包的小刀，桌边围坐着三个玛雅。在电影类型方面，《午后之网》实际上糅合了爱情、恐怖、谋杀、侦探等成分。整个影片犹如梦中做梦，似真似幻，追逐黑影好似噩梦缠身，但在黑影消失之后，玛雅在椅子上躺下，把花放在胸口，于是出现一个眼皮的大特写，她真的进入了梦乡。

当她从梦中醒来，情人——哈米德——在她跟前，她却拿起刀子朝他捅过去，划破的是一面镜子，碎片坠入海中。最后一个镜头是哈米德再度进入房中，发现玛雅已经死去，口淌鲜血。有的批评家指出，那幅玛雅在窗后凝视的经典画面蕴含着她的双重角色，她自己也是被凝视的"它者"，因此使《午后之网》的叙述更为错综复杂。至于桌边出现数个玛雅，有的人甚至认为这暗示"双性恋"，不免作了过度诠释。我们可以发现，刀子捅破了镜子，其实是哈米德的脸，对于黑影的镜面及其伴随的噩梦来说，似乎是画龙点睛的一笔。从这一点看，影片由女性的视角表现了对于爱情的不确定感及女性的悲剧命运。不无反讽的是，《午后之网》是她和哈米德爱情的结晶，却暗示着某种危险的游戏，结果虚构变成了现实——数年之后两人便离异了。

玛雅的女性意识明确体现在《在陆地》一片中。她在沙滩上醒来，然后缓缓地爬上一棵枯树。此时听到玛雅的画外音，声称她的影片表现一种为女性所特有的"时间素质"。男人们崇尚力，他们属于"现在"的动物，对于当下具有伟大的感受。而女人善于等待，在十月怀胎中她必须等待。她不在生命中的某一点停留，而着意于整个"成形"的流程。《在陆地》所具的实验性在于颠覆时间的顺序性，镜头随着她的身体移动，自由出入不同的空间。她爬上树巅，镜头随着她的视线移至室内，她在一张长长的桌子上爬着，两旁坐满绅士淑女，在谈笑抽烟，然而他们的神情冷漠，互相之间没有交流，当然谁也没注意到她的存在，在他们面前怪异地爬行。桌子的一端有一个棋盘，其中一只小卒的棋子从桌子滑落，落到流水潺潺的山涧，她就在山涧之间跳跃着，无奈地看着小卒被水波卷入洞穴。这些情景互不连贯，但每一个镜头却都具无穷的含义，而空间的切换显得如此自然，流动着诗的韵律。

她的身体与优雅环境的疏离，小卒的漂流，都令人产生遐想。她赤脚在海边走，不断拾起卵石，揣在怀里，卵石不断地从怀里掉下，似乎暗示徒劳的耐心。最后来到海边，两个女子在下棋。她看着她们，眼中流露出惶惑。根据她的传记资料，她的惶惑的眼神另有意义。原来这两个女子是她的好友，而她们都爱上了"沙霞"，即她的丈夫哈米德。

《为摄影机的舞蹈学研究》仿佛表演了一出舞蹈与摄影之间的美妙双簧。影片充分表现了意大利舞蹈家塔利·皮泰的矫捷、刚健的舞姿，然而如标题所示的，所突出的是摄影机，即玛雅的主体性。舞蹈被作为一种研究对象，在对优美舞姿的捕捉中，也在探索技术的极限，最终达到某种完美和自由的境界。

这些影片奠定了玛雅的"先锋"地位，它们永远是"实验"的。有人评论说，《圣经》里的一句话可写五百本书，玛雅的作品也当作如是观。这个说法不无夸张，但她的作品充满机趣，意态横生，如水无定质，八面来风。照她的说法，即表现了"女性的时间形式"，总是在追求"变异"的可能性，向既定的思维范式挑战，为电影表现开拓新空间，说到底与她对于电影的"解放"意识有关。但是另一方面，玛雅在工作时，其态度之认真令人敬佩。她说："事实上艺术有赖于运动。即使你具有原创的奇思妙想，你必须思考，你必须企划，你必须全副身心地投入，而不是随心所欲，一蹴而就。"

所谓"被遗弃的三部电影"中，"被遗弃的"一词出自法国象征派诗人保尔·瓦莱里（Paul Valery）的一句话："一件作品永远未完成，只是被遗弃了。"这一暧昧的表述却显示出玛雅与欧洲现代艺术的关系，尤其是与"超现实主义"的渊源颇深。但她否认这种联系，不愿被归入某一类型。有趣的是人们喜欢用欧洲标准来比附，说她的风格集"费里尼和伯格曼于一身"，即为一例。但反过来却很少提到欧洲电影对她的回响。在我看来，《在陆地》中两人在海边对弈的镜头，后来重现在伯格曼（Ingmar Bergman）的《第七封印》中，虽然哲理的意味更为浓厚。另如雷斯内（Alain Resnais）的《去年在马瑞安巴德》中，舞会的突然静止的镜头，其实在玛雅的《时间变异中的仪式》一片中，也已经使用过。

不消说玛雅在美国不乏徒众，典型的如大卫·林奇（David Linch）的《妖夜荒踪》（*Lost Highway*），其螺旋式叙事、双重身份、心理梦魇、紧张监视等特征皆得自《午后之网》的真传。似乎林奇也刻意为之，连洛杉矶的实景拍摄也极其相似。近年来美国独立制片势头益猛，在国际影展中风头越健，而每年在犹他州专为独立电影举行的"圣丹斯电影节"更是门庭若市，在这种情势下，自然不忘这位"祖师奶奶"的"先锋"业绩。1986年美国电影学院以玛雅之名设立奖项，纪念她对实验电影的贡献，即表现了主流对她的承认。

二战之后，国际政治为冷战的意识形态所主宰。在这样的背景里，玛雅的前卫艺术有反政治的倾向，既批评好莱坞的机制化而主张电影的自由，对于笼罩20世纪50年代美国的麦卡锡的迫害异见人士的文化政策，当然也不会认同。然而某种意义上反政治也是泛政治，近年来她的无厘头叙事、女性及边缘立场一再被发掘，其实与后现代的"文化政治"融为一体。不过在玛雅身上尤为特别的是，她不像一般东欧流亡者那么政治化，这也情有可原，她离开俄国时仅五岁，对于反犹太与纳粹还没有什么记忆。另一方面受美国教育，看上去也完全美国化了，但她绝不尊奉"美国主义"，反而对于少数族裔如黑人和亚裔的文化情有独钟，且达到如此形神俱合的地步，遂给她的后期生活和艺术带来特有的"离散"色彩，伴随着坎坷和挫折。这不仅由她特立独行的个性所致，或许还同心灵深处的文化漂流感有关。

1946 年玛雅获得古根海姆基金奖的支助，去海地考察叫作"伏图"（voodoo）的土著宗教。在美国古根海姆基金奖极其难得，以电影专案获奖尚属首次。玛雅前后四次赴海地，拍了近两万尺胶片资料，1952 年出版了关于伏图的专著《海地的众神》。对于伏图仪式，玛雅本来出自人类学的兴趣，但这本书却是一种神迹。对于这类原始宗教，人类学家一般作科学的观察或猎奇的探险，而她是真的信了，与之融为一体。使专家们惊讶的是，如此详细的记叙与深入的理解，除非与土著居民能作神秘的沟通，否则对于一个白人来说，这简直是不可能的。事实上她和土著们打成一片，在研究过程中，完全为伏图所吸引而顶礼膜拜，海地人也尊她为女神。短片《海神的仪式》描绘了一段祭祀海神的过程。玛雅同海地人一起乘船出海，一起准备祭神的仪式，但她突然不见了。众人在寻找之际，却发现她在老远的海面上，挥舞双臂。她是"爱的女神"的化身，一边歌唱，一边走近，众人将她抬到船上，朝她膜拜——她已经成为伏图教的一部分。

伏图意谓"神灵"，在西印度群岛一带广为黑人所信奉，是一种复杂的混合体，包括信仰、仪式、巫术与魔法。尤其是海地，早在19 世纪初就通过武力抗争挣脱了殖民统治，据说在斗争中伏图教发挥了重要作用。在一段玛雅拍摄的片段里，我们可看到那种神灵附体的迷狂：在一堆油上燃烧着蓝色的火焰，人们把燃烧的油抹在自己的皮肤上，然后狂舞起来，眼睛朝上翻，仿佛魂不附体。这种经验使玛雅迷醉，她觉得唤醒了创造的活力。确实她把伏图教带回纽约，在友人当中传播，自己成为女巫师，现身作法。有一回友人举行婚礼，请她祝词。当她发现主人无意让她按照伏图的仪式作法，她即刻狂怒起来，在厨房里举起一个冰箱，朝墙上砸去。这种神力的突然显示，使在场的无不震惊，舌头缩不回去。

这或许也是一种生命极限的探索，据玛雅自述，她怀着一种普世的爱心和海地人一起分享伏图的神道。她确信，爱的女神代表艺术的灵感："男人可以没有她而生活，然而没有了她，就很难活得像个男人。"又说："在这世界上女人没有理由不能成为艺术家，并且是完美的艺术家。使我沮丧的是，却没几个女人从事电影制片事业。"玛雅接受伏图教，终究还是艺术的，同她用电影表现图像、仪式的神秘力量的喜好相一致，因此有别于纯属宗教的迷狂。一个有趣的细节是，她以伏图众神的名字来叫她的几只心爱的猫，这在海地人看来是亵渎的行为。

其实始终如一的是玛雅对于弱势文化的偏爱。《暴力的沉思》一片拍摄的是中国"武当"刀法与"无"的哲学境界。影片中舞刀的是一个中国人，据他的回忆，初遇玛雅时，听她津津乐道伏图教，他不以为然，跟她讲起中国哲学奥妙无穷。两人争论不休，但后来玛雅被打动，请他合作，拍摄了《暴力的沉思》。为表现"气"的力度，她摸索新的摄影技术，体现了一贯的实验风格。

在20世纪50年代，玛雅的创作出现危机，《夜之眼》一片的拍摄，据说与制片人发生矛盾，迟迟不能杀青。至 1958 年终于公映，但反应平平。有人认为伏图教给她的艺术带来动力，然而当这种动力逸出轨道，就给艺术带来灾难，也将她置于死地。关于她的死，如《在玛雅·黛伦之镜中》一片所揭示的，是长期营养不良，且服用了过量的兴奋剂及安眠药物所致。在最后十年里，玛雅生活贫困，在许多人眼中或许是更怪异的。同一个比她小 18 岁的日本青年鼓手同居，并带他去海地，也信了伏图教。有一段影片拍摄了两人组织了一个小乐团，在纽约的一些社群中演出，多半是黑人的社群，看来她的艺术变得更边缘了。

原刊林贤治、筱敏主编《人文随笔（2006 夏之卷）》，花城出版社 2006 年版

# 说不完的上海

本雅明笔下的"闲逛者"是一种文化身份、都市的想象场域。波德莱尔在巴黎的街角锻炼诗的剑术，自己变成阳光走入千家万户，又为一只流落尘世的天鹅嘘唏不已，他也擅长理论思考，从日益繁华的巴黎生活看出一种"稍纵即逝，随机缘合"的特质，并称之为"现代性"（Charles Baudelaire，"Le Peintre de la vie moderne" in *Œuvres choisies de Ch. Baudelaire*. Paris：Librairie delagrave，1929，p. 194）。

本雅明对这一点大加发挥，引证了德国社会学家席美尔 1903 年在《大都会与精神生活》中所说的"疾速变化与簇拥而至的视像、一瞥之下刺眼的断裂性，以及不期而至的汹涌印象：这一切构成了大都会所创造的心理机制"。对"闲逛者"而言，不仅都市形态难以捉摸，其日常经验也含有大都会"震惊"的"心理机制"。

一战前后"现代主义"艺术运动风起云涌，1909 年意大利的马里内蒂（F. T. Marinetti）在"未来主义宣言"中与理性和艺术传统彻底决裂，对于构成都市文明的机械动力、噪音速度和荒诞扭曲无不倾情拥抱，嗣后欧洲各国达达主义、未来主义、立体主义、表现主义、超现实主义等浪潮接踵而至，其"震惊"表演占据了文学与艺术的中心舞台（*The Sociology of Georg Simmel*. New York：Free Press，1950，p. 410）。生活表象的断裂和碎片感受导致艺术主体的内在裂变或死亡，抽象艺术应运而生；主观表现取代了现实主义，在独创的艺术形式中呈现出新的真实世界。

　　从"震惊"现代性来看 20 世纪 30 年代的上海，正印证了李欧梵先生在《上海摩登》中所说的"上海世界主义"。刘呐鸥、穆时英、施蛰存等"新感觉派"作家从各自心灵之窗与欧洲、日本和苏联的"现代主义"互通声气。刘呐鸥说："现代生活是时时刻刻在速度着"，"现代人的精神是饥饿着速度、行动与冲动的"（《电影节奏论》，载《现代电影》第 1 卷第 6 期，1933 年 12 月）。如此崇拜"速度"仿佛凝聚了马里内蒂式渴念。刘呐鸥的小说集《都市风景线》是 20 世纪 30 年代上海的一张名片，其中一篇《风景》也以"人们是坐在速度的上面的"一句开始，火车为一对都市俊男靓女提供了快餐般浪漫而不伦的艳遇，而描写中提及"德兰的画布"和"德国表现派的画"则不啻是对当时风行欧洲的现代主义艺术运动遥向致敬。

　　自晚清以来中西文化进入交通轨道，无论"鸳鸯蝴蝶派"的保守文化政治还是五四的"全盘西化"倾向，大致在 19 世纪维多利亚文化的笼罩之中，而"新感觉派"则突现断裂，标志着一种新的当代逻辑与世界性的崛起。

　　1932 年穆时英的《上海的狐步舞》以蒙太奇电影手法表现由一

列"上海特别快"所带动的"狐步舞的拍"以及"上海，地狱上面的天堂"的主题，可说是一系列世界电影的后续效应。其地狱与天堂的空间结构受到1927年德国弗里茨·朗（Fritz Lang）的《大都会》（*Metropolis*）的启发。1929年苏联济加·韦尔托夫（Dziga Vertov）的《携着摄影机的人》（*Man with a Movie Camera*）拍摄了黎明中城市的百态，运用了蒙太奇、快镜、慢镜、定格、跳切、倒转、二次曝光等摄影技巧，而穆时英小说描写上海一夜，所运用的大量电影技术与《携着摄影机的人》如出一辙。"上海特别快"一词不合使用习惯，却与1932年初好莱坞德籍导演约瑟夫·冯·施特恩贝格（Josef von Sternberg）的《上海快车》（*Shanghai Express*）的片名重叠。

在刘呐鸥和穆时英的小说里从电影院、咖啡店、舞厅、百货公司、剧场到女人与香水、音乐、时装及洋文商品名牌等比比皆是，一如他们作为都市闲逛者的心像投影，但所谓一花一世界，作品中另有各色心灵的都会地图。《上海的狐步舞》中的"作家"流连于夜总会、舞场、酒吧之间，心里在想："第一回巡视赌场，第二回巡视街头娼妓，第三回巡视舞场，第四回巡视……再说《东方杂志》《小说月报》《文艺月刊》第一句就写大马路北京路野鸡交易所……不行——"（《现代》第2卷第1期，1932年11月，第118页）的确，上海是地狱与天堂的复调交响，而"不行"则属于发自内心的挣扎和反抗。

施蛰存擅长心理分析，他的《四喜子底生意》较不受人注意，却展示了一个黄包车夫的意识流地图。在弗洛伊德心理加苏北方言的第一人称叙事中，主人公拉着一个外国女人在大马路上经过新新、永安、先施三家百货公司到西藏路大世界，又经过跑马厅进入法租界霞飞路，犹如张开一张路网结构，上海的空间地貌被置入倒叙的多重和交织的感官质地，经历了他的情欲想象的幽暗隧道，最终吃了一顿"外国官司"，由是撕开了半殖民上海的疮疤。小说里另外还提到外白渡桥、叉袋角、城隍庙、耶稣堂、八仙桥等，这些都属于他日常熟悉的上海地景，也是从洋场到乡土的种种空间现代性混血特征的共时历史（《施蛰存文集·十年创作集》，华东师范大学出版社，1996年）。就像《在巴黎大戏院》一样，施蛰存笔下虚构的上海景观仿佛是千姿百态的情欲化身，与19世纪末维也纳的显尼兹勒的文学世界暗通声息。

《市民都会》聚焦于"孤岛"上海，加入建筑主题足具卓见，与文学方面一样，无论邬达克的建筑设计或大上海计划，都佐证了上海矗立东亚、汇聚八方风云，已与世界大都会的文化发展同步齐驱，而从建筑硬件构建到居住物质的层面更能加深我们对上海文化的结构性变迁的认知。

这里稍作编年式回顾。随着1926年四大百货公司的殿军新新公司的落成，云裳、鸿翔等时装公司相继开张，在服饰方面人们不仅要求时新且更讲究美感。《良友》画报使大众传媒面目一新，北伐革命的东风催生新一代小资白领读者，"国语"与"白话"运动至此方可说是鸣金凯旋。1927年茅盾发表《蚀》三部曲，其目标读者"小资产阶级"呼之即出。1931年《上海画报》、《红玫瑰》、《紫罗兰》等鸳鸯蝴蝶派刊物退出文坛，次年周瘦鹃的《申报·自由谈》改换门庭，《新闻报》的副刊《快活林》改名为《新园林》，文学由是羞言愉悦而驰骋在阶级与民族厮杀的角斗场中。

然而文学传统依然不泯，人心依然需要文学的慰藉，由是新感觉派当仁不让引领都市文学时尚之风骚。在此过程中弄堂文化渐渐淡出，而新型公寓大楼纷纷出现，至 20 世纪 40 年代的张爱玲以"安稳"作为其文学底子，似乎代表了中产阶级的价值基准，然而宛如一袭爬满虱子的华美绣袍，其精致的文学质地真正体现了上海多元杂交的文化精髓。

　　原刊张梁编《市民都会：上海现代城市的样本》，上海人民美术出版社 2016 年版

# 云裳公司必杀史

## 开幕辨误

有关陆小曼的传记都会提到云裳公司，韩石山的《徐志摩与陆小曼》（团结出版社 2004 年版）一书中有两张照片，一张题为"徐、陆夫妇参加云裳服装公司开业典礼"（第 160 页），另一张为"报上刊登的云裳服装公司广告"（第 192 页），而传记正文并未言及云裳公司。在柴草《图说陆小曼》（哈尔滨出版社 2004 年版）中："在美术家江小鹣的协调下，以唐瑛和陆小曼为号召力，在 1927 年创办了中国第一家妇女服装公司——云裳公司。"（第 93 页）。刘思慧《美丽与哀愁——一个真实的陆小曼》（东方出版社 2006 年版）："张幼仪回国后在上海开办了盛极一时的云裳时装公司。"（第 112 页）这两书仅点到为止，在谁创办云裳公司这一点上显出分歧。

云裳公司于 1927 年 8 月 7 日开业，坐落在卡德路（今石门二路）静安寺路（今南京西路）口，在 20 世纪 20 年代末的上海引领了妇女服装的潮流，其广告不仅刊登在《申报》、《上海画报》、《晶报》、《小日报》等大小报纸上，也见诸《旅行杂志》、《上海漫画》等杂志，可谓风光一时。究其原始，在开业前一日《申报》头版刊出一则广告曰："云裳是上海唯一的妇女服装公司，特聘艺术图案刷染缝纫名师，承办社交喜事跳舞家常旅行剧艺电影种种新异服装、鞋帽等件及一切装饰品，定价公道，出品快捷，特设试衣室、化妆室，美丽舒适，得未曾有。定于今日开幕，敬请参观。"云裳公司的气派不同凡响，以中上阶层为目标顾客，广告富于文艺气息，篆书字体的"云裳"为名画家吴湖帆所题，下方是个画有一朵祥云托起莲花的 logo，还有几句文学青年腔的口号：

> 要穿最漂亮的衣服
>
> 到云裳去
>
> 要想最有意识的衣服
>
> 到云裳去
>
> 要想最精美的打扮
>
> 到云裳去
>
> 要个性最分明的式样
>
> 到云裳去

确实，云裳公司不光为上海滩增添了一个鲜亮的时尚橱窗，作为"唯一的妇女服装公司"，也为现代服装史留下一道难忘的印痕，至于它所引出的不少故事涉及名流轶事、市井嚼舌、阶级、资本、新旧文坛合纵连横不一而足，当然对于了解徐志摩与陆小曼在上海的生活不可或缺。1947年陆小曼整理的《志摩日记》由晨光图书公司出版，其封面她与徐的半身合照即为云裳公司开幕当日所拍摄，在她心中似不无"惘然"之叹。

谁是云裳公司的创始者？是唐瑛与陆小曼，还是张幼仪？传记的不同叙事皆非空穴来风，得追溯到云裳四十年之后在台湾的一场笔墨官司。

1967年1月《传记文学》有容天圻《陆小曼与云裳服装公司》一文，说从陆小曼的堂弟陆效冰的遗物中发现一张照片，"据陆夫人告诉我这张照片是陆小曼与唐瑛等人合办云裳服装公司时一个童装表演的镜头，照片的中央站着一个小女孩，是宋春舫的女儿，其他合照的则为唐瑛、江小鹣、陆小曼，还有一位可能是张禹九，现在已记不清楚了"。这篇文章大致描述了当年云裳公司的盛况，放大了的照片与文章一起刊出，然而说"拍摄的时间当是民国十六年春间，她（指陆小曼）与志摩初到上海时"，却有不小的失误。其实这张照片拍摄于云裳8月7日开幕当日，并在8月9日由《晶报》登刊，《云裳中之大大银儿》一文曰：

> 乞巧日之后三日，云裳公司开幕。所谓幕者，以零缣片锦，缀成一方，蔽诸云裳公司招牌上；来宾既参观公司所制品，饱嗅试衣室香气，复在邻居 Belle Mode 空屋进茶点。经理江小鹣乃以方案置店前，铺素毯，缀客昵馨花及颇黎杯，成内外二圈，满斟葡萄美酒，抱一七岁之聪明幼女，立案上杯圈中，女股东唐瑛女士、陆小曼夫人，分立左右。幼女名朱翠苹，股东朱润生之爱女也，执彩绳引之，

零缣立坠，吴湖帆所书云裳匾额见。翠苹高立举杯，众饮

酒；翠苹不饮，则洒之，礼成。

一个七岁小女孩站立桌上主持开幕典礼，乃别开生面之举，据

此，这小女孩不是在作"童装表演"，且是股东之一朱润生的女儿。

8 月 12 日《上海画报》为云裳开幕刊出的照片当中有一张也是这个

小女孩立在桌上，图旁说明文字称她为"朱彩苹女士"。与《晶报》

上的名字一字之差，然确知非宋春舫的女儿。作为云裳公司发起人

之一，宋出席了开幕仪式，也将有关照片寄给《北洋画报》，8 月 27

日刊出两张，一张也是女孩站立在桌上，角度与《晶报》上那张不

同，左边最显眼的是唐瑛，所以题曰"开幕时交际南斗星唐瑛女士

举杯谢客"。另一张是徐、陆合照，题为"云裳股东徐志摩君及其夫

人陆小曼"。

## 创办者与话语权

容文有的放矢，跟文坛泰斗梁实秋叫板。文中写到关于云裳公

司的主持人已有两种说法。陆效冰生前好友磊庵在写到徐、陆时说

陆小曼和唐瑛合资开过云裳服装公司。但梁实秋在《谈徐志摩》一

文中驳斥说"上海的云裳公司根本与陆小曼无关，那是志摩的前夫

人张幼仪女士创设主持的"，并说自己曾带着内人光顾过云裳公司，

在那里做过一件大衣。容天圻引用陈定山《春申旧闻》一书中有关

陆小曼的文字作佐证，最后说，"云裳公司为唐瑛与陆小曼合资创办

的则是不争的事实"，争辩之意不言而喻。

梁氏《谈徐志摩》说："我在十五年夏天回国在上海访张嘉铸（禹九）先生未遇，听见楼上一位女士吩咐工友的声音：'问清楚是找谁的，若是找八爷的，我来见。'我这是第一次见到这位二小姐。她是极有风度的一位少妇，朴实而干练，给人极好的印象。她在上海静安寺路开设云裳公司。这是中国第一个新式的时装公司，好像江小鹣在那里帮着设计，营业状况盛极一时，我带着季淑在那里做过一件大衣。"1926年7月梁实秋从美国乘船抵达上海，旋即去南京，次年2月在北京与程季淑结婚，不久来上海开始了他的教学和文学生涯。云裳于8月开业，唐瑛、陆小曼扮演主角，成为轰动一时的新闻，为何这段话里丝毫不提？很可能梁实秋确实不清楚。是年春来上海至年底他妻子生下女儿这一段日子里，为就业为家庭异常忙碌，与云裳没沾边，徐志摩、张禹九等没有找他参与，他与新闻消息有隔膜。至于梁偕同妻子在云裳公司订制大衣，应当发生在云裳易手之后，所以他的记忆里只有张幼仪"开设云裳公司"这件事，这一点下文会讲到。

《传记文学》的编辑事先和梁实秋打了招呼，因此在同一期也刊出梁的《关于张幼仪与云裳公司》的回信，坚持认为云裳公司系张幼仪所办，与陆小曼无关。当日梁在台湾几乎一言九鼎，他的说法当然极具影响。有趣的是他的回信最后拖了一句："知道云裳的人，在台湾还有。"果然《传记文学》下一期即出现刘英士《谈云裳公司及其人事背景》之文。编者按语说："惟因事隔三十多年，以讹传讹者多，而亲眼目睹者少。兹承刘英士先生惠寄大作，以亲见经历撰写本文，道出徐志摩前妻张幼仪女士与创办云裳公司的经过，实为不可多得的第一手资料。"刘文中说 1926 年张幼仪刚从德国回来时，"她曾请我带路，陪她参观一个幼儿园，回家又写一篇文章，由我转交郭虞裳登在他所主编的时事新报副刊《学灯》上面"，1927 年徐志摩、梁实秋等人开办新月书店，刘英士是股东之一。此文不限于谈论云裳公司，叙及当初徐志摩移情别恋而抛弃张幼仪，"想不到志摩不久就迷上了一个随父游历的瘦小美人"，对林徽因语含不屑，离婚后张在德国诞下的孩子又遭夭折，对徐的负心扼腕，对张的委屈充满同情。

刘文一口咬定："云裳公司自始至终可以说是张二小姐一人的事业；其他一群朋友只是借此机会来表现一番（如江小鹣），或帮忙助兴（如张三小姐和老七老八），或出风头（如若干交际花）。"照刘所述，张幼仪开设云裳公司的念头完全出自偶然，因为张老太太请来一个叫阿梅的南翔裁缝，她为张家小姐少爷做衣服，心灵手巧令人倾倒。结果如张幼仪所愿，开了云裳公司这一"小店"。由是作者郑重声称："我愿意再重申一遍，云裳公司的主持人是张幼仪，而其台柱则为阿梅，这恐怕是连许多股东也不知道的。"

的确，关于阿梅的故事，如张幼仪如何设计服装和监制裁缝，如何对阿梅几经测试而愈生信心等，都属家庭细节，外人当然难以置喙。所谓"台柱"是针对陈定山《春申旧闻》中"唐瑛、小曼为云裳台柱"的说法。但是如本文开头引的《申报》广告，云裳公司能够"承办社交喜事跳舞家常旅行剧艺电影种种新异服装"，全靠一个二十五岁的南翔裁缝，实在啧啧称奇。所谓"许多股东"是怎么回事？刘英士说张幼仪"之所以不做老板而当经理者，乃是因为公司可以招揽股东，可使许多有能力帮助设计，或有声望号召顾客，或有资格做模特儿的交际花等都可以把此店视为己有，格外热心支持"，言下之意像江小鹣、唐瑛和陆小曼等人就属于"求攀附凤者"了。问题是既然张家出资，拿出"九牛一毛"来满足张幼仪的愿望，为何还要"招股"？既然掌握了阿梅这张"王牌"，为何还要靠别人？这些地方刘文闪烁其词，留下许多问号。

最后一段堪称妙文："幸亏志摩先后只讨两位夫人，距今不过三十余年，当事人之一尚属健在，立言君子即已张冠李戴，纠缠不清，胡说八道……我真羡慕陆小曼福气真好，别的美人迷昏了志摩，而她坐享其成；道听途说者乱写文章，又将使她夺得云裳。她有资格拍胸脯说：'我的天下得之于李闯，而非取之于大明。'文坛上的李闯，何其多也。"口气尖酸而凌厉，不光涉及谁是云裳公司创办者的争论，而且在翻旧账为张幼仪鸣不平，怪徐志摩，更怪使徐迷惑的女人们，说陆小曼受惠于"李闯"，无论其政治隐喻，"大明"则大有视张幼仪为徐志摩"正室"之意。

刘文发表之后，《传记文学》收官大吉，张幼仪是云裳公司的创设主持者之说遂成定论。其时林徽因、陆小曼皆不在人世，张尚健在。1949 年她离开内地而住在香港，1953 年与苏记之医生结婚，1972 年苏过世后移居美国。她的侄女张邦梅根据她的晚年口述写成书，被译成中文，即《小脚与西服——张幼仪与徐志摩的家变》一书，1996 年在台湾由智库文化公司出版。书中有"经营云裳"一节，说云裳是"八弟和几个朋友（包括徐志摩在内）合作的小事业"，并说"我是云裳公司的总经理"，江小鹣、陆小曼等人一概没提，仅提到徐的好朋友李碧波为云裳做了些设计（第 206 页）。

2000 年由大陆和台湾合拍的电视连续剧《人间四月天》热播之

后，徐志摩的罗曼史家喻户晓，当时陈子善即指出该剧有一些失实与若干误解，确实此剧内容大致取自《小脚与西服》一书，且与张幼仪的叙事视点掩映重叠。这似乎很自然，今人言及徐志摩的爱情传奇便揶揄备至，浪漫主义几成恶谥，张幼仪则曲尽妇道，自强不息，有"女中豪杰"之誉，不愧为女性楷模。俗话说，历史由强者书写，也得看公道人心。《小脚与西服》讲到1967年即《传记文学》上争论云裳归属的一年，张幼仪带苏医生去剑桥、柏林，她是旧地重游，觉得风景从未如此优美，"走访过这些地方之后，我决定要让我的孙儿们知道徐志摩。所以，我请一位学者，也是徐志摩在《新月月刊》的同事梁实秋先生，把徐志摩全部的著作编成一套文集。我提供了一些我的信件，由阿欢（按：张与徐之子）带去台湾见梁实秋。我希望留一些纪念徐志摩的东西给我儿子和孙子。"（第233页）

真所谓有恨方有爱，四月天毕竟是有情天，在《小脚与西服》里把陆小曼黑得厉害，对林徽因则恨入骨髓，所以"在他一生当中遇到的几个女人里面，说不定我最爱他"。这是该书最后一句，道尽爱的沧桑与真谛。


# 小报的花絮新闻

20世纪20年代末的上海，小报特别兴盛，达数百种之多。1928年5月胡适在日记中说："上海的报纸都死了。被革命政府压死了。只有几个小报，偶然还说说老实话。"（《胡适日记全编》，安徽教育出版社 2001 年版，第五册，第 110—113 页）其时蒋介石在南京建立了新政权，随即推行"党治"，钳制新闻传媒。胡适在上海担任中国公学校长，与徐志摩等人一起创办《新月》杂志，后来该杂志因为发表自由言论而被查封。胡适称赞小报"偶然还说说老实话"，乃指政治方面，其实小报的内容包罗万象，绝大部分有关都市日常生活与市民心态。就徐志摩与陆小曼而言，自 1926 年底两人在北京结婚后来到上海便成为小报追踪的明星人物，关于《上海画报》上陆小曼的影像表现，笔者有写过，而本文有关云裳公司的材料则大多来自《晶报》、《金钢钻》、《福尔摩斯》和《罗宾汉》等素有"四金刚"之称的小报。在新闻报道方面，小报也有其公共性，虽然有道听途说添油加醋的成分，这是须加以注意的。

上面提到《北洋画报》称徐志摩为"云裳股东"，公司以股份集资属于商业常态，否则也开不了张，虽然大名鼎鼎的"诗哲"加了个"股东"头衔，颇为新鲜。7 月 12 日《上海画报》对公司的开幕作了整版报道，在六幅照片中，那张题为"云裳公司发起人徐志摩陆小曼伉俪合影"的流传最广。虽然新闻报道有"股东"如徐志摩、朱润生、唐瑛、陆小曼等，但是对于公司的资本、组织等情况仍不甚了了。要紧的是 8 月 15 日《上海画报》上周瘦鹃《云裳碎锦录》一文："云裳公司者，唐瑛、陆小曼、徐志摩、宋春舫、江小鹣、张禹九诸君创办之新式女衣肆也。"最后说："开幕后三日，曾开一股东会于花园咖啡店，推定董事。唐瑛女士兼二职，除任董事外，又与徐志摩君同任常务董事，与陆小曼女士同任特别顾问。宋春舫君任董事长，谭雅声夫人则以董事而兼艺术顾问。愚与陈子小蝶，亦被推为董事，固辞不获；顾愚实不懂事，殊无以董其事也。

艺术顾问凡十余人，胡适之博士、郑毓秀博士均与其列云。"虽然这段话很简略，却提供了重要讯息。无论股东会还是董事会，对于决定公司事务具有权威性，其所派定周瘦鹃为董事或胡适为艺术顾问，或许是挂名的，但他们都是认了股的。照上面所引《晶报》已经有"经理江小鹣"了，如果江之上还有个"总经理"的话，那么在这样的会上缺席是不可思议的。

将当时上海各报对云裳公司的报道与四十年后台湾的争论相对照，可发现两者之间的巨大落差。刘英士或梁实秋说云裳公司"自始至终"是张幼仪一手"创设主持"，但是所有各报有关云裳公司的报道中丝毫不见张的影子。而且张自称"总经理"也显得吊诡，事实上各报一再说云裳公司由江小鹣、唐瑛、徐志摩与陆小曼等"发起"，烘托出一种名流与时尚的景观，唐、陆大出风头，如果张对于云裳是一手缔造、全权在握，那么为何当年要轻易让美与唐、陆，又何劳乎四十年之后夺回名分呢？

股东会推定陈小蝶为董事。1949年小蝶从大陆迁至台湾，改名陈定山，后来写成《春申旧闻》一书，其中说："徐偕陆南下时，江小鹣、张九禹、唐瑛正组织时装公司，于同孚路口，为上海时装公司第一家。小鹣、禹九皆美丰仪，善于体贴女儿家心理，故云裳时装的设计，亦独出心裁，合中西而为一。唐瑛、陆小曼为台柱。"作为云裳董事之一，这段话无非旧事实录，没什么发明。实际上云裳开幕比原定时间延后了三日，原因之一是委托陈小蝶负责给所准备的上千张请帖喷上香水（《上海画报》1927年8月3日）。这是近水楼台，因为他家里即为家庭工业社，约十年前其父陈蝶仙所开创，名闻遐迩。《晶报》主笔即专写油滑怪诗的张丹翁为之赋诗，把请帖称为"云帖",把这件事称为"韵事"（《上海画报》1927 年 8 月 8 日）。

江小鹣是云裳的艺术名片。在开幕一月之前 7 月 9 日《晶报》刊出野草的《未开张之云裳公司》，谓"唐瑛女士等合资云裳公司，宣传已久"，作者在现场"见木工装修甚勤，江小鹣正奔走指挥，蹀躞不停；有数画师，正伏案绘制新装图样，姹红嫣紫，目为之炫"。可见江也一手草创了云裳公司。9 月 9 日《晶报》上包天笑《到云裳去》一文说，他路过云裳，进到公司里见到宋春舫和江小鹣，描写公司分三层，底层陈列服装样品及接待顾客，二层是试衣室，有一"绘染室，则以手工为美术者也"，实即取名为阿透利挨（Atelier）的小鹣的艺术制作室。另外还有会计室，最上一层是裁缝工场，分中西两部，有裁缝二十余人。据 9 月 3 日《上海画报》上《云裳之二艺术家》一文载，与江小鹣搭档的设计师张景秋，是张君劢、张公权的弟弟，称"七爷"。

尽管与事实不符，张幼仪"总经理"之说斩钉截铁，或另有原委。发起人之一张禹九担任"总务"，大概掌管财务方面。事实上张家有钱有势，上面提到的老二张君劢（名嘉森）当过北京大学、燕京大学教授，张公权（名嘉璈）在北伐期间担任中国银行副总裁，财政上支持蒋介石，1928 年成为总裁。云裳公司开张几天里张家积极参与，禹九的妹妹和唐瑛、陆小曼一起招待顾客，另在一张照片里出现的叫张竞秋，可能也是张家人。

然而云裳公司的营业不理想，开张不久即出现资金周转问题。包天笑在《到云裳去》中说："云裳公司最先集股得一万元，草创为之，然今生涯发达，即不敷周转，拟再添股。"江小鹣对包说："雅不欲大资本家入股，大资本家长袖善舞，彼一举手，即可得十万，甚愿我辈同志者，共集脄以成裘也。"其时公司的业务似乎不错，但需要更多的资本投入才能顺利发展，然而又不愿使公司被资本家所主宰，似乎与艺术理念发生了冲突。

状况越来越糟糕，1928 年 2 月 11 日《福尔摩斯》刊出辰龙的《云裳公司押得四千元》一文，说"在该公司创办之初，亦曾轰动一时，投资者多海上名流，顾终以开支浩大，入不敷出，至今乃以亏折抵押闻矣"。《福尔摩斯》一向对云裳恶语相加，这回得知公司亏空，即欣欣然曝光，又说"云裳之资本为一万元，计分一百股，每股百元，其大股东有谭雅声夫人，及张姓等数人，小股东周瘦鹃、徐志摩辈，亦有十余人之多"。但是到年底结账发现一万元亏折殆尽，如果要继续营业，须另投资金，而小股东们已失去兴趣，因此"经股东会议后，乃由大股东数人，另组一义记公司，出资四千元，贷与云裳公司，即以云裳公司之生财、存货、牌号等，为抵押品，并订明如半年后云裳公司无力清偿此项押款时，义记公司即可履行契约，将其抵押品收归已有"。持大股的谭雅声夫人是交际界活跃人物，"张姓"当是张家。

云裳的命运殊为悲惨，资金不足，以四千元救急大约也无济于事。至此我们可以明白，最初云裳是由唐瑛、江小鹣等人发起并主持的，而"义记公司"则代表大股东们的意愿，借以取代原来的权力架构，实即是大资本的强势介入，说得难听点是乘机夺权。不到一月，据 1928 年 3 月 9 日《晶报》上秋意的《云裳公司挽留职员之方法》一文，江小鹣以艺术创作久遭荒废为由提出辞呈，营业部主任张君等人也纷纷要辞职，最后由董事会托陆小曼与江商量，允许他请假三个月，同时另派"专员"接手，由此可见公司已精神涣散，濒临解体。这"专员"应当来自"义记公司"，至于云裳的结局，最终应当是由张家接手的，只有这样张幼仪的"总经理"之说才能成立。

若如此推断，此后云裳公司可说是进入了张幼仪时期，从1928年《上海漫画》中的广告来看，公司继续营业，而盛时不再。陈定山《春申旧闻》说唐瑛、陆小曼"二人的美，可用玫瑰与幽兰来做比方。玫瑰热情，幽兰清雅，热情的接近学生界，清雅的接近闺门派，以此云裳生涯鼎盛，而效颦者踵起。唐、陆不久倦勤，并刀钿尺间，不复见二人裁量倩影"（台湾世界文物出版社1978年版，第81页）。所谓"倦动"各有缘故，10月间唐瑛与李祖法结婚，年底陆小曼因为与翁瑞午的"艳屑"而闹得满城风雨，一喜一惧，双双淡出公众视野。


## 名流消费与骂战

名流消费是小报的最大特征。都靠名流吃饭，有关高官政客、巨富大亨、演艺明星、名媛闺秀、当红名妓的点滴动向，都是市民每日的快餐佐料。小报那么多，只有一口饭，都狂抓新闻，疯抢读者，竞争异常激烈，然而别看是小报，各有地盘、人脉、经济和文化资本，于是形成不同档次、互相牵扯的局面。

云裳公司自然成为小报的猎物，反过来美人是香饵，这本是一体两面，于是给都市风景赋予社会意义，印刻于公众记忆。不过围绕云裳公司的口水之战多半在《上海画报》和"四金刚"之间进行，没头没脸的小报沾不上边。有一回周瘦鹃到唐瑛府上，事先约好的，差点给挡驾，若不是顶着《上海画报》，恐怕还见不到佛面。

主控《晶报》和《上海画报》的余大雄、袁寒云、张丹翁、包天笑等人大多是资深报人，皆属社会名流，与周瘦鹃的《申报·自由谈》连成一气。他们占据都市传媒上游，对云裳公司推波助澜，赞叹有加，似在打造一种中产阶级及其美好未来的主流价值。如张丹翁连篇累牍吹捧云裳，其中《审美》诗："天下之美人，见说江南萃，江南之美人，独数云裳最。"（《上海画报》1927 年 9 月 9 日）而《福尔摩斯》、《金钢钻》、《罗宾汉》则百般拆台，可谓阵线分明。这样的对仗格局早就形成，如创刊于 1923 年的《金钢钻》意思是"以钻刻晶"，从一开始就跟《晶报》过不去，原来《晶报》骂过陆澹盦、施济群等人，因此他们要办《金钢钻》出气。《福尔摩斯》创刊于 1926 年，主持者吴微雨、胡雄飞等属于边缘，然而作风大胆，声称"什么都要揭发"，不怕对簿公堂，被控遭罚，要把社会不公"公诸报端，希望获得社会人士的公允评判"。处下风的小报们互通声气，策略上走偏锋、打擦边球、出奇招，不仅能博得社会关注，增加销量，背后也各有意识形态与社会心理的支撑。

如上文《上海画报》、《晶报》等对于云裳开幕的报道喜气洋洋，第三日《福尔摩斯》首先发出异议，刊登了赵子龙《所望于云裳公司者》一文，说时下兵荒马乱，民生艰难，而海上繁华为全国之冠，有钱人穷奢极欲，争奇斗艳，做件衣服要花上数十百元，"于是乃有留欧硕彦，艺术名家，应时世之要求，逞画龙之能手，联大家之闺秀，合资经商，云裳公司，遂告成立"。但这样的"美举"必定助长"妇女服装之奢华",属于"提倡奢侈之怪异",作者说自己人微言轻,反对无力,只能"深望云裳公司诸大老板,能稍顾国情,略循公意,竭力采用国货衣料,毋专推销东洋货,则或可借诸大艺术家之提携,挽回少许利权,是记者所厚望也"。

反对"奢侈",提倡"国货",乃攻击云裳公司的两大理据。接着8月11日《罗宾汉》马上跟进,刊出千盦《为云裳公司进一言》一文,从"国际风俗"着眼"深望该公司,于服装之式样,及所绘之花色,务求雅观舒适华美合宜,勿过事奇诡,风化一层尤宜注意及之",这不光在指责"奢侈",另加了一层有关"风化"的道德关怀。该文又说,"并望尽力从倡国货,为各界之先声"。也重复了《福尔摩斯》的提倡"国货"的立场。最后说:"所谓穿衣问题,亦三民主义中民生主义之重要问题,若该公司而能使穿衣问题先行解决,则实具伟大之功绩矣。"连"三民主义"也搬了出来,问题更显得严肃。要求云裳方面"稍顾国情,略循公意",确实代表"政治正确"。当时北伐革命仍在进行,国民党竭力宣扬民族主义,"打倒帝国主义"、"收回利权"的口号充斥于上海报纸。就在云裳公司开张之时,国民党特别党部与上海商团正在大张旗鼓地联合举办"国货大会",因此《福尔摩斯》、《罗宾汉》对云裳公司的指责振振有词,似乎站在政治和道德的制高点上,搬出"三民主义"而提出"穿衣问题",则在指向为谁服务的问题。

8月16日《福尔摩斯》上《提倡奢侈与男女服装》一文说:"国货,今日人人所提倡也;奢侈,今日人人所反对也。"然而笔锋一转把矛头指向云裳所代表的上流阶级:"至所谓交际之花,电影明星,则所穿皆不中不西,灿烂炫目,几无一非极贵之舶来衣料,一衣之费，几数十百金，此又提倡奢侈之风者已。"在服装所用衣料方面，她们无不喜欢使用舶来货，以致国产丝织品无人问津，譬如女子"爱国布一种，实挽回利权之一，然穿爱国布者，除少数女学生外，多贫民阶级中人。有钱之家，亦如男子之穿哔叽人造丝织品也"。这好像在为"贫民阶级"请命，确实在20年代末"左翼"思潮流行，"阶级"也是时兴话题，虽然《福尔摩斯》对社会主义或阶级斗争胃口缺缺而起劲于爱国主义："当此之时，凡有爱国心者，宜如何设法矫正，俾不流于奢靡淫恶，挽回利权之万一。"最后掉转枪口："若推波助澜，质料惟尚新奇，式样专求诡异，布衣一袭，贵胜绸衣，而复号于众曰，是某艺术家之最新图案也，是交际之花之自出心裁也，是直推销外货，提倡奢侈而已，于爱国乎何有？"其抵制对象仍是云裳公司。

《金钢钻》也加入反云裳合唱，窥伺社会名流，流言蜚语，起底曝黑，含沙射影，为小报专长。在禹鼎的《艺术界之五毒》一文中说某人十年前是个在新剧社里的小混混，后来自费出洋学习绘画，回来之后"居然以美术家自命，近忽发财心切，纠合交际之名某女士等，开一裁衣店，专为妇女规划妖艳新奇之装束，美其名曰新妆公司"。明眼人一看就知道这位被羞辱的"美术家"即江小鹣，"交际之名某女士"即为陆小曼，而"裁衣店"即已被炒得轰轰烈烈的云裳公司。文章最后说："自有新妆公司出，而街上妇女奢靡之风，特十百倍于曩日矣。"这里也在拿"奢侈"话事。

时而一块豆腐干见方的文字却具杀伤力。如《晶报》说云裳公司开幕那天"在邻居 Belle Mode 空屋进茶点"，而《罗宾汉》的一个小报告说云裳擅自使用了这间空屋，遭到其主人的抗议，要云裳代付一月房租。或如一篇短文:"法国公园中,瞥见一少女,短衣窄袖,作唐瑛装。一少妇,长裙革履,作小曼装。一人高鼻,如诗人志摩;一人垢面,如画家小鹣。见者皆不识伊谁,后详细调查,即唐瑛、小曼、志摩、小鹣,所穿之服装,乃云裳公司新绣品也。"(《福尔摩斯》1927 年 9 月 11 日)文章题为《瞥见》,寥寥数语犹如惊鸿一瞥,而作者署名"靡丽",即含讽刺之意。

对云裳公司轮番围攻,此起彼伏,有的文章甚至说女子的奢靡之风会造成家庭破裂、社会惨剧,因此指斥江、陆等为"社会罪人"或无"心肝"者。其实给云裳泼的脏水,仿佛耳光扇在《上海画报》、《晶报》的脸上,直到一个月之后,即 9 月 9 日《晶报》刊出包天笑《到云裳去》一文,终于大佬出手回击,文中看不到丁点硝烟和火气,却字字重磅,掷地有声。上面提到过这篇文章,在对云裳公司的内部结构与经济状况作了介绍之后,包氏议论说:

> 试思上海繁华之区,一二成衣之匠,略有新思想,即不难致富,其实此为不学之徒耳。今集多数之艺术家审美家,以创此业,安可与之相挈乎?且衣本章身之具,人同爱美之心,明乎社会心理学者,知非可以强事阻遏。今以云裳公司为提倡奢侈者,是昧于时势之言。依我之所谓侈者,则异乎是。裹媆母以金珠,披无盐以罗绮,始谓之侈。若轻裾丽服,不属于美人者,又将谁属耶?我非袒云裳,中国而日进于文明之域,宜有此组织也。

明眼人一看即知,这里在驳斥《福尔摩斯》等报的"奢侈"论调，所谓"昧于时势之言"，从文明进化的观点称赞云裳的一班艺术家、审美家，谓其从事于美化日常生活是有别于唯利是图的高尚事业。且爱美是人类天性，至于只有美人才配得上"轻裾丽服"的说法，似过于绝对，若看到今天花大把钞票去整容拉皮也被当作值得艳羡的"奢侈"时，不知包氏会怎么想。其实《福尔摩斯》、《罗宾汉》的"奢侈"论含有爱国和排外的意识形态，而包反而显示出一种世界主义的视野。此文无非讲些常识性道理，却写得老到，如此小报式"骂战"，也庶几"民国范儿"矣。

在下一期《晶报》上有张丹翁《六朝神髓》一诗："《到云裳去》标题在，钏影写得妙盖代。左看右看看不败，眼下书家谁与赛？除非一人钱老芥，文章洛诵并可爱。对此真美欲下拜，我几搁笔无可卖。"像大多数张氏的"捧角"文字一样，这里对包文也不吝赞颂，借此却代表了报纸立场，嗣后"奢侈"论也差不多烟消云散了。

## 云裳更衣记

晚清有林黛玉、张书玉等妓界"四大金刚"在四轮马车上以奇装异服招摇过市，"时装"一词出现在吴友如的《飞影阁画册》中，至民初以来报刊对于欧美仕女服饰及鞋帽新款一向津津乐道，然而至20年代如张爱玲说得有趣："军阀来来去去，马蹄后飞沙走石，跟着他们自己的官员、政府、法律，跌跌绊绊赶上去的时装，也同样千变万化。"（《更衣记》）时尚变化最为莫测，不断遭到本土的身体与习俗的反弹，其间中西物质文化交流的诡谲风云殊为复杂。

云裳公司被誉为开风气之先，不光有独家店面，还在于以"艺术"作招牌。吴昊的《都会云裳》一书讲中国现代服装的变迁很见功力，书中认为20年代后期"时装观念确立"，或许更确切的，如《良友》杂志指出"'新'只管'新'，'美'却还没有达到"（1926年第8期）。因此云裳公司标志着"时装"观念的某种质变，这与上海消费社会的发展逻辑有关，而云裳只是瓜熟蒂落的表征。

远的不说，1926年初新新百货公司落成，由是形成"四大百货公司"，把南京路点缀得愈加花团锦簇，继而绮华妇女用品商店开张，《申报》新辟"本埠增刊"，宣传妇女服饰，鲁少飞等人的插图为服装注入艺术元素，这里必须提到当年年底由联青社举办的"时装展览会"，是为上海时装秀之始，更为瞩目的是名媛贵妇纷纷登台，上流阶层在市民社会的中心舞台亮相。

联青社是由一批留学海归而活跃于商界的人士所组成，为募集儿童诊所经费，（1926年12月）16、17日在夏令配克影戏院举办时装游艺大会，观众当中西人占三四成，有武术、短剧、音乐等表演，大轴是服装表演，分古装和时装两场，各有十余位登台。是日盛况空前，有人形容说散场后接连五百余辆汽车接送，任矜苹、程步高等一班电影导演到凌晨一点才打到出租车。连日来各报都有报道，不寻常的是这回由西人主办的《大陆报》打头阵，该报主笔唐腴庐是唐瑛的哥哥，在组织时装大会方面出了大力，唐瑛为游艺会弹奏琵琶，自然是亮点，所谓"云裳公司有去年轰动上海时装大会的太太小姐们做股东"（《上海画报》1927年8月12日），大概与唐瑛有关。《新闻报》、《上海画报》、《罗宾汉》等争先恐后刊出贵妇们的服装照片，其实都是根据《大陆报》翻制的。参加服装表演的（当时还不叫"模特儿","模特儿"仍限于给美术作裸体写生者）有唐绍仪的女公子，还有商界大亨虞洽卿之女，身穿嫦娥奔月的古装，是虞洽卿特地向京剧演员王芸芬借来的。

云裳之所以延期开张，还因为 8 月 4、5、6 三日唐瑛、陆小曼、江小鹣要在中央大戏院的"妇女慰劳会游艺会"上表演节目。这次活动很有来头，是由白崇禧、何应钦等国民党高层的夫人们为了慰劳北伐将士而组织的，其实也是动员沪上上流社会拥护蒋介石的表示，果然南京总司令部对此嘉奖有加。不过唐、陆等乘机为云裳组织了一次时装展览会，即第二晚游艺会演出结束后，由唐瑛介绍并散发云裳公司的有香水味的卡片，八位淑女登台为云裳品牌作秀，不料工部局来人说场地租借的时间已过，要熄灯赶人，所以匆匆收场。

云裳还策划过别的时装展，如 1927 年 11 月 12 日《上海画报》所刊题为"汽车展览会中之云裳公司之新装表演"的照片所示，原来近年来火爆的"车模"早有原型，却没那么妖娆撩人，不失淑女范儿，清一色旗袍，倒印证了 1926 年旗袍开始风行的说法。滚花镶边、贴腰收紧、外披马甲等不同款式，而裙长过膝，袖口至肘，仍显得拘谨矜持，也是当时风气。其实云裳走中西合璧路线，从《上海画报》上为陆小曼、尚小云、雅秋五娘所穿的服装来看，富于艺术创意。云裳发出请柬定于开幕三天招待顾客，第一天请的是文艺界与名流闺媛，第二天是电影界明星，第三天花界诸姊妹，可见其以高档消费为鹄的，以致被指责一件衣服要"百数十元"。虽然周瘦鹃等一再说明云裳也制作价廉物美的服装来满足大众需要，如有一件标价为十元的，但毕竟是装点门面的。连续几天显得热闹非凡，来光顾的有《字林西报》记者与夫人、张啸林夫人、杜月笙夫人等，三天里做了两千多块钱的生意，事实上不尽如人意。《上海画报》记者吕弓和黄梅生在《云裳候星记》一文中不无失望地说他们在云裳恭候明星们光临，而第二日仅来了两位，第三日只有雅秋五娘一个人到场。

云裳经营不善，江小鹣等人毕竟不是生意人，更遇到强劲的竞争对手——至今仍在南京路上的鸿翔服装公司。创始人金鸿翔是南汇人，可以说是地道的本帮裁缝，1927 年在南京路上张家花园附近开设鸿翔服装公司，不到一年发展至五开间门面，12 月 20 日假座于卡尔登举办时装展览会，同台作秀的不光有本地闺媛，还有黄发碧眼的"西方美人"。各报广告也做得相当热烈，声称"与西人为艺术上之竞争"，且自称"创样师系巴黎衣服专门家充任，工师三百，各尽皆出类之人才，故出品衣服，均仿法国始见之新样，而合以华人之体格而成"。口气比云裳来得粗大而实在。次年 5 月 16、17 日鸿翔公司、先施公司与亨德利钟表行等二十余商家在卡尔登举办了"时装竞赛歌舞大会"，号称展出"中外衣饰五百余件"，由鸿翔设计的六幅夏装照片在《上海漫画》上刊出，表演者并非名媛闺秀，少了点气质，不过没有大咖压场，倒显出服装是主打，更具商业特色。

张爱玲在《更衣记》中说，"我们的时装不是一种有计划有组织的实业"，那时相对于巴黎规模宏大垄断一切的服装公司而言，"我们的裁缝却是没主张的"，一味追随"公众的幻想"，因此"中国的时装更可以作民意的代表"。张氏的评说犀利而有趣，不过不应忽视的是从云裳到鸿翔的某种专业化趋势。据记载，鸿翔公司"高价订购巴黎出版的女式时装月刊、季刊及美国最新大衣样本，作为设计参考，使鸿翔女装式样不断推陈出新。自 1935 年起，鸿翔重金聘请犹太人好思办克为设计师"（顾元鹏、周纪芳：《记鸿翔时装公司》）。这么做也是唯巴黎、纽约风尚是从，自己甘心作"裁缝"。这一点挺有意思，尽管鸿翔的生意经不错，然而远不如云裳那么富于文艺气息，对于《上海画报》、《晶报》来说，也就觉得缺少感情的消费价值了。

从时间节点看，鸿翔的发迹之时，云裳正碰到触霉头之事。前两日即 12 月 17、18 日《福尔摩斯》和《小日报》分别爆出陆小曼和翁瑞午的"按摩"艳闻，徐志摩、江小鹣、陆小曼、翁瑞午于 21 日向法庭递进告状。不论这是否直接给云裳带来负面冲击，云裳的广告纷纷从各报撤下，接着即发生公司内部的权力更替。


## 一袭乱世的绣袍

云裳的意义远胜于服装。在 20 世纪 20 年代末的政治环境中，云裳如漩涡里一朵浪花，折射出新旧京沪文化潮流的辐辏折冲，然而一种新的可能开始即终结，令人慨叹。海归江小鹣以艺术美化日常生活，放下身段，被人讥为可惜，倒未尝不值得嘉许。徐、陆南下即与上海市民社会打得火热，陆小曼自不消说，大小传媒对她众星拱月，风头之健盖过南斗星唐瑛，大有喧宾夺主之势。徐志摩似显得被动，为了给小曼造势，和江小鹣等人连夜赶制成《上海妇女慰劳会剧艺特刊》，徐在《小言》中说："我们谁不想早一天庆贺北伐的成功?"与上海人分享国民革命的凯旋,也有他的一份政治热情在。这份《特刊》里陆小曼是主角,刊登了她的多幅戏剧照片,还有一篇题为《自述的几句话》的短文,讲她对新旧戏剧的看法,极有见地,为众多小曼传记所不收。还有洪深、周瘦鹃的文章以及唐瑛的剧照,妇女慰劳会的发起人白崇禧夫人、何应钦夫人和郑毓秀博士的照片。这位郑博士是个名人,名气不下于蔡元培,郑与徐、陆关系密切,后来当小曼遇上名誉危机,她在背后运筹帷幄,助以一臂之力。《特刊》是一份新旧文人与政治合流的有趣见证。它能够赶印出来,少不得要靠周瘦鹃在大东书局的关系。

此时陆小曼处于漩涡中心,要当交际界领袖,又要写诗唱戏学画,处处要强,又十分认真,竭力展示其气质和才华,不甘做花瓶。看来压力过大,体质先天不足,一吃力就要晕厥过去,后来抽上鸦片,也是给精神减压。至于碰到痴缠的翁瑞午,对志摩是克星灾星,对小曼却未必。想想志摩天性浪漫,乃世间少有之情圣,但是他的浪漫是诗意的观念的,而不是生活的感觉的,这方面大概吃了五四新文化的亏。

市民社会首重家庭价值,因之悬挂着私密空间。十多年前在周瘦鹃小说里就有一种中产小家庭,男的会拉繁华令(violin),女的会弹批霞娜(piano),周末参加友人家派对,饮白兰地,抽雪茄。如果这样的描写多半出自想象,那么云裳公司就意味着中产阶级已成为社会实际,而周对它的热情也异乎寻常,把他的一班好友都拉来入了股。在对待徐、陆的感情问题上可见他的细心,先是竭力塑造一对新派幸福"伉俪"形象,后来意识到出了问题,对小曼仍追捧有加,这方面对她十分偏袒,也是在维护脆弱的体面而已,而《福尔摩斯》、《小日报》等搞批判、捅娄子，其实背后也有维护一夫一妻制的公众伦理的支持。

在这场南北新旧的融合中，徐志摩是失败的。嘲笑他大鼻子、近视眼，或说他台上演出像"机器人"，尚不乏反讽式善意，却也有恶意中伤的，如1928年1月16日《小日报》上《诗翁倒霉记》一文对徐志摩大肆丑化，说他在课堂上讲错古文而出丑，或被学生在背上画乌龟等事，这些跟徐在北京所享的盛誉大相径庭。相比之下当时身居上海的胡适则显得和光同尘，本来小报对待新派人物颇多訾议，对胡适却特别买账，不乏敬意地称之为"文学叛徒"，报道多出自正面。在妇女慰劳会演出期间，胡适三晚都到，坐在楼下十元席中，还花了二十元买了两朵花和两册《特刊》，因此记者称赞说"诚热心公益也"（《上海画报》1927年8月8日）。不过胡适也特别会做人，对待小报也出诸理性，不张扬，不招惹。在胡适研究中，他与市民社会的关系，对于理解他的生平和思想大概不是可有可无的题目。

云裳激发创意，给都市文化带来新的契机，结合时装、艺术和商业而出现一种多元跨界合作的可能。如上海影戏公司的但杜宇打算与云裳合作，将云裳出产的新装摄制成影片，在银幕上作推广。另外云裳的广告本来具艺术意味，不无吊诡的是1928年起其广告几乎销声匿迹，却奇迹般重现在四月里创刊的《上海漫画》上，每期都有，这完全是主编叶浅予的缘故，他在《细叙沧桑纪流年》一书里说："有时画画时装设计图，因而受到云裳时装公司的邀请，当了一个时期的时装设计师。"这应当是张幼仪主持的云裳了，可惜语焉不详。这些广告应当出自叶浅予或鲁少飞的手笔，配合四季变化，常常花样翻新，就服装广告而言，可谓绝无仅有。不过有趣的是，一般在广告旁边另有画家署名的时装画，各有标题和题词，具个人风格，像是他们精心设计的款式，却不一定是云裳公司出品，相较之下，那些广告画就显得略为粗糙了。

"云裳"取自李太白《清平调词》之首句"云想衣裳花想容"，含有唐明皇与杨贵妃奏乐赏花的典故，因此云裳的洋名是 Yangkweifei（杨贵妃）。据《太真外传》载，正值盛唐开元中，沉香亭前牡丹盛开，明皇与贵妃赏心悦目，李翰林奉旨作《清平乐》词三首，由李龟年谱曲，"太真妃持颇黎七宝杯，酌西凉州葡萄酒，笑领歌辞"，而风流天子也甚可人意，"因调玉笛以倚曲。每曲偏将换，则迟其声以媚之，妃饮罢，敛绣巾再拜"。不消说与民国时代相始终，这位贵妃娘娘向来是大众传媒的眷宠，各种文学与影视表现层出不穷，其"回眸"、"出浴"之类的景观，为海上的浮世繁华平添几许说不清的惊鸿顾盼、长恨绵绵，单单与云裳公司几乎同时出台的有梅兰芳的京剧《太真外传》、但杜宇的电影《杨贵妃》等，也皆风靡一时。

至此可明白，有这样富丽堂皇香艳绝伦的历史做底色，当日云裳的轰动效应中须有"力比多"内在驱动，正如1927年8月15日《上海画报》上张丹翁《捧云裳》曰："上有天堂，下有苏杭，苏杭中心，是曰申江。/第一美术，却在谁方？到云裳去，去到云裳。/第一美人，又在谁行？不曰唐陆，即曰陆唐。"其实，无论唐、陆还是陆、唐，早已是剧本里派定的角色，没了她们，云裳难得如此活色生香。

尽管如此，为今人不断回味的云裳公司，实际上是唐、陆的云裳，却如昙花一现，前后不过半年，犹如一颗彗星划过，其炫目的光亮永久黏附于上海摩登记忆中。把唐瑛、陆小曼与杨贵妃拴在一起，幸与不幸，却是个乱世的隐喻，在转瞬即逝的绚丽之中，不妨借用张爱玲的一个比喻：犹如一袭华美的袍子，爬满了自杀他杀必杀的虱子。

原刊《书城》2016 年 5、6 月

# 陈冷——报界"酷儿"

近时在阅读一些现代人物的文史资料时，耳边常响起司马迁在《伯夷列传》中的感慨。孤竹君死后，伯夷和叔齐兄弟俩互相推让，都不愿继承君位，于是双双出逃。途中碰到周武王举兵伐纣，两人觉得这么做违背君臣伦理，于是在马前冒死苦谏，要求武王撤兵。武王不听，接着改朝换代，天下皆周土，两人不食周粟，饿死于首阳山。写到这里，司马迁说："余甚惑焉，倘所谓天道，是邪非邪？"他觉得老天不公，像这样道德高尚的好人为什么让他们饿死，而对于像杀人不眨眼的盗跖那样的恶人，为什么让他横行天下，得以寿终？太史公的感慨和困惑中还有更深一层意思，即认识到历史书写从来都是"成则为王，败则为寇"，权势者把历史占为己有，如果伯夷、叔齐不曾得到孔子的推崇，可能早已被人遗忘。其实对这个古代传奇稍加推敲，也不无疑问，叔齐不从父命，已不合伦理，兄弟俩这么出逃，于家于国都不算负责任。但司马迁写《伯夷列传》，似不只发抒其满腔幽愤，对他来说，两人所践行的伦理，却属一种抽象的大义，一种绝对的道德理念。再来看太史公，他之所以忍辱负重而立志完成《史记》，也正秉承着这样的理念吧。

某种意义上，陈冷正是这样一个人物。他出生于 1878 年，江苏松江（今属上海）人，原名景韩，字冷血、不冷等。20 世纪初留学日本，陈冷在报刊上发表了大量翻译与创作的作品，尤其在担任《时报》主笔时，以犀利而诡谲的"时评"执言论界之牛耳，五四一代如胡适、鲁迅等都受过他的影响。后来又担任《申报》总主笔，每日必有时评，在报界服务近三十年，被新闻界认为是舆论独立和公正的象征，如 1926 年 3 月号《良友》画报刊登张竹平《申报总主笔陈冷先生小史》一文，称陈冷"生性恬淡，敝屣尊荣。历届政变，先生均以淡邃之眼光，下公平之判断，不为利诱，不为势屈。先生盖深信舆论为国民之导师，而主持舆论者，尤必有高贵之品格，故其克己也严，论事也平"。直至 1947 年展望出版社的《上海时人志》说陈冷"任《申报》总编辑有年，现仍担任该报发行人。先生肃穆寡言，头脑冷静，总揽社政，守正不阿，笔苛如剑，尤注重社会黑暗面之揭发。凡大义所在，不为利诱，不为势屈，均能奋勇以赴。《申报》之超然姿态，独立风格，殆先生数十年来孕育葆养所致"。

如本尼迪克特·安德森（Benedict Anderson）所说，在现代社会形塑民族"想象共同体"方面，报纸所起的作用至关重要，而在 20 世纪上半叶的中国，这一共同体却四分五裂。自晚清康梁主办《清议报》、《新民丛报》以来，报纸即成为政治的工具，历经五四、北伐，思想与社会风云变幻，知识分子不断分化组合，政党政治愈演愈烈，作为上海数一数二大报的《申报》，自然首当其冲。虽然它属于经济自主的商报，但在拼得你死我活的政党之间要保持"中立"，谈何容易。1934 年《申报》总经理史量才遭到暗杀，可说是为"中立"付出的代价。在这一背景中，陈冷能得到"独立"、"公正"的赞誉，确属难能可贵。《上海时人志》说："左右以其资望日隆，力劝从政，而先生唯置一笑，仍坚守其新闻岗位不懈。"以淡泊自处，与政界保持距离，所谓"凡大义所在，不为利诱，不为势屈"，由此可见一斑。我想这"大义"与伯夷、叔齐所坚守的绝对伦理颇有殊途同归之处，特别在 1930 年，陈冷不受蒋介石的笼络，毅然脱离《申报》。陈冷在政治上属于失"势"者，国共两头都不靠，由是 20 世纪 50 年代以来，大陆的新闻史当然不提陈冷，在台湾也是半斤八两，如赖光临的《中国近代报人与报业》（台湾商务印书馆 1980 年版）是中国现代新闻史方面的权威性著作，书中也不见陈冷。

历史毕竟有公道人心，留存于民间文化记忆的夹缝之中。20 世纪六七十年代一些老报人还记得陈冷。1962 年上海的李忍寒编纂了《申报七十七年史料》，以油印本在内部流传。1968 年台湾出版了朱传誉的《报人、报史、报学》一书，其中有《报界奇人陈景韩》一篇。1971 年包天笑的《钏影楼回忆录》在香港见世，书中回忆当年报馆时期的陈冷，栩栩如生。然而到 20 世纪 90 年代情况突变，对于民国时代文化记忆的考古发掘风起云涌，经过风尘的洗刷，陈冷的名字出现频率越来越高，对他在文学史、翻译史或新闻史方面的贡献的认识也愈益深入。关于陈冷的"时评"及民国时期新闻独立与自主的问题，我曾有过专论，但还有点边角料可用来当话题，有些地方对于理解陈冷的思想、文学及其所处的时代或许有点帮助。

# 与梁启超较劲

　　谈到陈冷，学者常引用胡适写于 1921 年的《十七年的回顾》一文："《时报》的短评在当日是一种创体，做的人也聚精会神地大胆说话，故能引起许多人的注意，故能在读者脑筋里发生有力的影响。我记得《时报》产生的第一年里，有几件大案子。一件是周有生案；一件是大闹会审公堂案。《时报》对于这几件事都有很明决的主张。每日不但有'冷'的短评，有时还有几个人签名的短评，同时登出。这种短评在现在已成了日报的常套了，在当时却是一种文体的革新。"胡适说的"短评"指《时报》最初的"时事批评"栏目，曹聚仁说"狄平子延陈冷为总主笔，辟时评一栏"，其实不那么确切，其实从"时事批评"到"时评"经历了一个发展过程。胡适这一代人深受梁启超《新民丛报》的影响，这一点为大家熟知，而《时报》第一年的"短评"给胡适造成深刻印象，说它是一种"创体"，很大程度上是相对于《新民丛报》而言。《新民丛报》创刊于 1902年，其中尤其是梁启超那些"笔锋常带感情"的文章打动了多少年轻学子！《时报》始于 1904 年，所谓"周有生案"和"大闹会审公堂案"发生在上海租界，涉及华人和洋人利权的冲突，陈冷的短评站在中国立场上据理力争，言辞尖锐，这和《新民丛报》上介绍西方学理的长篇大论或隔岸观火式的救国论述相比，更具一种在地感，更能直达人心。因此胡适说："当日看报人的程度，还在幼稚时代，这种明快冷刻的短评，正合当时的需要。"又说："这确实是《时报》的一大贡献。我们试看这种短评，在这十七年来，逐渐变成了中国报界的公用文体，这就可见它们的用处与它们的魔力了。"（《胡

适文存》第二集，黄山书社 1996 年版）

当年梁启超对于自己开创的"报章文体"或"新文体"十分自负，胡适这么高度评价《时报》的"文体"，意味着思想的范式转换。这在次年的《五十年来中国之文学》一文中说得更为明显。他说日俄战争（1904—1905）以后，"梁启超早年提倡出来的那种'情感'的文章，永永不适用了。帖括式的条理不能不让位给法律家的论理了，笔锋的情感不能不让位给纸背的学理了。"（申报馆编《最近之五十年：申报馆五十周年纪念》，上海书店出版社 2015 年版）这一点很有意思，胡适颇具卓识地把报纸文体与时代思想风气联系起来。照他前面的说法，取代梁启超的"中国报界的公用文体"应当是发轫于日俄战争时期创刊的《时报》。虽然没提到陈冷，但事实上触及陈冷和梁启超之间的一段过节，涉及党派利益和办报理念的冲突。

原来《时报》由狄葆贤创办，政治上他属康有为、梁启超一派，1900 年参与唐才常自立军"勤王"运动，失败后决意从事"文字上之鼓吹"，在康的授意下办了《时报》。1904 年春梁悄悄从日本来上海，与狄葆贤一起筹划，撰写了《发刊词》，声称"以公为主，不偏徇一党之意见"，并制定了编辑方针。但是《时报》的创立正值清末实行"新政"，该报竭力抨击"专制"而鼓吹"立宪"，实际上得到以张謇为首的江浙立宪派的支持，越来越偏离了康、梁的保皇路线。加拿大学者季家珍（Joan Judge）在《印刷与政治》（*Print and Politics*，'*Shibao*' *and the Culture of Reform in Late Qing China*. Standford University Press，Standford，California，1996）一书中指出，《时报》为社会的"中层地带"开辟了广阔的言论空间，这对于确立中国报纸的现代身份来说具有重要意义。这当然跟《时报》总主笔陈冷有关，此人颇有一番来历。他先是在张之洞开设的武昌武备学堂学习新学，戊戌变法失败后加入革命会党，后来受唐才常武装运动的牵连，遭到清廷通缉。陈冷于1899年底潜往日本，在早稻田大学学习文学，加入过兴中会。1902年回国，在上海加入戢翼翚等人创办的《大陆报》，倾向于孙中山的反清立场，专与康、梁的保皇党作对。

察觉到《时报》愈益离心离德，1906年梁启超致书于康有为，特别指出"楚卿信任陈景韩及署名冷者，而此人实非吾党，孝高亦袒此人，怪极。故于党事，种种不肯尽力，言论毫不一致，大损本党名誉。"（丁文江编《梁启超年谱长编》，上海人民出版社2009年版）梁氏的觉察为时已晚，此时《时报》已在报业中站稳脚跟，如曹聚仁所说的，陈冷"在办报方面每别出心裁，不随旧习，除撰论外，提倡评价外国文艺，提倡教育，保存国粹，注重图画……开报界的新风气。这符合狄平子创刊之始所主张的报界革命的宗旨"。（《20世纪上海文史资料文库》，上海书店出版社1999年版）给康写信之后，梁启超派麦孺博去上海整顿，无济于事。从狄葆贤和罗普偏袒陈冷这一点来看，他们对康、梁已满不在乎，这与《时报》在经济上能完全独立有关。

梁启超说陈冷"实非吾党"，多半跟《大陆报》有关，办该报的戢翼翚、秦力山等人都深受孙中山影响，专与梁过不去，攻击他在《新民丛报》中的言论"剽窃东籍中一二空论"，华而不实，自相矛盾。陈冷为《大陆报》记者，当然脱不了干系，故梁对他有此印象。其实梁也主张立宪，在大方向上与《时报》没什么不同，却在论述上体现了不同作派。关于上海的报纸读者，一般认为"论阅报者之派别，则学界多阅《时报》，工商界多阅《新闻报》，官僚多阅《申报》"（王钝根《办报之……经验》，《励志》1917 年第 17 期）。可以想见正当梁启超主笔的《新民丛报》风行之时，如果照胡适的说法《时报》是"中国知识阶级的一个宠儿"（《十七年的回顾》），那么必然会对梁氏形成挑战。《新民丛报》长于输入西洋学理，提供思想武库，但梁氏等人流亡东瀛，言及中国事务就难免空谈主义，隔靴搔痒，相较之下，《时报》则不尚空论，切中时弊，认真研究现状和历史，对时局的分析大多具体务实、前后一贯。如《论立宪政体起于地方之自治》、《地方自治政论》等社论文章阐述政治改革的具体方案，代表了在地经济集团利益。或如《论中国亟宜教育律师》等文也显示出作者根据实际需要重视专业知识的倾向。

像梁启超一样，陈冷也喜欢谈论天下大势和西方学理，为未来中国与国民心灵开药方，有迹象显示出他有意与梁氏较劲。像 1905 年 1 月发表的《敬告当世青年》一文就令人想起梁的《少年中国说》，后者纵横恣肆，感情充沛，是梁氏"新文体"脍炙人口之作。而《敬告当世青年》则出以理性，围绕"青年之爱惜身体"这一主题，是强调身体力行、始于足下的平实之论。1904 年 8 月发表的《论救中国之真豪杰》一文，似针对一向以"豪杰"自居的梁启超。谁是"真豪杰"？他应当"深通历史，精省国势，一切政治法律外交皆了然于心胸，而见诸施行"；还需要"深于阅历，练达世情，凡国内各种社会情状均能透彻，故所遇无阻"。最后说"时至今日，则断非号称有志徒托空言，而毫无实际者所可蒙其虚名也"。所谓"空言"、"虚名"的指控，与差不多此时《大陆报》上《异哉新民之宗旨》（1904 年第 1 期）之文很有一唱一和的味道。该问指斥梁氏：

"故新民之立说，纯属乎一时感情而毫无责任"，"吾不怪新民子之反复，而不能不怪新民子之轻于发言"，"新民喜于自见，偶得一知半解，则思举以炫人。往往以书未阅终篇，即剽窃其大意发为言论，而流利刁巧之文笔足以济其奸，使浅陋者一见，神经刺戟，几疑新民于学无所不窥，新民之所以得大文豪之誉者以此，而新民一声之所常者亦以此"。又说《新民丛报》"三十余册，暧昧之社说不能塞天下之口"。再来看《时报》1905 年 9 月的《敬告当世之言论家》一文，口气颇严厉，所谓"上不能为世立德，次又不能为国立功，下又不能为个人举事立业，徒藉区区言论，欲以己所不能者，望之责之于人，是亦甚可羞矣"。列出十条言论家应当做到之事，如"当使与时势有合"，"当使之有益于其事"，"不可有自显之心"，"不可有自私之心"等。虽然未指名道姓，但所谓"当世之言论家"，梁启超当之无愧。从《时报》崇尚实际、反对夸夸其谈这一点来看，正印证了胡适所说的"笔锋的情感不能不让位给纸背的学理"的趋向。


## 革命与文学

1902 年梁启超发表《论小说与群治之关系》一文，掀起"小说界革命"，其里程碑意义已载入文学史册。为人忽视的是 1905 年 5 月《时报》上陈冷的《论小说与社会之关系》一文，就文章标题来看，有意和梁启超抬杠。虽然影响上不如梁文，但对于理解陈冷的小说主张与当时创作风气极其重要。在革命救亡的危机时刻，小说一跃而高踞文学之冠，担当起动员和教育大众之责。这一点陈冷与梁启超并无分歧，而在小说的社会功能及其改造国民性方面，则显出深刻分歧。梁氏提倡"新小说"应极其高调，要求表现新思想、新道德，而与小说传统彻底决裂。他把"中国群治腐败之总根源"归咎于"旧小说"，指斥《水浒传》与《红楼梦》是造成"江湖盗贼"、"才子佳人"的国民性格的罪魁祸首。陈冷则在文中强调小说应当"有益"和"有味"，着眼于现状，更关注读者喜好与小说的特性。他指出小说中不乏描写"放纵之事"、"萎靡之事"、"残酷之事"、"淫荡之事"的内容，看上去都不合正道，但陈冷认为不能单从"正面"来看，如有人为之辩解，"记残酷之事，则曰恐我国民之性质不深刻也；记淫荡之事，则曰哀我国民之性之不活泼也"。陈冷同情地说"其实施之于实事者，也诚有如此者"，即认为这些辩解也有道理，小说的功效在于实际需要，所谓"提倡小说者之善察社会情形而已"，如果"矫枉过正"的话，也会产生"流弊"。这样的看法当然要比梁启超宽容和灵活得多。事实上在"小说界革命"中，小说杂志如雨后春笋般出现，陈冷也是弄潮儿，1904 年起在《月月小说》以及他主编的《新新小说》上发表了大量小说，类型多样，鼓吹暗杀的、侠义好勇的、侦探推理的、男女言情的，应有尽有，与上述"放纵"、"萎靡"、"残酷"、"淫荡"等内容几乎可——对应。

吊诡而复杂的是，陈冷在《论小说与社会之关系》中指出国民两大"病根"在于"无复仇之风"、"无尚侠之风"，因而大声疾呼小说应当大力表现之。鼓吹"尚侠"并不新鲜，先是谭嗣同等人即在提倡，最后他以身殉之。梁氏在《新民说》中提倡"冒险"精神，只是具洋化色彩的"尚侠"而已，但"复仇"论带有强烈的反清色彩，与梁氏的政治立场大异其趣。陈冷说："复仇，天性也。孔子之教曰：君父之仇，勿与共戴天；兄弟之仇不同国。是孔教许人以复仇也。耶稣之教曰：复仇者，至公平者也。是耶教亦许人以复仇也。"在庚子之后愈益高涨的反清浪潮中，革命派围绕着"光复"观念建构了一套以汉族为中心的民族主义的理论话语，许多文章收在1903年出版的黄藻编的《黄帝魂》一书中，内中《论复仇主义》一文就引《礼记》的"父之仇不共戴天"之语，陈冷则把这句话当作"孔子之教"来为"复仇"正名。然而他的"耶教亦许人以复仇"说法则与众不同，如章太炎的《复仇是非论》说"循乎耶稣之说，则言视仇如友矣"，显然有别于陈冷的理解。同年邹容在《革命军》一书中声称要"诛绝"、"满洲种"，即以"种族革命"与复仇理论作为基础。1904年由于"苏报案"章太炎和邹容被判入狱，仇满心态变本加厉，革命党以暗杀为主要手段，蔡元培、章士钊、陈独秀等人在上海成立暗杀团，训练女子制造炸弹，从事反清活动。虽然陈冷与这些人事似无直接关联，但1905年4月3日邹容死于狱中，陈冷的文章分上下篇发表于6月底7月初，时间上的连接值得注意。

近年来陈冷的早期小说很引起重视，有的认为他翻译了俄国作家安特列夫的小说《心》，对鲁迅的《狂人日记》有影响；有的认为他的《催醒术》是现代中国文学史上的第一篇"狂人日记"。从文学谱系来看，据周作人说鲁迅"以前在上海《时报》上见到冷血的文章，觉得有趣，记得所译有《仙女缘》，曾经买到过"（《鲁迅与清末文坛》）。不过就"复仇"这一点而言，收在《故事新编》里的《铸剑》讲眉间尺报杀父之仇最终与楚王同归于尽的故事，即有"君父之仇，勿与共戴天"的意思。这在思想上与陈冷一样发源于世纪初的反清革命，至于文学"复仇"是否受陈冷的启发还值得推敲。

陈冷的"复仇"主张露出他早年加入革命的底色，并贯彻到小说翻译和创作方面，尽管题材多样，最有影响的却是描写侠客和俄国虚无党的作品。1907—1908年间清廷继续严厉迫害革命党，陈冷在《为株连党人事再告当局》等文中一再告诫当局不要滥杀无辜，为革命党开脱，另一方面发表《女侦探》、《炸裂弹》、《杀人公司》、《俄国皇帝》等虚无党小说，描写革命志士如何不顾个人安危，暗杀政府当局，制造炸弹、设计圈套，演出种种英勇壮烈的活剧。这期间正如为刺杀五大臣而死的吴樾所说进入了"暗杀时代"，如徐锡麟、秋瑾即为显例，而陈冷的这类小说等于和革命运动暗通款曲，输送精神弹药。

当初狄葆贤聘请陈冷，是因为赏识他的小说，却好似安置了一颗定时炸弹。当武昌城头响起起义的枪声，陈冷毫不犹豫站在革命党一边，如1911年10月15日《时报》上陈冷的短评《革命军第一战》："革命军一起而举武昌，再进而取汉阳、汉口，此皆唾手而得也。今乃炮声一发而又毁长江之兵轮一。呜呼！视政府之兵，已如摧枯拉朽矣！"在10月、11月间，陈冷的"时评"如《政府之方针乱》、《各地之响应》、《大局已定》、《革命之前途》、《袁世凯之技穷》、《速战！速战!》、《民军今日之方略》等如匕首般发生功效，这些标题让人看到战局的进展，陈冷在为革命军摇旗呐喊、出谋献策，富于卓见地对袁世凯表示警惕，告诫革命军不要妥协，为缔造共和应当一鼓作气战斗到底。不无吊诡的是，此时张謇代表江浙立宪派寄希望于袁世凯，试图调和南北势力集团。尽管《时报》与立宪派关系密切，陈冷也竭力鼓吹立宪，但在关键时刻却显露其革命本色与独立个性。

# "酷儿"的自由困境

"酷儿"是个时髦话，在陈冷那里以"冷"或"冷血"命名，冷峻是他的人格风貌，铺洒在他的士风和文风里头。戈公振的《中国报学史》中有少数人像照，如梁任公、章太炎等，包括陈冷。那是一个时髦记者的形象，在一辆自行车旁边，一身西装，头戴鸭舌帽。另一张照片刊登在1926年的《良友》画报上，西装革履，头戴毡帽，金丝边眼镜，目光深邃，略带自负，手握烟斗，十足绅士派头。

写真像里一副"酷"相。他平时喜欢摄影、养狗、打靶、看拳击。与崇尚西化的五四知识分子相比，陈冷似乎洋派得较为彻底。他和五四诸公没什么交往，有几个朋友如包天笑、周瘦鹃等，那是被目为"旧派"或"鸳鸯蝴蝶派"的，到20世纪20年代陈冷难得写小说，大约是周瘦鹃的拉稿，写了一个《荡儿》的长篇在《上海画报》上连载。尽管如此，陈冷又不像一般旧派文人，连"南社"也不见其名录。他被视为"怪人"，在包天笑的《钏影楼回忆录》中有不少可笑可怪的记载，他讲课时不苟言笑，被女生唤作"冷血动物"，因此自名为"冷血"，报社里的人也把他叫作"冷血狗"。

大体上陈冷是个传统与现代的奇怪结合。他守法、世故、骨子里是传统的，而没有旧文人那些嫖赌、抽大烟的习气；另一方面他受科学精神的熏染，是个现代专业知识分子，一些新文化人高调救世、抱党结团或好为人师等风气，陈冷都不沾边。

陈冷之"酷"还在于他的毕生志趣，视新闻事业为归宿。身居传媒要职，严守公私界限，这方面他极其低调，低调到近乎苛刻。

投身于报业三十年间，坚持操守，黾勉敬业，被《申报》同仁尊为"自由独立之精神"，而在新闻界则被认为是体现专业精神的典范。他对于民国新闻史的贡献，这里仅举两例：一是 1905 年在《时报》上刊登了《宜创通国报馆记者同盟会说》之文，被戈公振认为"报界之知有团体，似以此始"，该文作者即为陈冷。组织"记者同盟会"旨在促进记者之间的交流，能互相监督，遵守竞争规则，更主要的是在清廷当局压制公共舆论的情况下，希望记者们团结起来，共同维护新闻事业的尊严，捍卫舆论自由的权利。二是 1922 年申报馆五十周年纪念时，陈冷作《二十年来记者生涯之回顾》一文，将个人从业经验列出十二条，可贵的是关于新闻自由、专业操守及社会权力方面的表述："权者，世间之公器。""办报之人，丝毫不可有利用报纸之心。"又说"记者固以言论为职，不能责之以事事实行。然其平日所行之事，必须与其所发之言论，不相反背。然后其言论始有若干价值，而能取信于人"。这些话掷地有声，被报界奉为"记者信条"。1938 年赵君豪在《中国近代之报业》一书的序言中全引陈冷此文，赞之为"治报之定律"，把它视之为新闻专业者的经典文本。

这几天在坊间看到加拿大学者卜正民主编的《国家与社会》一书，对于现代中国是否存在"公民社会"（civil society）的问题重新加以讨论。其实是个老问题，挥之不去，显见其价值所在。我觉得中国的问题，切忌一概而论。就民国时期的上海而言，其共和立宪的机制以西欧工业社会为楷模，虽然具半殖民性质，且受到政治的干扰，然而数十年的发展轨迹呈现出形塑某种"公民社会"的趋势。近二十年来涉及这方面的研究成果累累，如唐振常、熊月之等学者都指出上海市民的自治机制的存在与发展。徐小群在《民国时期的国家与社会》一书中认为，20世纪30年代上海新闻记者群体日益成熟，为争取言论自由表明其坚决立场。但从陈冷的例子来看，从清末至20世纪20年代，尽管政治上风云变幻，在新闻现代性建制及专业意识建立方面已获得很大进展。在这过程里陈冷及其同仁经历了从传统文人到现代职业知识分子的角色转型。

对于陈冷来说，独立是人格，自由是天职。陈冷说："中国今日之自由，与世界各国之自由，有大不同者。世界所谓三大自由，中国人或不能享。集会有禁制也，报纸有查封也，不犯法之身体，有羁押也。"（《申报》，1918年10月11日）由是可见"公民社会"在中国途程艰难。《二十年来记者生涯之回顾》中一段话寓意深刻："世间原无绝对自由之事。惟同一不自由，毋宁屈于威力，而不可自行贩卖。屈于威力，外虽束缚，而心尚自如。若自行贩卖，则并一己之意思而亦丧失之矣。斯实可谓世间最不自由之人。"自由难以实现，更难保持内心的自由，以不"自行贩卖"为道德自律的底线。

1929年7月陈冷在《申报》上的"时评"终止，次年辞去总主编之职，转而担任中兴煤矿公司董事。对于把新闻事业当作"第二生命"的陈冷来说，这变故非同小可，却与蒋介石扯上了关系。1927年蒋控制上海之后，企图笼络陈冷，围绕着陈的去留问题，有各种说法。有的说对于蒋介石控制和检查新闻等政策，陈冷并不反对，因此和史量才意见不合。有的说陈冷与蒋介石一起游溪口、登庐山，讲《孙子兵法》，两人打得火热，也有陈冷被邀出任国民党中央党部宣传部长的说法。有意思的是1928年1月底《上海画报》上刊出《陈冷血患疽记》一文说，"外间以先生偶至首都，遂蜚短流长，谓蒋主席月以千金为筹，聘为顾问，遇事咨询。实则陈先生自入新闻界，垂二十年，从未与任何机关发生关系，先生以外症未到馆，或又传其受蒋之招，讥被赴京者，是诚神经过敏之谈也"。各种传言都与蒋介石要罗致陈冷入幕有关，然而这篇文章等于为陈冷澄清，粉碎了这些传闻。对于陈冷的评价，曹聚仁的说法较合实际："蒋介石的政治旅途中，一生是蒋的朋友，只有张季鸾和陈景韩二人。从望平街这一龙门跳上政治舞台的，代有其人。只有陈景韩可以有进入国民政府，成为蒋介石的张子房的机会，却留在望平街的岗位，并不以为鸿鹄将至。陈氏一直不肯做蒋氏的'智囊'，蒋氏对他也格外敬重一点。每有大事，蒋氏必到上海访陈，听听他的议论。"（曹聚仁《上海春秋》，上海人民出版社1996年版）曹聚仁又说当时的名记者陈布雷、张季鸾都被蒋收买，甘做捉刀人，落得自杀身亡的下场。言下之意陈冷不受蒋的笼络，保持了自己的独立，比陈、张之流高出一筹。

正当蒋介石声称要一统中国，其势如日中天时，新闻界不乏趋之若鹜者，但陈冷说不——够"酷"。抗战胜利时国民党CC系（中央俱乐部）掌控了《申报》，又请陈冷担任主笔，他不答应。该报每月送他薪金，他坚决不收，把支票原璧奉还——也够"酷"。关于他毅然离开《申报》，说他是利己主义也好，悲观消极也好，联系他的不"自行贩卖"的许诺，在乱世中独善其身，求得内心的自由，也未尝不是一个智者的抉择。

原刊《随笔》2014 年第 5 期

# 殷明珠与"明星"由来

1922 年 2 月 1 日国产片《海誓》在上海夏令配克影戏院开映，殷明珠在片中饰演女主角，这对于当时电影观众来说，是一件见怪不怪之事。说"不怪"，是观众此前已见过不少女明星，大多在好莱坞影片中；说"见怪"，是中国女子上银幕远非易事。此时本土电影工业刚起步，还没有专门的演员，另外由于传统观念的影响，一般女子不愿涉足演艺界，社会也不鼓励，如在话剧中，官方明令禁止男女同台演出，女角皆由男子扮演。

殷明珠并非中国电影第一个女演员，数月之前也是在夏令配克放映过《阎瑞生》，轰动一时，不光是根据人所皆知的凶杀新闻改编，也因为是第一部国产故事长片，与世界电影开始接上了轨。片中被杀的王莲英是个妓女，拍电影时找不到演员，结果找到一个从良了的妓女来扮演。按照电影史家的说法，《海誓》是第一部国产"爱情片"。按今日的理解，在电影类型中"爱情片"是正宗"文艺片"。就像奥斯卡颁奖，得奖的如梅里尔·斯特里普（Meryl Streep）或朱莉娅·罗伯茨（Julia Roberts），比"喜剧片"的女主角荣耀得多。殷明珠是"国产爱情片演出的第一人"，在中国电影史上无疑具"一姐"的历史地位。

其实在《海誓》拍摄之前，殷明珠已被称作"FF女士"，在"交际界"中名震一时。FF即Foreign Fashion（西洋时髦）的缩写，因为她剪短发、穿西装，生活作风"洋气十足"。她还能骑马、游泳、开车等，活脱一个"中国制造"的好莱坞明星。事实上她取名"明珠"也与风靡当时的美国女星"白珠"（Pearl White）有关。本文要讲的是关于殷明珠的从影传奇以及好莱坞明星文化的纠葛，不仅涉及"明星"一词的来由，也涉及时尚、性别、商品物恋等话题，对于打造20世纪20年代初上海的都市景观来说，扮演了不可或缺的角色。

## 从影迷到从影

1904年殷明珠生于江苏吴江县，家中世代簪缨，书香盈门，曾祖父辈多为清代翰林。其父是个画师，略有名于时。明珠幼年时丧父，家道中落，13岁时随家迁居上海，15岁就学于西人开办的中西女中，成绩优异，能说一口流利英文。她性格开朗，长得胖嘟嘟的，喜欢运动，爱好洋场的时髦习尚，如郑逸梅说，"明珠具新头脑，新风格，什么舞蹈、游泳、歌唱、骑马、踏自行车、驾亨斯美（美国蜂雀牌汽车音译），她都有一手。在旧社会风气未开时，这一系列的玩意儿非一般闺秀名媛所敢尝试"，"FF女士"的名号由此而来。

殷明珠在中西女中读书，尤其喜欢看电影，那时上海有数家西人经营的电影院，好莱坞影片源源而来。一系列描写侦探盗贼之类的连续长片，如《宝莲历险记》（*The Perils of Pauline*）、《爱莲娜新历险记》（*The New Exploits of Elaine*）、《大阴谋》（*The Black Secret*）等，女主角皆由白珠饰演，深受一般观众喜爱，殷明珠也大为倾倒，时常模仿她的妆束。其实不光是白珠，凡影片中的女星，骑马、游泳、开车等于家常便饭，而FF所模仿的正是好莱坞作风。

我这里好似在追踪"一个明星的诞生"，却发觉文字记载中"明星"头上不免闪烁着光环。关于殷明珠的生平传记，数郑逸梅的《影坛旧闻》（1982）一书最为显要，然而很多历史细节被省略了。书中说到"FF女士"是她的中西女校的同学们给起的，并由社会人士使之传播开来。这一过程应该有不少故事，根据1924年《电影杂志》中朱瘦菊的说法，"偓薄子以其蛮靴卷发，有西方美人风味，因加之以Foreign Fashion西式的徽号"。可见FF伴随着不同的观点和情绪，这段话也使这一"过程"变得活色生香起来。

殷明珠原名尚贤，小字龙官。《影坛旧闻》说"明珠是她的别名，后来作为艺名"。关于取名"明珠"有不同说法，大多说她因为倾慕白珠而取。但据殷明珠1922年在《快活》杂志上自述："影戏诸艺员中，予尤服膺白珠女士。时人称之曰'宝莲'，盖以《宝莲历险记》一剧而得名也。其表情之妙，实非碌碌余子所可企及。予何幸乃得与女士同名。女士名珠，予也以珠为字。"看来她早已取名为"明珠"，与"白珠"是一种巧合。既然坦陈其对白珠的仰慕之情，如果真的取名模仿，也不必否认。另一种说法是她到了上海之后取的，应当在进入中西女校之时，嫌原名不雅，因此改名为"明珠"。学校为西人所办，或许学生该起个洋名字，她确有西名 Pearl Young（或作 Pearl Yang，不知孰是），即单名译为"珠"了。

1921 年在"交际场"上殷明珠与但杜宇初次相遇。所谓"交际场"或"交际界"似属上海都市传奇的一个有趣关目，至少在 20 世纪 20 年代初已经出现，且如殷明珠已被称为"交际界明星"或"交际界之花"。陈小蝶在《春申旧闻》中说到"交际花"的特别含义："皆名门闺秀，出身教会学堂，每有名流胜集，则敦请参加。珠光宝气，望若神仙。"那是一种新型的"公共空间"，"交际花"则象征着它的教育资本、都市景观与文化启蒙。

这位但杜宇属新进"名流"。他原籍贵州，出身于书香门第，曾祖但明伦曾为《聊斋志异》作批注。13 岁时丧父，门第凋敝，后来携母等来上海谋生。其时上海流行美女月份牌，但杜宇即在这一行当中崭露头角。他聪明绝顶，单看其《百美图》和沈泊尘、丁悚的风格大不一样，完全是新潮开拓。在这交际场中，这位来自僻壤的小伙子正闯荡出一片天地，已经与人合资从一个洋人那里买下一架旧摄影机，踌躇满志地准备自己拍电影了。

殷明珠与但杜宇一拍即合。两人不但身世相似，兴趣爱好也相近。其实杜宇是个影迷，也是白珠的粉丝。1917 年为包天笑主编的《小说画报》作一幅《和好如初》的插图，题曰"美国著名影戏大家宝莲女史侦探戏中之一幕"，口吻很是虔诚。可以想象两人倾谈之际，惺惺相惜，甚为投机，他对明珠慕名已久，当下邀请拍电影，她欣然应允。

《海誓》的故事梗概：富家女殷福珠幼失父母，依兄度日。她去海滨探望患病的舅父，于是与穷画家周选青坠入爱河。情深之际立下誓言，如果负约的话她将投海而死。后来在富有的表兄追求之下，她答应嫁给他。正当在教堂结婚成礼之时，福珠想起以前的誓言，逃出教堂去找周选青，遭到拒绝，遂赴海践誓。周随即得知真相，追至海滨。福珠正纵身欲下，他及时赶到伸出援手，影片以终成眷属而圆满结束。

《海誓》使殷明珠一炮蹿红，实际上影片占了她不少便宜。当时《申报》上的广告大书特书"FF 殷明珠女士杰作《海誓》六大本"，卖点在于 FF 的名气。大多数观众冲此而来，为了一睹殷氏的风采。影片女主人公叫"殷福珠"，与殷明珠真名相似，故意使用"影射"策略，为的是使观众看真人更甚于看故事。《海誓》见世后数年间流转放映于上海各影院，据说卖座之盛，超过舶来片。的确与外国片相比，本土片流通方便，或租赁费用较为低廉，其重映频率也较高，除这些原因之外，FF 具有特别的号召力。如 1923 年 6 月的《申报》云："《海誓》影片，前晚映于新海伦，颇受顾客欢迎，连映四夜，坐客皆满。咸以殷女士之表情，实足满意也。"也有截然相反的批评，如同年 7 月《最小》报中楼一叶说："其最为是片之玷者，则殷明珠之表情也，几乎无一处不出之浮滑。"不管怎样，由《海誓》催生了最初的国产片评论，而殷明珠则标志着国产电影"明星"的诞生。

当时观众对国产片不看好，但出自爱国心理，评头品足之余也勉励有加。对《海誓》的不满大多集中在情节或场景有欠"逼真"方面，如有的指出福珠去看她舅父，去时带一只手提皮包，出来时换了一只日本式的藤夹，于是觉得莫名其妙。但杜宇初拍电影，技术和设备都极简陋，这类例子颇多。有趣的是，国人看惯了好莱坞电影，耳濡目染，动辄以之为标准。如周瘦鹃在影片开映数天之后即在《申报》上发表《记〈海誓〉》一文，可说是第一篇像模像样的国产片影评，文中认为殷明珠在某些情节的表演"表情俱佳"，但与好莱坞明星诺尔玛·塔尔梅奇（Norma Talmadge）或玛丽·璧克馥（Mary Pickford）相比，"固相差尚远"。不过最后希望《海誓》的制作者"精益求精，勿自馁退"，并乐观表示国产电影由此"发轫"云。这番评论在今天读来不免感慨系之，从最近几部把"大片"搞砸的例子来看，百年之后的中国电影仍带着"先天不足"的胎记，悲夫！

另外饱受诟病的是影片过于西化，不光人物皆穿西装，室内家具等全是西式，当然在表现爱情方面也颇为大胆开放，以致有人以中西风俗迥异为由，要求把剧中男女拥抱的镜头删除掉。这部电影如此洋派，体现了殷、但的共同作风，两人初次合作，不仅心有灵犀，且种下爱根。碰巧影片中的男主人公也是个画家，不知是否杜宇有意作自我影射，埋下伏笔。后来杜宇对明珠展开追求，却遭到殷母的反对，恐怕有辱诗礼家风，不许明珠再拍片。三年之后，她冲破阻碍重又回到影坛，1926 年与杜宇结婚，成为中国第一对"银坛夫妻"而传为美谈。

## "明星"的诞生

殷明珠名声在外，在拍《海誓》之前即给印刷媒体瞄上，在

"西洋时髦"上做文章。1921 年先是《时报图画周刊》刊出她照片，9 月里周瘦鹃主编的《半月》杂志上有 KK 执笔的《FF》一文，颇为别致，开头说：

> 自男女社交之风尚开，《时报图画周刊》之艳影出，人乃无不知有窈窕倜傥之 F. F. 者。F. F. 为英文 FOREIGN FASHION 之缩写，译意为外国式，因其装束力摹西式，极艳丽之致，出入于交际场中，进退自如，久蜚芳誉，而其装束尤擅浓华，大多别创一格，力开装饰风气之先河，在海上游戏场中俨执交际界之牛耳。人见其浓若桃李，艳媚入骨，莫不心醉神移焉。

此文叙述 FF 能骑马、泅水、自驾汽车等，当然涉及电影和宝莲，不无夸张地说殷明珠"好观电影，剧院每一片出，虽载风雨，亦必往观，海上所演者，殆或无遗。其装束均摹影戏中女郎，故尤得西方美人之风度。平生所推崇者，唯一宝莲女士 Pearl White……而其姿容之美，亦克似于宝莲"。

文章用文言写成，满篇艳辞丽藻，颇有唐人"传奇"笔意。比方叙及明珠家世时说她的后母不良，由是某姑妈聘她为媳妇等处，与一般殷氏传记不合。作者说这些都是从一位叫"凌波"的朋友那里听来的，如果添油加醋作小说家言，也无可厚非，然而文章刻意渲染殷明珠的罗曼史，说她有未婚夫，在某洋行任职，"每星期六，夕阳方斜，秋千刚罢，其未婚夫某君恒驾油绿之车，来迎芳躅"。包天笑的《钏影楼回忆录》也提及这个名贵女校，每到星期六下午校门口停满了私家车，把千金们接回去。《FF》一文更诗意形容这对情侣"鞭丝轮影，相与俊游，迫至疏星三五，凉月澈照，乃轻车缓缓归"。后来又说"今年则人事已非，花寂云去矣"，似乎明珠与其未婚夫断了关系。作者议论说"飞短流长，吾终不敢信，亦不忍信之"，为她深加惋惜。

如此大曝明珠的绯闻艳史，倒也凸显了 FF 的含义，正如说到明珠"剪发易西装，为解放女子"，为自由恋爱的风尚张目。不消说她的从影之举也是"自由"的表现，文章也不忘为《海誓》预做广告，说她"近方从事于影戏事业，将来环姿艳体，显露于绮场绣幕间，其芳誉当十百倍于此间也焉"。

1921 年上海流行杂志风起云涌，如《礼拜六》、《游戏世界》、《快活》等纷纷登场，其中《半月》杂志卖力为殷明珠做广告，实际上出自其主编周瘦鹃的追星热与生意眼。这番"捧角"之举一箭双雕，一方面对国产电影满怀信心而呼唤其出台，另一方面也是为杂志自身品牌，使之成为一种都市景观，并居于打造时尚的新潮前沿。殷明珠正提供了一个难得的机会，其"FF"的徽号具有"西洋时髦"及好莱坞作派的丰富含蕴，不过也正巧碰上周氏，此前他在流行杂志上不断发表"影戏小说"，热心介绍外国电影，又在《申报》上连载《影戏话》，对于世界电影作了系统介绍和评点，竭力输入电影观念。也恰恰是周氏，在引进好莱坞明星文化方面有筚路蓝缕之功。

早在 1915 年《中华小说界》杂志刊出周瘦鹃《美国影戏中明星曼丽碧华自述之语》的短文，"明星"一词从 film star 翻译过来，应当是周的发明了。曼丽碧华即前面提到的 Mary Pickford，其时在上海影迷当中，她的名气及不上白珠和卓别林。1917年《小说画报》上除了但杜宇画的宝莲像之外，还刊出卓别林的漫画像。

与此形成有趣映照的是一些上海的西文报纸，虽然读者一般为西人。如《字林西报》（*The North-China Daily News*）的电影广告从1916年开始标出卓别林的名字。《宝莲历险记》在前一年已经放映，但广告只说剧中宝莲如何如何，至1916年《爱莲娜新历险记》开映时才打出演员白珠的名字。此后凡故事长篇必定伴随主角的大名，玛丽·璧克馥等当然在更后面了。这些广告大致反映了好莱坞明星制度的发展。20世纪10年代中好莱坞摄影场纷纷建立，拍片愈趋机制化，明星制度也逐渐形成。制片公司以高薪争取明星，社会也很快出现了追星族，这方面电影广告、报纸杂志的评论及年度排行榜都起了作用。

周瘦鹃以擅写"哀情"小说见称，也喜欢翻译西洋文学和电影，把《庞贝城的末日》之类的影片转写成他的哀情小说，发表在《礼拜六》杂志上。他留心西文的电影资料，把影星的奇闻逸事介绍过来。在1919年连载于《申报》的《影戏话》中，周氏极力推崇好莱坞"四女王"。除白珠、璧克馥之外，对《紫面具》（*The Purple Mask*）中的女主角格雷丝·丘那德（Grace Cunard）钦佩至极，说她扮相"慓悍矫健，可谓女中丈夫。每演一剧，均好勇斗狠，不作儿女子娇怯态，盖能与剧俱化者"。更使他心仪的是，"此女仅二十有六，不特着演影戏已也，复能提笔伸纸，自编脚本，为前列三女王所弗及"。而且据美国电影杂志说，她共写了四百多种剧本。

另为周氏大力渲染的是卓别林，更像在推广好莱坞的明星文化，说卓的名声老幼皆知，简直赛过帝王，其影像还被制成儿童玩具。

又说他如何富有，一战期间斥巨资购进英国公债券，又自己组成影片公司，一次售出其八部滑稽片，高达两百万美元。在周瘦鹃笔下，卓别林与明星的受尊崇的社会地位、偶像崇拜及商品市场联系在一起，由此也可以看出，在《半月》上炒作殷明珠的某些手腕也是从好莱坞那里批发来的。继《FF》一文之后，连续刊出《童年之FF》、《FF之交际手腕》、《FF之足》等文章和照片，可谓不遗余力。《海誓》开演之后，又及时刊登了剧照及殷自撰的《海誓》情节概述等。

## 追星好莱坞

从1921年7月起不到一年的时间，《阎瑞生》、《海誓》和《红粉骷髅》三部中国最早的故事片接踵问世，中国电影好似注射了兴奋剂，一股闷劲往前冲，尽管是摸石头过河。困难重重自不消说，资金和技术、人才和经验，什么都缺，就演员一端也足以见之。但杜宇的上海影戏公司失去殷明珠之后，物色到叫作"AA女士"的傅文豪，也来自中西女校。傅瞒着她的母亲拍了《古井重波记》，公映之后名声大振，却也遭到家人强烈反对，从此就离开影坛，嫁为商人妇了。此时郑正秋与张石川所办的明星影戏公司成立了培养演员的学校，但一时救不了急，要到1924年人才陆续出来。

男演员问题不大，难找的是女演员。傅文豪离去，但杜宇又要物色女主角，《申报》上一则消息说上海影戏公司在《古井重波记》开映之后，"力图改造，演员方面，尤为严重取缔。非身家清白、品行端正、学问高尚者，决不取录"。尽管求才如饥似渴，但选拔条件颇为苛刻，因为一旦成为"明星"，即成公众焦点，关乎影片的声誉。当日发生过类似的事：郑曼陀画的月份牌极受欢迎，当人们得知画中美女的模特儿原来是青楼之女，小姐太太们大感羞耻，不再买郑的月份牌，把买了的都丢了出去。

正在青黄不接的当口，电影市场和印刷媒体给好莱坞明星占尽风光。电影发展势头正猛，影院和观众与日俱增，也出现了专门的电影杂志。值得注意的是自1923年开始，《申报》除了电影广告之外，在"本埠新闻"版上增刊有关电影的消息，从好莱坞动态到电影原理及历史等，内容极其丰富。的确世界电影已发展了十数年，国人还等于蒙在鼓里，于是赶忙补课，作一番启蒙教育。尤其对于好莱坞明星的介绍，热情非凡，不仅配合线上放映的，其他老的新的稍有名气的也不放过。毛估了一下，这一年里该版所介绍的男女演员连文字带照片的，各有八九十个，其他提名而不配图片的不计其数。

呈现在图文中的好莱坞明星，无论银幕内外，一言以蔽之：光彩夺目！曝光率最高已成为中国观众的偶像的，如笑星卓别林、罗克（Harold Lloyd），范朋克（Douglas Fairbanks）与璧克馥这一对银坛夫妻，擅演喜剧的塔尔梅奇、悲剧的丽琳·绀许（Lillian Glish）。导演则有格里菲斯（D. W. Griffith）和英格拉姆（Rex Ingram）。明星们无不富足、自由、健康而乐观，一切都令人艳羡。除了他们的履历、演技等，更多是私人生活方面，如旅游度假、驰车骋马、海滨避暑、经营企业、个人癖好，女星们则讲究时尚服饰、户外健身、养颜美容、爱养宠物，不一而足。

如此崇美阿"好"，却非纯属天真，而是挪用拿来，紧扣当日现实所需。掀动星潮，满足影迷的好奇，为的是保持电影的魅力，其实也在为国产电影大干快上作铺垫。在普及现代价值方面要数电影最为神速，而那些明星的灿烂生活仿佛开出了一份如何算活得人模人样的清单，浸透着中产阶级的梦想。然而事实上像《美国影戏明星之初次得俸法》之类的文章表明，影星们大多出身低微，通过艰辛打拼才在好莱坞获得一席之地。

在追捧好莱坞熠熠众星之时，《申报》丝毫未怠慢本土影星，如反复报道《古井重波记》，并对片中演员一一点评。刊出傅文豪的全身像，冠之以"中国电影界女明星"，也是国产女星在《申报》第一次亮相。该片中另一位六岁"童星"但二春，像傅文豪一样，其照片也不止一次刊登。另如美国导演和影星的经验谈，美国电影业如何吸引观众、如何做广告等，都属他山之石。至于《电影家注重人格之论著》、《电影演员之十戒》等文章谆谆告诫，挑选女演员不能光注重美貌。而演员须具备多才多艺、身体强健、刻苦耐劳等条件，那就直接针对本土电影所面临的问题了。

在鼓吹自由恋爱和女权方面，上海一向领风气之先，而女子从影问题照样引起新旧之间的激烈冲突，更涉及女性职业自主等家庭和社会的广泛议题。好莱坞明星热无疑给女权意识添加翅膀，《申报》中的美国明星形象表明，演艺绝非"贱业"，男女平权更是亮点。如《玛丽·璧克馥幼年轶事之自述》长篇连载，由这位好莱坞"富婆"现身说法，当然更具说服力。的确如殷明珠、傅文豪那样的大家闺秀涉足影艺，在突破传统观念方面走出了一大步。此后如王汉伦、杨耐梅具有相似的经历，而她们不惜与家庭决裂，坚决走上演艺生涯。

殷明珠离开影坛，一度在一家日医诊所里当挂号员，但《海誓》仍在周转放映，对她的报道和评论不断。有人在《半月》上描绘"FF明眸皓齿，丽绝尘寰。实沪上交际界之明星也。性倜傥，不拘小节，力矫旧时女界闭塞风气"。殷的公众形象犹如好莱坞明星的中国范本、女权"解放"的先驱，事实上她并未完全退出舞台。1922年3月在《快活》杂志上发表她的《中国影戏谈》一文，言及当初怎么与但杜宇谈到拍电影的：

> 但君亦酷嗜影戏，且研究有素。言谈之顷，颇不满意于泰西影戏之摹仿东方人行为，每饰为盗贼之伦，其野蛮情形较诸印第安人有过之无不及。丑态传遍世界，实为国人之耻。予亦深表同情，因思急起直追，非自行编演影戏，将吾国社会真相揭示外人不可。但君闻而首肯，因之遂有《海誓》影戏之作。

但君的这番高论其实是当时有识之士的共识，也即国产片起飞的动力，殷明珠则为民族大义所感召。文中谈到《海誓》本来应当拍得更好，"奈各股东已迫不及待，坚欲开演"，结果质量不尽如人意而"议论蜂起"。又说自己初次演戏，"手足无措，形同木偶"，幸亏这些镜头都被删剪云。文章不长，夹叙夹议，高调中有低调，俨然大家风范。叙及在寒风炎日中艰苦拍戏的情状，不失幽默，还夹杂文言典故，显示她的文采。

1924年5月《电影杂志》创刊，载有朱瘦菊《〈海誓〉中之FF》一文，极力表彰殷明珠勇开风气及其敬业精神：

盖彼时女界妆饰犹未取法西方，故少见者不免多怪，今则 FF 几于触目皆是，亦不知谁为此中嫡派焉。明珠秀外慧中，于中西文都有门径。其入电影界也，实具一种牺牲的宏愿。当《海誓》影片之初摄也，明珠虑晏起失时故，每秉烛达旦，以视今日之所谓影戏明星者，日上三竿，犹高卧未起，其热忱殊不可以道里计矣。

形势发展得很快，拍戏的人已有不少。文章说明珠"脱离电影界而深藏闺闼"，为此深表惋惜。朱瘦菊当初与但杜宇合伙拍电影，现在他编辑的《电影杂志》上发表此文，当然有鼓动明珠出山的意思。果然次年她重返影坛，谁知短短数年间，"睡洞"里一觉醒来，洞外桃花几度开落矣。此时已产生一批新女星，尤其是明星影戏公司占龙头地位，旗下的"四大名旦"王汉伦、杨耐梅、张织云、宣景琳等无不风头十足。是年殷明珠在但杜宇导演的《重返故乡》中演女主角，该片以画面唯美著称，对她的评价则平平。1926 年明珠与但氏终于缔结良缘，此后一直夫妻拍档，1927 年以《盘丝洞》一片票房奏捷，明珠剧照见诸京沪报刊，光艳照人，造型风流，如果照现在的标准，稍欠减肥功夫。当时不以此为病，引起不满的是她的大胆出镜，如《北洋画报》以《FF 真不愧为 FF》之文恶意讥讽她"裸体"演出，连带攻击上海的"洋派"作风。

上海影戏公司类似家庭作坊，在激烈竞争中刻意出奇，屡兴波澜。每有新片，对于殷氏的宣传也算做足，其时正当妙年，星光却总是若显若晦。1926 年底上海首次评选电影皇后，她初选出线，列于头十名中，结果后冠落在明星公司的张织云头上。尽管她被称为

"电影界先进"，但 1927 年 11 月《良友》画报专版刊登"中国电影界先进女演员"，有 11 位上榜，偏偏漏了殷明珠，就像近年出版"老明星"之类的书中也常常会漏掉她。

## 明星的美足

"明星"诞生了！由是影戏院、橱窗、霓虹灯、报刊透迤于都市风景线上，如银河闪烁，背后是商业和媒体在操作。喧腾于社会的，FF 和 AA 之外还有 SS 女士袁澹云。她不拍电影，因常与殷明珠同进同出而得名。晦气的是傅文豪，与另一个叫 AA 的徐姓女子相混淆。后者是交际花，放荡风流，声名狼藉，但传媒津津乐道，也称之为"明星"，交际界与电影界混淆不清，当然是"有容乃大"，利于延伸言说空间。正是靠这些带有洋名的明星，洋场上的传媒步入了明星文化新时代。

花边新闻并不新鲜，清末以来就有"花国总统"的选举，也有文人和小报为之策划。这与明星绯闻不一样，前者抢占公共空间，从里头打出来，后者由窥视欲主使，侵占隐私空间，从外面打进去。20 世纪 30 年代上海有本《玲珑》小杂志，张爱玲说女学生们人手一册，其实是给受新教育的女子互相交流"交际"经验的园地，透露出女性对于商品社会欲迎还拒的心理，而这一交际文化实即十余年前由 FF 她们开创的。有趣的是《玲珑》中有篇《拜足狂》的文章，指斥男子眷恋女子美足的病态，并呼吁女子加以抵制。这不由得使笔者再饶舌几句，追溯到 FF 女士的一双美足，也是明星文化中不可或缺的商品传奇。

1921年10月《半月》杂志刊登一幅题为《F. F. 之足》的照片，配之以"梦芸"所撰的广告文字。说交际界明星FF女士极其讲究"足之装束"，所穿的鞋袜皆由中华皮鞋公司定做，"式样多出自女士自主，而参以欧西新流行之样本，既新奇入时，尤适合女士之身段"。又说该公司位于南京路抛球场，其橱窗里可时见女士的"倩影"云。下一期《半月》又刊出"卓别林之足"的照片，说卓氏滑稽天才多得益于他的双足，"与我国F. F. 女士之足相比较，诚足称双美"。这也是梦芸为抛球场的皮鞋公司做的广告，其主意或来自杂志主编周瘦鹃，如前面提到，周在卓别林那里已相当熟悉明星的商品效应了。

这个皮鞋公司在《半月》上又推销其仿制的德国"莱茵式"女靴，一种半高跟的尖头皮鞋，另在《电影杂志》上做广告，说凭赠券可在该店打九折购买。这位皮鞋老板似与影戏界有点关系，投资于明星之足，眼光不可谓不尖，不过在市场上与进口皮鞋相竞争，与国产片也是一种联盟的表示。无论是殷明珠式或莱茵式，鞋跟已半高，五六年之后"高跟鞋"风行起来，这在近时所见吴昊《上海云裳》一书中有专门的论述。

所谓"拜足狂"照马克思的说法是一种"恋物癖"，由此来看"F. F. 之足"那幅小照，的确双足犹如装在镜框里，目的也完全是商业的。然而女足的指符在不断流行，含义变得更为繁富起来。1922年6月在中国最早的电影杂志《影戏杂志》上登刊锄非的《足相学》一文，附有十幅好莱坞当红女星双足的照片。作者从心理学原理来说明人的双足与个性大有关系，而明星形象的完美离不开足相。这样的女足展示不仅仅具商业性质，据弗洛伊德的心理分析，这种恋物癖根植于男子的性欲想象。其实在中国如元代文人杨维桢在文酒诗宴之际，把酒斟于青楼女的三寸金莲绣鞋中，传递劝饮，并以之入诗，彼时传为雅事，这不一定带有商业性，却具有某种刺激男性性欲的景观特征。

清末以来缠足跟鸦片、八股文一起被认为是腐败的表征而成为过街老鼠，而明星美足以"天足"为前提，是反传统的标识。但在20世纪20年代初的美足风景中，旧文化借尸还魂，如《申报》副刊《自由谈》中陈蝶仙的《新美人足》即为凑趣之作，如"小立亭亭，碧玉妆成。西方美人，似吴王宫里，偷来响屧"等句将古典的审美记忆附丽于"西方美人"身上，传统也因之"翻新"（fashion）。正是在传统与现代的冲突与妥协的吊诡之中，对于明星美足的热捧大行其道，一方面历史地承传着男子的病态欲望，另一方面借外来的东风鼓吹女子解放，蕴含着自由、健康、民主的现代价值。

俗话说"千里之行，始于足下"，有趣的是清末以来女性的身体解放始于足下，而扩展到其他部位。20世纪20年代上海跳舞之风大盛，舞场似乎成为最重要的都市生活与文艺想象的公共空间。张爱玲把跳舞称作"脚谈"，不仅指其交际功能，也指艺术修养。这样说来"F. F. 之足"已为之奠定了一种身份与语言的范式。"美足"也是现代"国族想象"的基础，到20年代末南方的朱家骅提倡"天乳"，北方的韩复榘禁止"缠足"，皆诉诸行政命令，大约因为旧思想过于顽固而不得不采取"革命"手段来推进女子身体的解放。

1923年6月《申报》上出现以《中选于电影界之双足》为题的新闻，并有一个美貌女郎及其双足的照片。那是美国某影片公司正在拍一部巨片，剧中的女主人公"为巴黎女界之冠"，但苦于没有合适的演员。制片人访遍欧美各国，终于在巴黎歌舞场中发现一个叫安特兰的绝色女子，尤其她的"双足之丽"，"无与伦比"，由是被聘至美国担任该片女主角。嗣后《申报》追踪报道，于8月间两次刊登有关安特兰的消息，包括她和她的美足的照片。这只是整个美足叙事中一朵缤纷的浪花，带有当时好莱坞明星传奇的原汁原味，这一回却反过来印证了国人崇拜明星美足的智慧，同时也传递了这样的信息：一双美足能给一个女子带来怎样的机会！

《脚之爱情》是刊登在《红杂志》上的一个短篇小说，作者何海鸣，以擅写娼妓题材的小说见称。故事讲一个皮鞋店里的学徒，每天在地下室里做工，从窗口注视一双经常走过的一双美足，对那个女子梦魂系之，而转化为精神动力。他艰苦创业，十年后成为富豪。一天邂逅一女子，从她的双足认出了他便是当年的梦中情人，但此时方知道她原来是个妓女。出于同情和报答，他娶她为妻。在这里美足也意味着机会，且是互惠的。由恋物癖导向励志的主题，且以婚姻为结局，有点本土现代性的新意。这里的"爱情"似乎超越了商品而臻至某种境界，实际上营构了一个打工仔建立小家庭的都市梦想，也是一个有关资本累积的寓言。

仅将20世纪20年代初数年里的零星片段穿缀成文，或许有助于理解上海消费社会的历史形成。在好莱坞群星烘托之中，殷明珠的双足走向水银灯聚照的前台，传来都市脉搏加速的律动。这或许更符合居伊·德波（Guy Debord）所说的"景观社会"（the society of spectacle）的理论，像周瘦鹃那样在竭力推进都市发展而打造奇观时，已自觉不自觉地遵循着商品的逻辑，为中产阶级制造甜蜜的梦幻。

但又不那么简单，比方说他在《礼拜六》上的短篇小说《脚》，正描写了血淋淋的"脚"。一个玻璃店学徒狗儿在送货途中被挤下电车，被车碾碎了脚，店老板不但不管，对他呵骂臭打，还要他赔偿打碎玻璃的损失。没有钱，医院进不去，半只脚都烂了，"这半只脚就带着狗儿到枉死城中去了。狗儿母亲哭得死去活来，不上一个月，竟发了疯，镇日价抱着一只破凳子脚，在门前哭，说是她儿子的脚"。的确，畸形的十里洋场犹如色彩斑驳的万花筒，有虚幻也有真实，而周氏在绘制奇观世界的调色板上也渗入了血和泪。

原刊《书城》2009 年 1 月

# 陆小曼与"风景"内外

近数年来有关陆小曼的书相继见世,有写的有编的,和以前《人间四月天》、《徐志摩与陆小曼》等相比,虽然仍然辗转于徐志摩、林徽因、张幼仪之间,但既然把陆小曼置于舞台中心,故事的讲法应有所不同。这类书的出现,从大环境说,不外乎对于民国文化的怀旧想象,尤其是对于上海,正如《人间四月天》的作者最近又推出了张爱玲和胡兰成的传奇,原先题为《她从海上来》,后来改成《上海往事》,更具地域的怀旧的色彩。怀旧作为文化心理的表现,蕴含着某些现下价值方面的缺失。这两位绝世才女,各领一时之风骚,在爱情上却皆以悲剧告终。无论是超越、是局限,她们惊世骇俗,却恪守窈窕淑女的规范。也许因为我们做不到,于是在"此情可待成追忆"之际,给她们的悲剧披上了光环。

1926年10月徐、陆在北京成婚,为媒体聚焦的是陆小曼。先是《北洋画报》10月、11月先后在头版刊出陆的照片,标题为"徐志摩先生之新夫人，交际大家陆小曼女士"。一为侧面头像，发际别一朵大花，似烟花绽放。另一为半身像，倚窗回首，一脸稚气。次年两人移居上海，陆的特写照片见诸《良友》、《上海漫画》等刊物上，其生活隐私也成为小报追踪嚼舌的材料。特别是《上海画报》，在头版刊登她的玉照多达十余次，风头之健，远过于张爱玲，尽管是表面文章。胡适说"陆小曼是一道不可不看的风景"，她到了上海之后即成为公众人物，则是一道不得不看的风景，虽然所看到的是她的影像。

小曼与志摩一见倾心，爱得死去活来，各自离婚再婚，费尽周折，轰轰烈烈，传为美谈或笑谈。但婚后小曼为徐家所不容，遂迁往沪地，不久两人生了裂隙。小曼沉溺于阿芙蓉，当中又生出第三者，而志摩的灵魂中也不止一个女人，至 1931 年他飞机失事，小曼亦从交际场上销声匿迹。对于这些我们耳熟能详，本文就《上海画报》对小曼的不寻常"捧角"之举摘取一些细节，以资谈助。她这一生命中的黄金时段，看似题外话，却也让人想见其为人，当然也影响到与志摩的情感。至于其间涉及 20 世纪 20 年代末新旧文化融会交杂而打造都市文化新景观的契机，读者或不无兴趣。

徐、陆结婚后不久，《上海画报》上刊出寄自北京的《徐志摩再婚记》一文，说"鼎鼎大名自命诗圣徐志摩先生"和"也是鼎鼎大名声震京津的陆小曼女士"，如何各自经历了婚姻破裂，最后说道："从此徐先生无妻而有妻，陆女士离夫却有夫。真是一时佳话，多么可喜。"文中对社会名流的描述夸张、肉麻又讽嘲，也使本地读者获知徐、陆在京中的名气。

数星期之后，徐、陆便双双现身于上海社交圈。11 月 15 日，

《上海画报》刊载周瘦鹃《花间雅宴记》一文，记述了日本画家桥本关雪先生访沪，某名流设家宴款待。周氏写到他刚就座，就听到有陌生女子叫他，颇觉窘愕，原来是"江小鹣恶作剧，一指花符（按：此指召妓局票），遂破我十年之戒矣"。一般的诗酒文宴，有召妓的节目，沪上的放达风流可见一斑。文章写道："中座一美少年，与一丽人并坐，似夫也妇者，则新诗人徐志摩与其新夫人陆小曼女士也。"席间有刘海粟、余大雄（按：《晶报》主编）、江红蕉、潘天寿等人。该文配有桥本即兴为徐、陆伉俪画的两小幅头像速写，这应当是两人初次在画报上亮相。

小曼正式登场，是在半年之后。1927 年 6 月 6 日《上海画报》"二周年纪念号"上刊出其大幅照片，谓"陆小曼女士（徐志摩君之夫人）"。女士两手托腮，面带微笑，发际簪一朵花，那种名门淑女的风范，清秀典雅，而不失妩媚。不妨想象当时的读者，为之惊艳，其中不无某种猎奇心理。这位来自"北方"的"名媛领袖"，给久餍浮华的洋场，吹来清新之风，像张恨水的《啼笑因缘》，唱鼓书的沈凤喜、侠义的关秀姑，连带天桥的北方民俗风情一下子风靡了沪上的读者。

《上海画报》上出现的徐、陆，始终是一对天造地设的金童玉女。如同年 6 月 9 日有吕弓《陆小曼女士的青衣》一文，介绍"女士偶傥风流，有周郎癖，天赋珠喉，学艳秋*有酷似处"，文中写到志摩陪小曼一同演戏，说他那晚唱《连环套》，"颇得个中三昧，嗓亦洪亮自然。此一对玉人，同好，又同志，其伉俪间的乐趣，必较

---

* 即程砚秋。

常人高胜一筹也"。两年之后，1929 年 7 月 30 日《上海画报》整版报道田汉所主持的"南国剧社"，除了其他文章和图片，还刊登了志摩的《南国的精神》一文和小曼写的一幅楷书："南国光明——敬祝南国无疆"。

然而展示更多的则是小曼个人，她的照片连连刊登于头版，频率之高远远超过海上淑女明星如唐瑛、胡蝶、阮玲玉等。如 1927 年 7 月 15 日照片标题云："北方交际界名媛领袖陆小曼女士"。介绍她"芳姿秀美，执都门交际界名媛牛耳。擅长中西文学，兼善京剧昆曲，清歌一曲，令人神往"。实际上这一期是"妇女慰劳会游艺会特刊"，当时正是"四一二"之后，蒋介石的南京新政权上台，上海组织"妇女慰劳会"慰问北伐"前敌将士"，将在中央大戏院开游艺会。8 月 3 日《上海画报》继续出版"妇女慰劳前敌兵士会特刊"，小曼照片又上头版，称她为"妇女慰劳会剧艺主干"。同日还刊出《思凡》和她与江小鹣合演《汾河湾》的照片。接着，9 日又刊登一则报道，说她"近颇多病"，但仍带病登台演戏，称赞她"力疾从公"云。此时画报所呈现的陆小曼，不再依附于徐志摩，而是个偶像式人物，不光才貌双全，且热心于社会公益。

《上海画报》是"旧派"文人办的一份小报，始自 1925 年 5 月，三日一刊，每刊四版，至 1933 年为止共出了八百多期。（最近张伟《满纸烟岚》一书中有专章描述，海外也有人在作专题研究。）主编毕倚虹，后由周瘦鹃接手，撰稿者袁寒云、包天笑等都是所谓"鸳鸯蝴蝶派"名将。虽然该派在 20 年代初遭到新文学茅盾、郑振铎等人严厉斥责，但从画报的版式、语言风格乃至标点符号来看，仍具旧文学本色。无论西洋新潮、古董字画、舞场、电影、胡适之、黄金荣等等，三教九流，纷纭杂陈，对于了解1927年"大革命"前后的上海万花筒般的景观以及"海派"文化新潮，甚有看头。

所谓"旧派"也不那么确切，该画报直接诉诸日常生活与大众想象，从意识形态上说其实是助长正在发展中的资本主义的"都市主义"，因此追踪时尚新潮，对于中西新旧文化兼容杂陈。正如画报开张不久即标榜"文学叛徒胡适之"、"艺术叛徒刘海粟"，似乎为"时尚"添了个"先锋"的脚注。不仅这两位教主般的身影频频见报，其他如徐悲鸿、田汉、邵洵美等"新派"人物受到热情推介的数数也有一大箩。倒过来说，既受推介，也少不了"新派"文人的主动参与。如被张丹翁左一声右一声吹捧"胡圣人"，胡适好像颇为受落，也作打油诗送去发表，一唱一和，煞是有趣。

"旧派"与时沉浮，"新派"也在分化。20年代中期新文学开始走出"苦闷"的象牙之塔，如创造社的郭沫若和张资平，前者投身于北伐革命，后者把目光转向市场，其1926年的长篇恋爱小说《飞絮》，通俗而畅销，可视作"海派"之始（吴福辉语）。这不仅仅是受到都市的诱惑，也是意识到大众传媒的重要而转变其一向鄙视的态度。如另一位创造社巨擘田汉于同年组织"南国电影剧社"，拍摄了《到民间去》，颇具象征意味，票房不怎么成功，但广告做得铺天盖地，无论新旧报刊，都大幅报道。尽管30年代初田汉批判了自己的"小资产阶级感伤倾向"，但革命作家掌握大众媒体的方向，说是田汉启其端也不为过。

的确，看看1926年的上海，《良友》画报创刊，掀起"画报热"，"景观社会"的打造如虎添翼，其实还是《上海画报》起的头。第三大百货店新新公司、专售妇女用品的绮华公司相继开业，消费文化渐入佳境，就妇女时装而言，新潮迭出。在这样的脉络中来看"云裳公司"及徐、陆所扮演的角色，对于新旧文人的合流意味深长。

云裳公司坐落在卡德路（今石门二路）静安寺路（今南京西路）口，与邵洵美的"金屋书店"遥遥相对。1927 年 8 月间开幕之日，传为盛事。该公司由留法画家江小鹣担任美术设计，和徐志摩、陆小曼、胡适等人都是股东，被称为中国"第一家时装公司"，而新派名流投资于都市时尚，也是第一遭。《上海画报》作整版报道，称徐、陆为"云裳公司发起人"，其合影披之报上。有趣的是《北洋画报》不甘示弱，也报道了公司的开幕及刊出两人合照，并说上海各报刊登的照片"皆不真切，徐夫人尤不酷肖"，仿佛在自诩其印刷的精良。为之捧场的不乏旧派中人，如包天笑作《到云裳去》一文，刊于《晶报》上，对于公司的各个部门一一加以介绍。

尤其在对待女性方面，《上海画报》表现出新旧之间的吊诡。其特色是"捧角"，所捧的多为女性，那些唱京昆旧戏的角儿固不消说，京沪两地的青楼名花也频频见报。这是"鸳鸯蝴蝶派"的老传统，也是最为新派诟病之处。但画报也大量刊登了名门闺秀、演艺明星以及各行各业的专业女性，如吕碧城、潘玉良等。专注于女性，多半属商业考虑，但事实上也是追随当时"新女性"崛起的时代潮流，虽然所推崇的是现代社会的"贤妻良母"，不会逾越传统价值的底线。

《上海画报》如此不吝版面地吹捧陆小曼，大约是发现了一个难得的"新女性"典范：既有冲决罗网、追求个人幸福的勇气，又虚心好学，醉心于传统文艺。她演《玉堂春》，学程艳秋唱腔，学书学画都有板有眼，学得相当认真。上海滩上时髦的名媛淑女何止少数，但画报以"风流儒雅"来形容陆小曼，对于充斥肤浅时髦的洋场来说，真不可多得。当时的交际明星，有"南唐北陆"之称，"唐"即上海的唐瑛，被《北洋画报》称为"南斗星"，而小曼到上海之后，在"北斗星"旁边，"南斗星"的光亮度便减弱了不少。

对于《上海画报》的刻意打造，小曼是怎么想的？恐怕很难用"虚荣心"加以概括，作为一个公众明星也寄托着少男少女们的梦想，在满足某种文化上的期待，映现了都市社会的一种真实。她的客串演戏，像"慰劳"、"义捐"等名目，也有主观的倾情投入。事实上画报为小曼提供了一个舞台，在她和都市读者之间搭起了桥。反过来说，那些画报上的照片，也是陆的自我呈现，与一般标准头像不同的是，都具情调与个性，富于艺术气息。其中有一幅一反其清秀形象，珠光宝气，身穿皮毛大衣，胸前掩一扇面，刊登于1927年8月3日的《上海画报》，又刊于9月《良友》画报的封面，宛似王尔德的名剧《少奶奶的扇子》中的主人公。1926年刘别谦的同名电影上映之后，次年由洪深改编成话剧，连续在上海演出，成为热门话题。与小曼同属"妇女慰劳会"的唐瑛担任主角，所以这一照片是否与唐别苗头不得而知，但至少是切入时尚"热点"的。

1928年4月3日《上海画报》刊出小曼《请看小兰芬的三天好戏》一篇短文，极力推奖从北京来的京剧演员小兰芬。这不仅对于了解陆氏不可或缺，也关乎新旧文化之间错综纠缠的关系。此文似为陆小曼研究专家所忽视，这里抄录后半部分：

> 女子职业是当代一个大问题。唱戏应分是一种极正当

的职业，女子中不少有剧艺天才的人，但无如社会的成见非得把唱戏的地位看得极低微，倒像一个人唱了戏，不论男女，品格就不会高尚似的。从前呢，原有许多不知自爱的戏子（多半是男的），那是咎由自取不必说他，但我们却不能让这个成见生了根，从此看轻这门职业。今年上海各大舞台居然能做到男女合演，已然是一种进步。同时女子唱戏的本领，也实在是一天强似一天了。我们有许多朋友本来再也不要看女戏的，现在都不嫌了。非但不嫌，他们渐渐觉得戏里的女角儿，非得女人扮演，才能不失自然之致。我敢预言在五十年以后，我们再也看不见梅兰芳、程艳秋一等人，旦角天然是应得女性担任，这是没有疑义的。

这篇文章与《上海画报》的编务张丹翁甚有关系。张在画报上专以"捧角"为务，多出貌似古典的打油诗，有"文坛怪杰"之称。所捧者大多是新出道的京昆女演员，因此也收了不少干女儿。显然小曼同他颇为热络，在画报上可不时见到张为她题诗或赠字，某种程度上小曼是他捧出来的。有趣的是，曾几何时，小曼也捧起角来，但两人的捧法很不一样。

当时南北舞台上梅兰芳、程艳秋等"四大名旦"如日中天，但关于男扮女装的问题，自五四以来便成为"戏剧改良"的争论议题。如鲁迅、茅盾等对梅兰芳冷嘲热讽，说他忸怩作态、因循传统，不仅与性别问题，也与他们根本反对京剧背后的旧文化有关。而为张丹翁所捧的女演员，有不少是演旦角的，这在客观上支持了男扮男、女扮女的呼声。除了他个人喜好，却也反映了地域的文化政治。如

《北洋画报》竭力鼓吹四大名旦，固然是北方的骄傲，《上海画报》好像对着干，来自北地的无名小辈一经品题，便身价百倍。当时有新艳秋"偷学"程派，学得惟妙惟肖，据说程为之恼火，《上海画报》则大捧新艳秋，把她的剧照和程的并列在一起。的确1926年初上海的"新舞台"推出《凌波仙子》等连台本戏，即以"首次男女同台合演"为号召，小曼在文中称之为"进步"，肯定了海派京剧在这一问题上的开明态度。

与一般的捧角文章不同。为小兰芬抱不平，其实站在女性本位的立场，具有一种公众代言人的自信，视之为"女子职业"的"大问题"。言及角色性别的"自然"问题，当然在批评男演旦角的不自然，文中所谓"咎由自取"的严厉指斥，更隐含与男旦有关的种种不道德传闻。从这些方面看，小曼的思想在骨子里还是很"五四"的。这个艺术上的性别问题，最终与民族现代性挂上了钩。王德威先生有一篇文章，精彩解读了梅兰芳在抗日时期"蓄须养志"的文化含意，即在他立志不为侵略者演戏的民族气节背后，更欲回复中国男人"自然"的阳刚形象。

对于《上海画报》里的陆小曼，徐志摩怎么看？大约是不爽。大名鼎鼎的新文学"诗圣"，来到十里洋场，却成了个明星夫人的陪衬。就像舞台上，小曼演《玉堂春》里的苏三，他演不了王金龙。或者像张丹翁一再拿他的大鼻子开玩笑，当然更不爽。当初徐、陆两人爱得天荒地老，没想到后来同床异梦，竟是志趣上、文化上的。志摩深受英美教育熏陶，尊崇浪漫主义文学，以灵感和创造为宗教，爱情上是理想主义，一心要改造陆小曼，想把她变成曼殊斐儿，或别的一个女人，其实也都是她们的影子，毋宁是他的自我的投射。

在小曼方面来说，如果换了别个，或许会欣欣然，乐得夫唱妇随，但碰上她偏偏属于世俗、嗜古的类型，对志摩那一套不以为然。在这一点上，她也看透了，跟王映霞说："志摩是浪漫主义诗人，他所憧憬的爱，是虚无缥缈的爱，最好永远处于可望不可即的境地。"照这么说，志摩压根儿不该结婚。其实恋人最爱听的一句话是：爱你 as the way you are（爱你本来的样子），不问是天使魔鬼，跟着你去就是。像志摩那样身在曹营心在汉，女人受不了，更何况是小曼。

反过来要志摩进入小曼的世界，也难。那是巴洛克风的古典加世纪末颓废，无论山水画或折子戏，那种千锤百炼的投手举足，沉潜涵泳的笔墨意趣，他不是没有兴趣，但要真正进去，没那份耐心。到后来《猛虎集》出来，他的罗曼蒂克诗风才告别了华兹华斯的明媚湖畔，而深入布莱克的森林之夜，对内心的探索渐入佳境，大约也是多了一份对"地狱"般都市的体验所致。

众所周知，小曼认识了翁瑞午之后，吸上鸦片，由是给徐、陆关系蒙上阴影。翁乃旧式世家子弟，做房地产生意，收藏字画，会唱戏，懂医道。他们几时认识难以确知，至少在 1927 年 8 月间小曼作慰问演出时，节目单里还没有翁。10 月 30 日，有周瘦鹃《曼华小志》一文，叙及小曼的病与翁瑞午：

> 是夕，与小鹣、小蝶饭于志摩家，肴核俱自制，脴美可口。久不见小曼女士矣，容姿似少清臞，盖以体弱，常为二竖所侵也。女士不善饭，独嗜米面，和以菌油，食之而甘。愚与鹣蝶，亦各尽一小瓯。座有翁瑞午君，为昆剧中名旦，兼善推拏之术，女士每病发，辄就治焉。

"辄就治"语焉不详，但此文为陆、翁之交提供了时间上的参考。同年年底天马剧艺会借夏令配克影戏院举办义演，两人在《玉堂春》里搭配为情侣档，稍后《福尔摩斯》小报登刊《屁哲》一文描写这次演出，影射陆与翁的关系极猥亵之能事。于是徐志摩等人不得不上告法庭，结果法院判决说证据不足，也就不了了之。这对于志摩大约打击不小，但在《上海画报》上小曼的风头有增无减，1928年5月间其"戏装"、"旗装"的近照屡屡见报。6月间志摩去欧洲游历，据他自己说"我决意去外国时是我最难受的表示"。志摩去欧洲后，小曼的"近影"分别见于8月和9月的头版，为画报记者黄梅生所摄。一幅题为"幽人芳躅印东篱"，小曼在野外湖石旁，专注于一簇花丛，幽幽然护花惜花，神情略显忧愁。另一幅半身倚窗，短袖旗袍，略带微笑，一脸朴素天真的孩子气。

至11月志摩回来，画报及时追踪报道。21日刊出周瘦鹃《樽畔一夕记》，开头即说"徐志摩先生自海外归，友朋多为欣慰"。这是由刘海粟夫妇设宴、包括胡适等人的小聚会，陆小曼未赴席，此文也没提为什么，在历述徐氏海外行后写道：

> 愚问："此行亦尝草一详细之游记否?"君谓五阅月中尝致书九十九通与其夫人小曼女士，述行踪甚详，不啻一部游记也。愚曰："何不付之梨枣，必可纸贵一时。"君谓："九十九书均以英文为之，迻译不易，且间有闺房亲昵之言，未可示人也。"

在这篇文章里，徐、陆之间仍是"闺房亲昵"，但如我们所知道的，志摩返沪后，见小曼依然如故，愤慨绝望之际，写了《生活》一诗，将他的生活比作一条毒蛇蜿蜒的"甬道"，似乎对上海也厌恶起来。《上海画报》虽非大报，但也有自己的一套标准，不是其他小报可比。对于徐、陆始终维持他们的公众形象，尤其是对于小曼。值得注意的是在1930年2月6日刊出的小曼特写照，差不多是她在《上海画报》上的最后亮相了。此为侧面头像，黑色的衣服、头发，和黑色的底子浑成一片，面部由高光打出；女士的目光略朝下，略长的钩鼻，抿紧的嘴唇，显得肃穆而沉毅，颇富悲剧意味。

从1926年底到1930年，一晃已是四年，徐、陆之间尽管危机重重，但能这样维持也不容易，而《上海画报》要维持他们的美好形象，也不容易。如果志摩没有早逝，又会怎样？尽管情感不睦，或许也会像大多数现代都市的家庭悲喜剧一样，当初的浪漫时段已过，鸡鸡狗狗也未尝不可过一世。最后志摩去京，还带去小曼的山水长卷，友人交相称赞，他颇为得意。小曼纵有种种不合健康的习惯，在艺术上能如此用心，精神上也不见得堕落到哪里去。她一再叮嘱志摩"飞机还是不坐的好"，此种关爱，也绝非泛泛。只因志摩骤然失事，一切都是后话，也使这一罗曼史的结局，以牺牲"天才"为代价，后人为之扼腕，而对陆小曼来说，在"未亡"的不幸之外，更得满足我们道义上的优越感。

关于徐、陆因缘的来世今生，公论婆说已多。现下的几部陆小曼传，虽然把她当作主角，仍不免朝"死"里，更由志摩之死来看陆小曼，或者把她夹在林徽因与张幼仪之间，仍不免被压抑的。她在上海的生活，挥霍无度，日夜颠倒，尤其是被一再提到的那个"暗房"，"总是阴沉沉地垂着深色的窗帘"（何灵琰语），她在里面吸大烟，更有一个神秘"好友"翁瑞午，魅影般出入其间，虽然比不上张爱玲笔下的曹七巧，却也够"妖魔"的。

这里忍不住再说几句，是读了小曼仅存的小说《皇家饭店》，颇有感触。故事写抗战期间沪上一小家庭，夫妻恩爱，与一老母、两个孩子，贫困而安乐。然而小儿二宝突然病危，一时拮据无告，妻子婉贞应征为皇家饭店女职员。小说细细描写她在饭店里所见所闻，形形色色的女子，拉皮条、拦恩客，无非是卖笑生涯，遂撕破不夜城中皮肉市场之一幕。当婉贞明白在店里做个女职员，也难免要出卖色相，于是决然离去。

这篇小说写于 1947 年，应知名女作家赵清阁之邀，收入其主编《无题集》——现代女作家小说散文集，皆一时之选。陆作稍稍舒展其文才，尤其是写婉贞在饭店中经历，套用 1932 年嘉宝主演的《大饭店》（*Grand Hotel*）。这部电影犹如"群英会"，集中当年好莱坞明星，个个争奇斗妍，展示风采。在小说里却是群魔乱舞，个个为金钱出卖肉体和灵魂，然而由此衬托出婉贞的心理变化，细腻动人。赵清阁对《皇家饭店》的思想内容大加赞赏，认为"揭露了孤岛时期上海妇女的悲惨命运"。这么说是不错的，但耐人寻味的是小说的结尾，对于理解陆小曼别有意蕴。

明知出入"夜生活""太危险"，但婉贞是救急，万不得已要为病危的小儿抓药钱。她的心理起强烈冲突，二宝是中心。最后毅然离职，钱还没赚到，那二宝怎么办？她想过这一点：

> 她愈想愈害怕，她怕她自己到时候会管不住自己，改变了本性，况且生死是命，二宝的病，也许不至于那样严

重，就是拿了钱买好了药，医不好也说不定，就是死了——也是命——否则以后还会再生一个孩子的——她一想到此地她的心里好像一块石头落下去，立刻觉得心神一松。

她的断然离去引起伦理上的问题。如果二宝果真死了，那是婉贞为保全自己的"本性"而付出的代价，所谓生死有命毕竟有欠说服力，眼睁睁牺牲这样一条小生命，母心何忍！这也引起一种写作的伦理问题。在20世纪40年代末，如果是一位进步作家，对这结局会作另一种处理：婉贞既未能保全本性，更不能保全家庭，唯一的出路就是受压迫妇女团结起来，同万恶的社会作斗争。如电影《丽人行》中对纱厂女工金妹及其他女性的描述，即为此例。

看上去小说所表现的是能为"贤妻"而难能为"良母"的伦理困境，然而写到这里戛然收煞，寓意深长，所凸显的与其是伦理的评判，毋宁是婉贞的思索及她的选择。这更像萨特所说的存在主义式的困境，任何选择都会给人生带来缺陷，但主人公自觉其所作的选择，且为之承担后果。

像这样写一个普通的都市女性是很特别的，这样陷于伦理的困境，也何尝不是陆小曼自己一生的隐喻？不管是洒脱，是沉重，尽在于一己的担当和承诺，在于一己内心的安宁，至于其他飞短流长，似属多余。正如婉贞所昭示的，她已经"想明白了"，"心中很快乐"。

原刊《书城》2008 年 9 月

# "恶"声的启示

## ——波德莱尔《恶之花》简论<sup>*</sup>

一

"一个幽灵——共产主义幽灵——在欧洲盘旋"，1848 年马克思在《共产党宣言》里如此开头，他没看到这样一个"幽灵"正在巴黎的街头游荡，那就是波德莱尔。虽然不信仰共产主义，却生来养成了反抗的性格，身躯里流淌着平民无产者的血液。此年在法国发生"二月革命"，一举推翻七月王朝，波德莱尔兴奋莫名，也背着枪出入于硝烟弥漫的街垒之间，扬言要"枪毙奥比克将军"！作为一个诗人，他酷爱自由，不能忍受任何形式的压迫，投入"革命"是一种反叛的激情宣泄，含有"报复的快感"，而奥比克将军不是别人，却是他的继父，在他眼中不仅在家里迫害他，也充当了镇压革命的刽子手。

1948 年不仅对法国，对波德莱尔也意味着转折。此后的法国迅

---

\* 本文所引《恶之花》除笔者自译外，其余皆为亡友朱育琳所译，参《陈建华诗选》，花城出版社 2006 年版。

波德莱尔画像，陈建华藏

步走向工业革命，迎来了资产阶级的黄金时代，而波德莱尔随即对政治失去兴趣，一心做诗人的白日梦，拥抱声色繁华的巴黎，如在地狱中体验种种罪恶与堕落，却孜孜追求浪漫主义的美学理想，遂在生命的恨海中浇灌出这本《恶之花》，其特异的想象令人惊骇，却因离经叛道而为社会所不容，背上被诅咒的厄运。1867 年他在愁苦潦倒、贫病交加中弃世，年 46 岁。


二


夏尔·波德莱尔（Charles Baudelaire）于 1821 年出生在巴黎一个富于人文教养的家庭。其时他父亲 62 岁，母亲 28 岁，生下这样的一个怪杰是否与父母年龄悬殊有关，学者们争论不休，但可确定的是他六岁时父亲弃世，不久母亲改嫁，这给他造成心灵创伤。据说他把新房的钥匙扔出窗外，搞砸了新婚之夜。这好像预言了他日后的叛逆性格。就读于寄宿学校，孤僻乖戾，桀骜不驯，以致惹怒校方而被开除。继父奥比克是军政界人物，想把波德莱尔引入外交界，但他生性颖悟，酷嗜文艺，立志要当个艺术家，离家移居于巴黎左岸的拉丁区，与下层人为伍，使继父大伤脑筋，于是两人关系恶化。使家里更为震惊的是他似个不良少年，挥霍无度，为购置书籍、衣服等已欠了数千法郎的债，且据他不无暧昧的宣称，已染上了梅毒。然而时来运转，1842 年他获得父亲留给他的七万多法郎，住进巴黎的豪华旅馆，自由自在地过上了一种"纨绔子"的生活。

"纨绔子"（Dandy）是 19 世纪欧洲都会文化的产儿，外表惊世骇俗，艺术趣味上是"精致"的代名词。那时波德莱尔蓄小胡须，长发如波浪，像个时髦俊男。据友人邦维尔回忆，他富有而悠闲，容光焕发，蜚声当时。但另一种描画更"酷"：剃光胡须，从帽到鞋一身黑，那是撒旦型的，像要上断头台的样子。他所自觉追求的"纨绔主义"是一种"颓废时代最后的英雄主义"，更预言这种英雄主义"即将被民主高潮所淹没"。

他成为咖啡馆、剧场、画室、沙龙的常客，结交的文士骚客皆为当世名流，如奈瓦尔、巴尔扎克、雨果、戈蒂耶、圣伯夫等，却也不乏嵚崎磊落之士如工人诗人比埃尔·杜邦等。24 岁发表了《1845 年的沙龙》的长文，热情称赞德拉克洛瓦的浪漫画风，以见解新颖独到而惊艳当时，后来发表《1846 年的沙龙》和《1859 年的沙龙》等一系列作品，评点当代文艺潮流，在文化观照之中对形式与技巧的精当分析，使之俨然成为批评界的领军人物，无怪乎某沙龙女主人萨巴蒂埃夫人对波氏情有独钟，愿委身许之。但在他的情感生活里始终不弃不离的是一个叫让·杜瓦尔的情妇，一个源自西印度的混血儿、热情奔放的演员。这位"黑维纳斯"给波氏带来不竭的灵感，《恶之花》中有不少诗篇为她而作。

然而好景不长，两年里把钱花掉了大半，他父母采取措施，通过法律手段夺回了遗产控制权，每月仅给他两百法郎，于是波德莱尔顿时陷于赤贫的境地，不得不搬出奢靡的旅馆，重又回到拉丁区，走上了反抗社会的不归路。在《恶之花》中《宿敌》一诗中：

> 我的青春只是阴暗的暴雨，
> 疏疏朗朗只透过些许阳光；
> 雷斧雨剑造成如此摧戕，
> 红润的果实几乎丧失无余。

如果富有是"纨绔子"的基本条件，那么这身份在波德莱尔仿佛昙花一现，即使记忆里有些许童年快乐，也给长期的落魄与忧郁所淹没。波德莱尔的生平一向谜团重重，到了本雅明才拨开历史迷雾，其在《发达资本主义时代的抒情诗人》一书中向我们展示了一个更为真实的波德莱尔。他向往圣西门式的社会主义，主张科学与艺术得到完善的运用，人人勤勉工作，发展才智，享受社会公平的分配原则。他在小酒吧里与无业游民、狂热分子混在一起，像个"职业密谋家"，煽风点火唯恐天下不乱。或是个"闲逛者"，在巴黎的拱廊街观察芸芸众生，寻找诗的题材，其实也是为了躲避债主。

他怀着诗的梦想，明白在新的消费社会里文艺仰赖于资产者的赞助，都市大众是他的雇主，但他不愿殉俗媚俗，把诗沦为异化物化的商品，希望自己的作品能得到他们的赏识，又能施之以美与爱的启蒙。事实上在本雅明对于拱廊街的研究中，19 世纪中叶巴黎的物质文化已是日新月异，在飞速打造奇观世界，谁也没有像波德莱尔那样对于现代都市文化的特质，诸如时尚、女性等话题表现出如此的洞察力，他说"所谓现代性（modernity）意即因缘际会，稍纵即逝，这构成艺术的一半，其另一半则是永恒与不变"。这一美学现代性理论成为近时都市文化研究的指南。

从 19 世纪 40 年代后期开始，波德莱尔的诗歌散见于各种刊物，也不时刊出其诗集的预告，几易其名，终于在 1857 年以《恶之花》为名出版，收入一百首诗，分"忧郁与理想"、"恶之花"、"叛逆""酒"与"死亡"等五辑，意谓心灵的炼狱之旅。诗集以大胆的题材、吸睛的意象给读者带来"新的战栗"。雨果写信给波德莱尔："你的《恶之花》如众星灿烂……为你倔强的精神我由衷喝彩。"

但是麻烦接踵而至。在当局授意下报纸上有人指控《恶之花》有悖道德，不久法庭正式开庭审判，罪名是"亵渎宗教"和"败坏风俗"，波德莱尔被判处三百法郎的罚金，并勒令删除诗集中的六首诗。从内容上看这六首诗如《首饰》与《忘川》以恣肆瑰丽的想象描写玉体横陈；《吸血鬼的变形》写人鬼之恋一夜风流；《累斯博斯》与《被诅咒的女人们》涉及同性恋。这些题材今天看来算不了什么，最惹祸的是《给一位太快乐的女人》这一首中的最后一行，"输送我的毒液，我的姊妹"。法院认为此"毒液"意为"梅毒"，波德莱尔辩解说是指"忧郁"。这位"太快乐的女人"是萨巴蒂埃夫人，说是"梅毒"显然离谱。其实问题不在此。在审判《恶之花》的这一年，稍早的是福楼拜的小说《包法利夫人》也同样以有碍风化的罪名而遭到当局的检控。的确，正当资产阶级欣欣向荣在全力缔造景观炫目的巴黎之际，《恶之花》却刺破光灿灿的表面，露出惨不忍睹的精神内囊，撕裂了主流社会的"体面"，因此对福楼拜和波德莱尔的审判无非是资产阶级为了维护其社会道德秩序，继续戴着虚有其表的面具而已。

说一句题外话。1937年卢卡奇《历史小说》一书中认为1848年之后资产阶级吞噬诺言而丧失了历史先进的角色，文坛也萎靡不振，像福楼拜的《沙浪博》则一味炫耀技巧而放弃了批判现实主义，意味着与现存秩序的妥协。确实在《包法利夫人》事件之后福楼拜转向古典神话题材，但波德莱尔则不然。当然卢卡奇看不到这一点，因为像《恶之花》那样的"现代主义"已被他视作资产阶级的"颓废"艺术而加以排斥了。


## 三

《恶之花》里《感应》一诗表面上与"恶"无关，而一向被看作理解波德莱尔美学理念的关键之作。诗曰：

> 自然是一座庙宇，生命的圆柱
>
> 有时在那里传出模糊的话音；
>
> 人经由其间，穿过象征的森林，

它们以亲切的目光对他眷注。

像来自远方的悠长的回声，
混入一个幽秘而深邃的整体，
像黑夜和白昼一样漫无涯际，
香味、颜色与声音在互相感应。

各种香味，鲜沁如孩童的肌肤，
柔和如双簧管，油绿如牧场，
另有一些，欢欣、馥郁或酸腐。

犹如大千世界无垠扩展的力量，
如琥珀、乳香、安息树和麝精，
它们歌唱心灵和感官的激情。

　　早在柏拉图的哲学里就有人天和谐的论述，而强调心灵与自然的契合在浪漫派诗人那里也不绝如缕，如学者们指出从瑞典哲学家斯威登堡到受波氏眷宠的爱伦·坡，都可找到"感应"的思想承传或碎片的印痕。虽非波氏独得之秘，但此诗之所以重要，不光是这首十四行诗以音色丰富的意象把感应的主题表达得凝练而完美，且在《恶之花》中有提纲挈领之功。诗集所描绘的"恶"的精神世界充盈着奇特、诡异甚至怪诞、可怖的心象，无不源自诗人特异的想象与神秘的感受能力，而《感应》如主脑般展示了诗人以"移情"为核心的情感结构。与过去以歌咏山林田园天空海洋的浪漫派传统迥异，"恶之花"生长于现代都市的废墟之上，归根到底这"恶"的世界是工业与消费时代的产儿，揭示了物恋、疏离、变态等种种人的生存状况，在这样的历史脉络中，重申人与自然的契合变得更为迫切。

波德莱尔也是公认的伟大批评家，他擅于把握文坛风向。19世纪上半叶浪漫主义席卷法国，雨果、司汤达、夏多勃里昂、拉马丁等才俊豪杰争奇斗艳，各领风骚。当1830年雨果的《欧那尼》在法兰西大剧院上演，轰动一时，其时浪漫派何等铿锵激昂，然而1848年之后盛况不再。波德莱尔自知身处浪漫主义的西陵残照中，而《恶之花》异军突起，犹如回光返照，却继往开来，另启新声，直接催生了象征主义，如魏尔仑、马拉梅、韩波等都受到启迪，《感应》一诗被奉为他们的圣经。如韩波的《元音》一诗："A 黑，E 白，I 红，U 绿，O 蓝：元音们/有一天，我将说出你们隐秘的生命。"这些对应违背逻辑，神秘而自由地跨越感官之间的界限，其实是"感应"中"通感"法则的象征性发挥。作为天纵之圣的自我昭示更展示其特异的心灵结构，在分工趋于细密的现代，不啻是诗人的职业标志。20世纪初欧洲"现代主义"兴起，从达达主义到超现实主义等，无不声称主观心象为真实的基础，这可追溯到《恶之花》，其本身犹如一面"魔镜"，透过它营造出外界的真实，说波德莱尔是现代主义的"鼻祖"，原因也正在此。

在《恶之花》中，罪孽、沮丧、绝望、忧郁、烦闷的精神图像无处不在，最可怕的莫过于"忧郁"。有四首皆以"忧郁"为题，集中描绘其心理形态：对什么都厌倦，说什么都引不起快乐，毫无希望，笼罩在死亡的阴影里……那是难以承受现代都市生活的压力而产生的忧郁病，生活失去意义，丧失自我，未老先衰，出现死亡的幻觉，如第四首最后："一列长长灵柩的队伍，没有鼓乐，/在我的灵魂里缓缓行进；'希冀'/被击溃而哭泣，'苦痛'狂暴肆虐/在我低垂的脑际矗起黑色的旌旗。"另如《忧郁》第一首：

多雨的五月对全城恼怒：
把冰凉黑暗的大雨浇灌；
湿透了墓地里苍白的住户，
湿透了迷蒙的郊区的穷汉。

我的猫在方砖地上寻梦，
瘦骨上的长毛抖个不停；
水沟里一个老诗人的游魂
像阴森的鬼影啾啾悲鸣。

哀悼的钟声，嘶嘶冒烟的湿柴
用尖声呼应患了风湿的钟摆。
一副沾满凝脂香污的纸牌

是水肿病老太婆的致命遗产；
红桃杰克和黑桃皇后在闲谈，
阴险地谈起他们死去的旧爱。

诗中的猫、游魂、钟声、湿柴、纸牌在互相呼应，显得颇为热闹，其实是内心孤独的象征世界。孤独是忧郁的基本要素，如我们近来听到"面对孤独，死亡并不可怕"的说法，倒为这首诗下了个脚注。此诗弥漫着颓废的气息，多亏亡友朱育琳先生传达得如此传神，但如果波德莱尔被贴上"颓废"的标签，则不免误解。

在诗集扉页给戈蒂耶的"献词"中，波德莱尔说"恶之花"是"病态的花"，的确这些发达资本主义的精神病症，在今天仍然存在，且由高科技与虚拟文化带来某些新的特点。但这个"恶"也含丑恶、罪恶之意。这篇献词的口吻极其谦卑，以致被认为有阿谀之嫌，但按照吕夫（Marcel A. Ruff）的解读，其中暗藏玄机。波德莱尔自谦说不配列为戈蒂耶的门墙，实际上对其超越善恶之上的唯美主义有所保留。这一点在《致读者》中明若观火，即宣示他对于善恶的原则评判，不无宗教训诫地把种种罪孽和弱点归诸人的原罪，也即表明诗人在失乐园中奋力担当美的救赎。

毕竟是上帝死去的时代，在波德莱尔那里，诗人尊崇无比，其天职不仅在于传达爱的信息，也在于发现美、创造美，这比起"为艺术而艺术"的信念有过之无不及。与他的善恶褒贬不无吊诡的是，《恶之花》宣称美存在于恶之中，遂打破善恶之间的截然对立，造成传统浪漫主义的分水岭，不啻为文学"现代性"开创了新纪元。如《美的颂歌》："美啊，你踏着尸体行进，嘲笑死亡，/在你的珠宝上恐怖闪射出媚妩，/你最贵重的饰物里镶嵌着凶杀，/在你骄傲的肚皮上淫荡起舞。"或如《致读者》："正是恶魔拿捏着操控我们的线！/我们在腐败污秽中发现魅力；/每过一天我们朝地狱走近了一步，/穿过臭气弥漫的黑夜毫无畏惧。"诗中为人称道的两句是：

一路上我们偷尝暗藏的快乐，

把它拼命挤压像干瘪的橙子。

就这样，我们每日与恶同在，人既有神性，也有魔性，本着这样的信念，波德莱尔大有"我不下地狱谁下地狱"的气概，遂赋予诗人以一种新的英雄主义。普鲁斯特指出，同样出自对于卑贱者的同情，雨果和波德莱尔的态度很不一样。前者仿佛与上帝同在，悲天悯人，疾恶如仇，却流于俯瞰空乏的说教，而后者感同身受，自置于被屈辱被损害之中，表现出切肤之痛。本来，消解概念的防线，打通感官的窍孔，飞翔于自由的天空，方为诗人本色。波德莱尔毋宁与魔鬼为友，化身为恶魔，施展语言的魔术，却在自身的铁砧上锻打，遂伤痕累累，血肉模糊，如《裂钟》中的自我形象："啊，我的灵魂已经碎裂，／在烦恼中想把寒夜唱彻，／但他的声音已经嘶竭。／／像一个呻吟的受伤者，／遗弃在尸堆下血泊中，／挣扎着死去而不能一动。"因此并不奇怪，他诅咒恶魔，也礼赞恶魔，在《献给撒旦的祷辞》中反复呼唤："啊，撒旦，请垂怜我漫长的苦难！"在他眼中撒旦变成最美丽的天使，只有他是希望的源泉，能对所有不幸者伸出援手，赐予其反抗的力量。这首诗当然编排在"叛逆"这一辑里。

《恶之花》如善恶美丑的四手连弹，一以贯之以爱的主旋律。其中有海洋咆哮、夜枭怪叫、蛆虫蠕动、巨钟崩裂……但不可忽视的是作为"恶"的对照，也常有晴空、海滩、飞翔、情语呢喃，虽然多半出现在回忆或想象之中。如《异域的芳香》：

当温暖的秋夜，我的眼睛闭上，

闻着你灼热的胸脯的芬芳，
一片幸福的海岸在眼前展开，
那里浸透着火热的纯粹阳光。

一个慵懒的岛屿为自然慨赏，
奇特的树林还有美味的果子；
男人的体格瘦削而又健壮，
女人的眼神惊讶他们的大方。

你的芳香引我到这迷人的国土，
港口里停满了桅樯无数，
它们饱经风涛都已疲惫。

而那青青的合欢树的芳馨
弥漫着大气沁入我的心肺，
在我灵魂里渗进水手的歌音。

此诗为他的情妇杜瓦尔而作，其胸脯的芳香把诗人带到风光迷人的"异域"，其实是他的乌托邦式"理想"的投影，正如另一首《我喜欢回忆那些赤裸的年代》（《恶之花》第 5 首）中所描绘的，男男女女毫无遮掩，平等而自在，无忧无虑地享受着自然的慷慨赐予，自从文明取得了进展，这样的"天真时代"便一去不返。这样的主题在浪漫派不算新奇，但"香味"却是波德莱尔诗风的个人印记，在《恶之花》里香味弥散在不少诗篇里，如《头发》也是歌咏杜瓦尔的："慵懒的亚洲和火热的非洲，/所有遥远、消逝、遗忘的世界，/都在你的深处、馥郁的森林里居留！/像别人的精神在音乐上飘荡，/而我的，爱人啊，在你的芳香中徜徉。"我们在《感应》中已见到香味的异常角色，该联系到一种特殊的香味——鸦片的香味，在波德莱尔的感官经验中所扮演的戏剧性功能。的确他在他的放浪岁月里染上了阿芙蓉，到后来一身病痛，不得不把它当作解痛剂。在《酒与印度大麻》和《人造天堂》两文里，他描绘吸食印度大麻或鸦片而产生的超现实幻觉，声音与色彩互相变换，人坐在烟斗里思绪像烟雾一样扩展至无限。如《感应》所示，象征之林中感官之间在自由交通，正属这样的迷狂状态，蕴含着"移情"的诗学基础。波氏认为对于一般人，尤其是艺术家，能获得这样的"人造天堂"是一种"至福"，同时又自觉堕入恶习而难以自拔，为道德的负疚感所折磨。

从她的画像及少数资料来看，杜瓦尔魔鬼身材，披金戴银，属于火辣性感的类型，她不见得理解波德莱尔，据说把他心爱的猫丢掉，把他的诗稿投入火中，尽管如此，却能不断激起他的欲望。诗中称杜瓦尔"魔女"或"野兽"，未尝不含欲仙欲死的快乐，同时明白自己原是物质世界的俘虏，因此陷入爱与悔的怪圈之中。《恶之花》中有一首诗以《L'heautontimoroumenos》为题，相当神秘，诗曰："我打你没有愤怒，/没有憎恨，像屠夫；/像摩西敲打岩石，/我使你眼睛痛哭；//……这哭声是我的声音，/这黑色的毒汁是我的血，/我是邪恶的明镜，/让泼妇对它照影……"这首诗很黄很暴力，应当是一种"性虐"的描写。有人指出《恶之花》与萨德侯爵的色情文学不无渊源，这首诗或许与他和杜瓦尔之间的性爱游戏有关。

可能顾忌到当时读者的接受度，波氏在解释时语焉不详，但点出此诗的主题是"自虐"，所谓"我是刀锋也是创口，/我是巴掌也是脸颊；/我是兔子也是猎狗，/我是牺牲也是凶手"。艾略特认为正因为波德莱尔具有——即使是肤浅而模糊的——善恶的宗教意识，使他的性爱主题超乎肉欲横流之上。然而更广义的，此诗表达了他虐即自虐的意思，体现了人与人、人与物之间的角色转换，即波氏"移情"诗学的核心。由这首诗也可见所谓"恶"某种意义上指本能或欲望，像"性虐"与"酷儿"、"朋克"等"次文化"的延绵不绝，至今仍活跃在社会的边缘。

《恶之花》中除了杜瓦尔，不少诗写给另两位女人：萨巴蒂埃夫人与玛丽·多布朗。前者是某银行家的情妇，巴黎有名的美人，沙龙的缪斯，有"白维纳斯"之誉。她中意于波德莱尔，但他宁愿把她当作一件匀称而精致的艺术品，在距离中作美的观赏。玛丽属于那种温柔、安稳的，后来嫁给邦维尔。她们似乎分别代表欲望、理智与情感，给她们的情诗内容与风格各不相同，仿佛从一面棱镜映照出诗人多元的自我。这里仅摘取一些绝妙好辞，如《阴暗的天空》是写给玛丽的，歌咏她的一双碧眼，比之为迷雾，像美丽的地平线，在雾季的阳光里分外灿烂，诗人的心绪也随其季节变换。最后两句：

我能从严酷的寒冬汲取些许
比冰和铁更刺人心肠的快乐？

这也可比作《恶之花》给读者所带来的快乐。作于 1859 年的《秋天小曲》也是给玛丽的，其时两人相识已有十来年，最后两句：

你岂不像我，同是秋天的斜阳？

啊，我的苍白、冰凉的玛甘丽！

这番感喟颇有"同是天涯沦落人"之意。究竟是美人迟暮，抑或是英雄末路？却是诗人受岁月加速磨损的表征。在同一年所作的《秋歌》似是姊妹篇，诗人满心疮痍，在情人怀中祈求秋天里的温柔："我爱你的长眼中绿色的波光，/温柔的美人，而今我却满腹辛酸，/你的爱，你的壁炉和你的闺房，/于我都不及在海上照耀的太阳。"情感的旅程也仿佛骤感时光的疲惫，此诗被认为波氏爱情诗中的"绝唱"。

在给萨巴蒂埃夫人的一系列诗作中，她犹如天使，充满光明与喜悦，《永恒》中最后一段读来甜蜜之极：

让我，让我迷醉一个美丽的谎，

进入你的眼睛，像进入一个梦，

在你睫毛的阴影里长眠！

# 四

1861年《恶之花》再版，删除了遭禁的6首，另增36首。引人瞩目的是新增的一辑，包括18首，多半为新作，题为"巴黎风景"。好像为《恶之花》张起了一幅都市背景，给读者带来现场感，《晨霭》和《薄暮》二首犹如在时间的框饰里目睹一日之间都会生活的缩影。当远处的鸡鸣划破晓色，高楼大厦浸没在茫茫雾海中，劳动者抓起工具，开始一天的工作，年轻人给噩梦惊醒，卖笑女仍在做梦，浪子刚回家，医院里产妇在挣扎，收容所里有人咽气……诗人以厚实灰调的笔触勾画众生情状，他们过得沉重而乏味。这里没出现"忧郁"的母题，其实他们已经丧失了精神的空间。一到夜里，罪恶来光顾巴黎，街巷曲折处妓女、小偷、骗子、赌徒在横行，像污水沟中蠕动的蛆虫。但最后两句："而且，他们大多从来不知道／家庭之乐，从来不曾好好生活过！"诗人对他们与其说是鄙视或谴责，毋宁说是同情。

事实上当时的巴黎并非这样。1852 年拿破仑三世委命豪斯曼对巴黎实施大规模的改造计划，今天我们见到的最为壮观的地标，即以凯旋门为中心，包括香榭丽舍大道在内的十二条通衢相交汇的"星形广场"，正成形于 19 世纪 50 年代。这一巨大的城市现代化工程至今为法国人津津乐道，成为世界都市建设的楷模，为纽约或芝加哥所仿效。但在当日的巴黎，当无数中世纪旧式建筑被夷为平地、宫殿巨厦如奇迹般在平地升起时，诗人所关切的是其所造成的文化与人心的后果。在第二帝国时代，资产阶级弹冠相庆，飞扬跋扈，给突如其来的财富冲昏了头脑，拜金主义风行，人变得浅薄而贪心，对于这样一个暴发户主宰的帝国，波德莱尔极其鄙夷，称之为"绝对腐败、愚蠢和贪婪的社会"。

因此波氏笔下的巴黎显然是非现实主义的，甚或是"妖魔化"的。在他的眼中已败絮其中，如本雅明富有灼见地指出，在《薄暮》、《晨霭》等诗里都市已露出"衰竭"之象，也正因为那种怀旧的成分使这些诗与后来歌咏都市现代性的作品分别开来，久经浪淘而弥新。与怀旧渲染的现实再现相映照，《巴黎之梦》则描绘了另一种都市的噩梦。所有的风景和建筑物皆由金属、大理石和水所构成，瀑布挂在金属的绝壁上，廊柱林立，没有一株植物；长堤由宝石堆积，水波如魔术般流淌……据历史记载，巴黎在改造中，拿破仑三世喜欢使用金属、大理石等建筑新材料与新工艺，豪斯曼专注于美观设计，两人配合十分默契。为波氏所陶醉的"仙境"或即指此，而那种非人性、非自然的奇观是"恐怖"的。

在巴黎如地狱的舞台上，幽灵们活色生香，在前台的强光投照中，一些奇特的人物登场了。他们是《给一个红发女丐》、《七个老头》、《小老太婆》、《盲人们》等诗中的人物，神情迷茫而滑稽，梦游般踯躅在大街上。被压迫者还可能反抗，而他们丧失了反抗的能力，实际上他们是被社会所抛弃的。他们面目可怖，衰朽不堪，但波德莱尔在七个老头身上看到的却是"永不磨灭的风采"。他尾随着那些小老太婆的身后，想象着她们昔日的风姿，窥伺着她们的举手投足，"她们如少女圣洁的眼睛，／见到发亮的东西就流露出惊喜"。于是诗人呼吁："这些曲腰驼背的丑怪，爱她们吧！她们仍有着灵魂。"

这些作品表明，面对官方的压迫与社会的误解，波德莱尔没有退缩；他似乎调整了视域，更关注近旁的现实，对社会急速变动中人的命运作进一步思考，在诗艺上更发挥象征与寓言的特色。典型的是《天鹅》一诗，在"巴黎风景"一辑中堪称群芳之冠。诗中描写一只天鹅逃出了樊笼，来到市中心的林荫大道上。如睡洞里一觉醒来，它发出物换星移的感叹："旧日的巴黎已变换无遗，／啊，市容变得比人心还快！"这天鹅有点像卡通画的角色，然而重点是在第二部分，借以表达"同情"的主题：

巴黎变了，但我的忧郁如故！
古老的郊区和新建的皇宫，
于我都成了寓意深长的画图，
而我珍惜的记忆比岩石还重！

罗浮宫前一个形象*，压在我心上，
我想起那只天鹅神态怪异，
像一个流放者，滑稽而又轩昂，
被渴念无休地消蚀，于是想起你。

安德罗马克，失去了伟大的丈夫，
牲口般落在傲慢的庇罗司手里，
在一个空墓之前魂丧而屈服。
啊，赫克特的寡妇，赫来奴的妻。

我想起一个患肺病的黑女瘦瘦，
蹒跚在泥泞中，用憔悴的眼睛，
在一片无际的浓雾之中寻求
高傲的非**洲，椰子树的逝影。

---

\* 原作"像"。
\*\* 原作"菲"。

124

我想起一切失而不再复得的人，

不再！不再！想起有人吞声饮泪，

悲哀像仁慈的母狼哺育他们，

想起瘦弱的孤儿像枯萎的蓓蕾。


一个古老的"记忆"号角般吹响，

在流放我灵魂的森林里！

我想起水手被遗忘在荒岛上，

想起俘虏，被征服者……一切悲凄！


　　好像一个流放者听到历史的召唤，诗人想起一切被压迫者、被遗忘者，其象征的"感应"网络在无限扩展，向着"人"的世界。有的研究者强调波德莱尔对"劳动者"的同情，把他纳入马克思主义的批评范畴。1957 年值《恶之花》问世百年，《译文》杂志组织了纪念专号，刊登了陈敬容翻译的九首诗，还有法国批评家阿拉贡与某苏联批评家的文章。其时反右运动方兴未艾，这一纪念活动似是个异数，也是《恶之花》中确有抗议资本主义的内容而与马克思主义搭界之故。陈在引言中也特意指出波氏诗中一再出现"劳动"一词，"并不只是抽象的东西"，也约略点到这个意思。其实稍作考究，在马克思阶级斗争理论中，工人阶级作为最先进的生产方式的代表而被视为推动历史前进的火车头。而为波德莱尔所眷注的非洲黑女、俘虏、被流放的、被遗忘的，却含有更为深刻的意义。普鲁斯特说："这位诗人看似不合人情，且有些奇怪的贵族的装腔作势，但事实上他是个最富同情与温柔、最人性、最'民主'的诗人。"真

125

可谓知音之言。吕夫加以补充说,波氏对受苦受难者寄予深刻的同情,实即对于社会的反抗。和那些老头老太、乞丐、盲人等相呼应,这些人的共同特性是"无用",不仅是被工业社会所榨干的,也是被"历史进步"所抛弃的,包括以"正义"的名义所不屑一顾的"败贼"之类。正是在深渊的底线,波德莱尔称他们为"人",有灵魂有尊严的人。

《天鹅》是献给雨果的,不仅呼应其"人道主义",诗中"流放"的主题也实有所指。1851 年因反对拿破仑三世称帝,雨果被流放国外。该诗写于 1859 年,这一年拿破仑三世发布赦免令,但雨果拒绝回国。

## 五

波德莱尔的主要兴趣在于人,在巴黎大街上闲逛时,他在人群里观察他们,同时借镜照出了自己。德·曼指出在《感应》一诗里,人在"象征之林"中穿梭,其间有"亲切的目光"向他"眷注",便意味着人与人之间的交流。他另举出属于后期的《情迷》一诗,继续伸展《感应》中的"移情"理论。诗人在如森林般的大教堂里,听到来自恶的灵魂的自我告解,继而分享大海的喜怒,最后"然而,黑暗自身展开无数画屏,/活跃着万千幽灵,从我眼中迸现,/他们的目光于我如此亲切!"这是诗人的特技与特权:语言的魔杖所过之处,能使花儿绽放,使雕像开口。波德莱尔自言就像他的灵魂在迷途中寻找一个躯壳,可以随心所欲地进入另一个人的角色之中。正如本雅明说，能向无生命之物中移植感情是波氏灵感的源泉之一。在诠释这一点时，本雅明提出一个有趣的话题，在商品世界里如何实践"移情"？从对待"妓女"的例子看出，诗人如"英雄救美"，在商品的外衣底下发掘她们自主的灵魂。

德·曼进一步指出移情过程中的主客体关系，移情不仅是对于外物，也是对于他人而言。如《情迷》所示，在死者对我们深情的目光中蕴含着我们自己的过去或自我，与他人纠缠在一起。在那些诗中所描写的盲人、小老太婆、艺术家等不仅在诗人主体与外在人和物之间起到中介的功能，更将诗人自我的内在冲突或紧张加以戏剧化。这使波德莱尔的后期作品增强了叙事成分，且充满戏剧性动作，在表现某些心灵类型及其命运方面更具寓言性。我们可看到《七个老头》中，诗人是一个旁观者，"像扮演一个主角，我的神经绷紧，／跟我的业已疲倦的灵魂争论"，他自己意识到那种戏剧性的紧张，像一个主角在操纵着场景及故事的开展。他与他的对象似乎在扮演不同角色，但都是普遍意义上的人，确切地说，都是"无用"的人，分享着遭到现代社会流放的共同命运。

当商品时代急速的脚步来临，诗人预感到已濒于灭绝或被边缘化的命运，《拜金的缪斯》一诗即表明诗神的自我沦陷，甘为市场的附庸。但波德莱尔始终坚持艺术家即"无用"的信念，在什么都被商品化的社会里，"无用"本身象征美，激情本身意味着反抗。他以创造美作为终极关怀，在地狱中寻找美、锻炼美，无怪乎其最同情的对象是小孩、妇女或老头，在这些无用者身上挖掘美，这样一种本雅明所说的"英雄主义"，体现在《厄运》一诗中：

背起这样一个沉重的负担，
西西弗斯*，我仰慕你的气概。
对于工作，我的心一样勇迈，
但艺术无涯而生命太短暂。

远离了荣名的庄严的陵堂，
走向一个凄凉寂寞的坟墓，
我的心像一面低沉的大鼓，
敲奏着丧礼的哀歌去送葬。

多少昏睡的珍宝，沉埋
在不可探测的深海，
永远无人知晓。

多少憾恨的花朵，虚赠
他难以言说的芳芬，
在孤独中枯凋。

厄运阻挡不住诗人的高翔，《太阳》一诗里取一种极其光荣的姿态。一位诗人在巴黎的旧城区闲逛，顶着太阳的金箭，独自在操练他的奇幻的剑术，从角角落落寻觅幸运的韵律，不小心给词语绊了脚，像绊倒在石子路上，突然碰上了梦寐以求的诗行。接着描写太

---

* 原作"息息弗司"。

阳在施展魔法，它给人的头脑和蜂窝装满了蜂蜜，使瘸子丢了拐杖恢复了青春，它在田野唤醒诗句，令五谷丰收……最后一段：

> 当它像一个诗人降临到城里，
> 让最卑微的事物变得高贵，
> 它像个国王，没有声响和仆从，
> 悄悄走进所有的病院和王宫。

诗人像太阳一样变得有用起来，蕴含着"改变世界"之意。美即同情，即善，诗人的心愿是让世界变得美好，其天职在于创造美。然而富于反讽的是他的两重角色，太阳是移情的替身，而他一边顶着火辣的阳光一边锻炼诗艺的剑术，在这里波德莱尔为自己形塑了一个戏剧化的姿势。凡研究者无不强调他极其勤奋敬业，在形式上十分讲究，所谓萧条异代不同时，语不惊人死不休！他不惮使用古典格律来营造其抒情风格，将音色、气氛、意象与修辞熔铸于完整的形式之中，却如艾略特所说的，他是反浪漫主义的，其严谨的形式绝不是封闭的，而辐射出创造的潜力，使后来诗人受惠无穷。事实上在波德莱尔身上还体现了一种职业伦理，即他尊重前辈和同行，对于雨果和戈蒂耶即为显例，不止于此，更显示出一种英雄主义气概的，他给自己担上传统的重荷，置身于巨匠的行列之中，如《永生的火炬》：

> 行进在我前面，闪亮的眼瞳，
> 必定受着睿智的天使的吸引，

神圣的弟兄我的弟兄，在前行，
把钻石般的辉煌摇入我眼中。

他们把我救出罪与罚的沟渠，
引导我在美的大道上踯躅。
他们是施主，我是他们的奴仆，
整个生命服从这永生的火炬。

迷人的眼睛闪发出神秘之光，
点燃白昼的圣烛，太阳通红
却不能熄灭它们奇幻的光芒。

它们赞颂死亡，你们歌唱新生，
你们在行进，歌唱我苏醒的灵魂，
啊，太阳遮挡不住的灿烂星辰！


　　这一神圣的行列犹如诗的辉煌谱系，颇有中国人说的"道统"的意涵。这些无名的"弟兄"绝非等闲之辈，作为天使班中一员，行进在美的大道上，从他们那里他获得力量，也接受挑战。在美的森林中互相注视，死者的目光何等亲切！

　　在法国诗人当中，没有比波德莱尔更具世界性。自 1919 年传入中国之后，产生持续的影响，尤其 20 世纪 80 年代以来，单是《恶之花》的选译或全译本、大多新译出版的就有近十种，就一部诗集的翻译之频繁而言，在外国文学中说绝无仅有恐不为过。其之所以经久不衰，声誉日隆，因为它打开了"现代"的潘多拉之盒，"魔镜"般映照出现代人的精神骚动及其困境，而我们仍生活在这个现代之流中。在《恶之花》见世后不久魏尔伦就断言，波德莱尔的独创性在于深刻而本质地表现了现代人，后来瓦莱里与艾略特也都声称，波德莱尔应当为各国诗人所研读。在"现代主义"诗潮中，魏尔伦、瓦莱里和艾略特都是带路人，他们从波德莱尔手中接过"永生的火炬"，行进在美的大道上，延绵不绝。

原刊钱春绮译《恶之花》，人民文学出版社 2011 年版

# 狼来了——新世纪价值转向

    21世纪弹指间快有十年了,许多东西来得快,去得更快,但什么都阻挡不了全球化经济的长驱直入。世界、地球、我们的日常生活以史无前例的速度在变化,价值体系也如是。信息的密集轰炸,四周的眼花缭乱,股市楼市的瞬息万变,让人的感官忙不过来,更遑论思想。人们仿佛生活在流动中,危机伴随着机会,像银行里的存款,无声无息等于坐而待亡,而投资越多风险越高。某种意义上人变得更物质、更焦躁,也更脆弱。在紧张中、压力下,人们追求放松和快乐。这时代被称为"数码时代"、"信息时代",更少不了"娱乐时代"。半个世纪前法国哲学家居伊·德波提出"景观社会"的理论,由发达资本主义所带来的都市景观本身渗透着"异化"、"物恋"的意识形态,人们身处其间,不自觉地遵循着资本主义的逻辑在生活。今天,由于数码高科技的突飞猛进,互联网开启了新的传媒时代,3D、iPhone4等技术和设备接踵而来,比起"景观社会"

更有过之无不及。然而现在很少有人再对意识形态感兴趣，20世纪里知识分子动辄发动思想运动，现在不是他们无能或失语，而是在大众传媒称霸的时代，这样的知识分子没了市场。然而意识形态并未退出历史舞台，而是退居幕后，通过日常娱乐的方式，在传播伴随着经济全球化而来的"流通的美学"。什么是"真实"，什么是善恶美丑，这些基本价值观正在发生前所未有的巨变。

最近看到凤凰台播出的有关电影《喜羊羊与灰太狼》的节目，不妨由此谈起。大家知道这部动画片在今年年初播出，票房近亿元，该片投资六百万元，回报率犹如金字塔奇迹，且为国产动画片扬眉吐气，让制作公司大喜过望。有一点始料不及的是，原来打算给年龄四至十四岁的观众看的，想不到老幼皆宜，特别让人跌破眼镜的是来自白领女性的反馈："做人要做喜羊羊，嫁人要嫁灰太狼。"查一下网上，还可发现要嫁灰太狼的"十大理由"，第一条当然是"爱老婆胜过爱自己"，这无疑是十分正确的，然后呢？

电影创作人员说，想不到灰太狼这个反派角色会得到成年人的追捧，这的确出自他们的"创意"。狼一向被认为是阴险凶狠的，而他们不落窠臼，创造了一个"可爱"的反面角色。其实这个创意体现了新世纪以来所形成的集体意识。这部电影之前就有不少文化产品，狼羊之爱已不是秘密，狼的传统形象被彻底颠覆。如《狼爱上羊》被称为2006年最火爆的网络歌曲，描写狼与羊生死与共的爱情，同类歌曲如刀郎的《披着羊皮的狼》等，几乎传遍大街小巷。如果说在这些歌里狼在羊的面前倾诉着男性的温柔和脆弱，那么由歌手杨千嬅和杨丞琳所唱的《狼来了》中，狼则是酷男的隐喻，成了女生眼中的梦中情人。《喜羊羊与灰太狼》里狼也有爱心，只是施之于它的同类，与羊之间仍有一条善恶的分界。虽然这分界也很模糊，正如观众所概括的，影片的基本特点是"搞笑"，即羊与狼的关系被喜剧化了。有意思的是白领女性的反应，经过她们想象的投射，狼被抽离出影片而成为她们的"偶像老公"，狼羊恋爱的传奇已在潜意识里发酵。有人指出在 20 世纪末"狼旋风"已悄悄刮来，如 20 世纪 80 年代齐秦的《狼》就在大学校园走红，孤独而不屈的狼，年轻人心头隐秘的欲望为之颤动，但那时的狼还没想到要和羊谈恋爱。

长久以来，所谓"豺狼的本性是不可能改变的"，狼的形象一向是凶狠残忍，许多有关狼的故事都涉及"诚信"的价值观念。在中国"中山狼"是一个背信弃义的比喻。我们从小就接受《伊索寓言》里"狼来了"的教训，诚实是人生最重要的道德原则，否则就会造成"狼灾"的后果。我们也读过《格林童话》中《小红帽》的故事，要警觉狼的伪装。但随着新世纪的来临，一觉醒来，对于"狼来了"不觉得可怕，它不仅成为潮语，也是报纸上、网上热议的话题。"狼"成为关注焦点、抢手形象，看一看文艺市场，今年好莱坞推出《狼人》，是根据 1941 年的同名电影翻拍的。去年田壮壮的《狼灾记》根据日本作家井上靖的同名小说翻拍，前两年张学友的《雪狼湖》也是，能搭点边也好。

狼文化兴起是个全球性文化现象，有其复杂的原因。随着地球变暖、经济全球化，"狼"应运而起，奔突呼嚎。一方面近年来野生动物遭到大肆捕杀，自然生态被严重破坏，狼也在受害者之列。而另一方面环保运动对狼青睐有加，特别呼吁"狼权"。2007 年 2 月德国环保部开了一个题为"谁是大野狼"的讨论会，龙应台撰文呼应，为狼翻案，为自《格林童话》以来狼被"抹黑"而抱不平，文章最后欢呼："狼来了，真好！"在这方面为狼说好话的产品也纷纷见世，像 2005 年之后美国的电视纪录片《与狼群生活在一起》、法国及比利时的故事片《与狼群共患难》、《女孩与狼群》等，都力图重塑狼与人亲善的形象。

更为强势的是把狼作为一种新的文化资源。2006 年面世的小说《狼图腾》中，狼成为一种应当大力发扬的民族精神的象征。书中讲述知青阵阵在"文革"期间去内蒙古接受再教育，听到大量有关狼的神话传说并亲历了种种遭遇狼群的故事。如作者所描绘的，狼具有机警坚韧的性格，猎取对象时稳准狠毫不手软，既能忍受孤独，又富于集体精神。小说叙事通过阵阵的历史反思，发现汉文化里缺少那种狼的活力，因而造成近代挨打的后果。这部小说出版后即刻成为畅销书，不光给一般读者带来猎奇的刺激，也为人们的思想另开门户，吹来一股血腥原始的气息。热销之余作者更具自信，又推出给儿童读的《小狼小狼》，要他们从小培养独立、竞争的性格，即要小孩学做狼。

老实说《狼图腾》没多大文学性，影响却远远超出了国界，在短短几年里被翻译成至少近十种语言，这现象也颇有趣。当代中国文学难得在国际市场上如此畅销，对于熟悉杰克·伦敦《野性的呼唤》的读者来说，更惊艳于草原的异国情调，不过更深的原因在于《狼图腾》适应了现实的需要。自柏林墙倒塌、"9·11"事件之后，世界仿佛回到了战国时代，不知鹿死谁手，而全球跨国资本正长驱直入所向无敌，以无形的火与剑跨越所有国界、拆除一切障碍。当冷战意识形态淡出时，需要一种新的哲学为"丛林原则"张目，狼的权威象征比任何理论更具"软实力"性质，它诉诸权力的欲望，谁都可以拥有它。2007 年日本松竹公司摄制了一部表现成吉思汗征战武功的历史大片，即以《苍狼》为片名。

《狼图腾》迅速跨越民族与语言的界线，对于操纵其间的国际印刷资本来说，本身即为狼性的展示。这可读作一个全球化经济"流通"与"跨界"的寓言。在20世纪末各种全球化或全球主义的理论中，一种流行的看法是，由数码等高科技给跨国资本带来奇迹般的发展，自由流动的资金更显出其法力无边，甚至跨越了国家力量的管制，凌驾于民族利益之上。不论这说法是否正确，在新世纪里，全球资本仍高歌猛进，"流通"和"跨界"仍是颠扑不破的金科玉律。从新兴的"狼文化"来看，是"流通"与"跨界"在文化产品中全球化美学的体现，形象地映射出我们这个时代的重要精神特征，在重估价值方面显示世纪性转型的迹象。

一个相应的问题是，为什么是狼，而不是狮子、老虎，能成为风靡一时的文化指符？且不说在狮虎那里缺乏复杂的"狼性"，当全球文化在重新整合时，也空前急速地穿透历史记忆来搜罗文化资源，发现狼与人类文明一向形影不离，在流传不绝的"狼人"中找到了"跨界"的秘密。奇迹与灾祸联袂而来的今天，有什么比狼更能象征、更能应对这前所未有的变化之道？碰巧见到昨天郭德纲在博客上发布的一篇叫《有药也不给你吃》的帖子，最后的警句是："在人群中生活，有必要保持一定的狼性。"且不论这句话因何而发，"狼性"被广为认同，此仅为一例。

狼在中外文学里频频出现，但像《狼爱上羊》之类的影视文化的兴盛，主要与好莱坞有直接关系。刚上演过《狼人》，这 Wolf Man 其实原名 Werewolf，其传说源远流长，起始于欧洲中世纪。说人在满月之夜被狼咬之后而变成狼人，比吸血鬼更具超强的能力。这题材一向为好莱坞眷宠，不断衍生的叙事与美女拉扯在一起。如知名导演兰迪斯拍过《一个美国狼人在伦敦》，被列为经典片。他也为迈克尔·杰克逊制作了《惊悚》（*Thriller*），后者扮演的正是狼人。这部成名作的销量载入吉尼斯世界纪录。随着这两年狼情高涨，像《群狼战场》（*War Wolves*）、《变种狼人》（*Neowolf*）之类的烂片来匆匆赶场。早在 20 世纪 60 年代这个"狼人"就传到香港，根据流行小说《夜半人狼》拍成的电影，英译为 *Midnight Werewolf*。后来在流行文化中演变为"色狼"，2007 年居香港烂片榜首的《七擒七纵七色狼》，由曾志伟等主演，就具有本地的传统搞笑特色。

"狼人"在新世纪里大放光彩，非黑即白的二元思维模式由是改变，的确承认人性中有狼性，正视人性中幽暗的一面，比起无情打击或道貌岸然是个进步，且激发了新的思维空间与创造力，如《狼爱上羊》抛弃了狼的刻板类型而别具新意，开拓了爱情题材。抽象地看，狼羊恋爱意味着幸福的奇迹之中蕴含着危险，凝聚着当代男女的日常恋爱经验，如笔者在别处分析过这首歌，大众文化之中也可听到日常欲望的众声喧嚣，而网络歌曲的受众包括广大打工一族，在歌中受伤的狼得到羊的救护，当他们在荒野中相依相偎，走向仍有枪击追捕的莫测的前途，英雄气概中含有凄凉的意味。在全球化中国场景中，这首歌体现了由网络所爆发的资本和自由表达的原始激情。这一与新世纪相伴而来的"爱"的福音，是全球化经济奇迹及其文化秩序的一种迷幻醉心的美学呈现，但另一方面也蕴含着大众欲望想象对于现实的希望与恐惧。

在创造力得到释放的同时，传统的善恶观念也被颠覆。所谓"跨界"介乎人兽之间，具有"变形"的特异功能，从而获得令人狂喜的想象的自由。但随之而来的问题是：到底是狼还是人？其间的分界何在？一不小心会跨入地狱。在学术研究中，"跨界"能打通学科的束缚而开启更大的文化空间；但在政治领域里"跨界"，那就是侵略，在经济领域里那就是掠夺，在道德判断上就是似是而非、善恶不分，在认识论上就是认假为真。

百年之前有人惊呼"三千年未有之变局"，那还是中国的价值传统面临地崩天裂的语境，现在所面临的是全球性的价值转向，首先是发生在大众创意产业里，通过娱乐的管道，在悄悄影响我们的日常生活。不光是狼，无论动物庄园和人鬼世界都被调动了起来。如时下热捧的《暮光之城》三部曲里，吸血鬼本性在改变，如流行歌《白狐》、电影《画皮》等则富于中国特色，这些例子举不胜举。

"狼性"冲出幽暗的角落，在新世纪舞台上活色生香，无论被当作可爱的坏蛋或可敬的英雄，在背后操纵的是变化了的游戏规则，即征服的意志、强权的崇拜。被遮蔽的是人性，所忽视的是"诚信"——正是有关狼的历史传说中最关键的一点。如最近香港"八达通"丑闻，有人指出"诚信危机"。这正是今天全球社会所面临的危机，人性面临着考验。

这么说的话，要嫁灰太狼的白领女性们会尖叫起来：别政治化好不好？在这个"极度需要快乐的时代"，乐一下有什么大不了？是的，与狼共舞是现下的真实，拥抱狼性像走在钢丝上，在嘉年华狂欢中即使来不及思想，也需要高度的警觉和技巧，否则的话小心脚下的钢丝！

原刊《二十一世纪》2010 年 10 月

# 新世纪的狼灾、传媒与文学

## 1

我要谈的是"狼灾",即"狼文化"现象及其和传媒、文学的关联,对于会议的主题来说,只是提供一些属于文学外围的资讯,然而对于目前我们所处的人文环境作点观察和反思,或许对我们认识文学的前景有点帮助。

讲题中的"狼灾"指《狼灾记》这部电影,是去年田壮壮根据日本作家井上靖的同名小说拍摄的。那是讲秦朝的一支与匈奴作战的军队,在撤退途中遇到狼群的袭击,而故事的主线是主将陆沈康遇到铁勒部落的一个年轻寡妇,在冰雪封盖的小屋里与她度过六天六夜。第六天女的对陆说,按照当地习俗,如果男女野合七天就会变成狼,所以劝他赶快离开。陆带军开拔,但忘不了她,就中途折回,又和她过了一夜。电影广告说"情欲诱惑,七天七夜,缠绵不休,欲罢不能",结果真的双双变成了狼。故事又讲到十年以后,另一位秦将张安良，是陆的老战友，又领军来跟匈奴打仗，在一个夜月见到两只狼在山头上嬉戏交欢，即陆沈康这对夫妻。因为看到狼的交欢而触犯禁忌，张安良就被这两只狼吃掉了。

井上靖这篇小说写于半个世纪以前，为什么会引起田导的兴趣？据说十几年前侯孝贤向他推荐这篇小说，他念念不忘，终于把它拍成，遂了心愿。影片拍得令人失望，甚至被网友骂为"烂片"。这故事本来就很怪异，不容易讨好，且电影追求画面华丽，尽管描写性爱，但像现时许多文艺作品一样，似乎很讲技巧，就缺少一个简简单单的感动。《狼灾记》的广告做得轰轰烈烈，田壮壮的这个拍片的传奇也煞有介事，其实说穿了是商机，是抢档上市。因为美国好莱坞早在盛传要重新翻拍 1941 年《狼人》（*The Wolf Man*），砸大资金、找大牌演员，好不热闹。台湾把它译成《狼嚎再起》，其实好莱坞已经是群狼嚎叫，单看 2008 至 2009 年间起码有不下十部关于"狼人"的电影或电视剧，如《狼人之屋》（*The House of the Wolfman*）、《与狼共存》（*Living with the Wolfman*）、《真狼人》（*The Real Wolfman*）等，最吸金的当然算领跑 2009 年暑期片的《金刚狼》（*X-man Origin: Wolverine*）了。有人从世界三次"狼人"浪潮的角度来称赞《狼灾记》捷足先登，中国电影第一回抢过好莱坞的风头。

"狼人"的英语 werewolf，源起于欧洲中古时期的民间传说，即满月之夜狼群出来觅食，谁被咬了就会变成狼。这传说经久不衰，大概因为含义深刻。在殷国明的《狼文化》这本书里就谈到人类早期文明与狼的关系密切。今天在意大利罗马仍有不少画像和雕塑，有关罗马城的传奇，其缔造者是一对孪生兄弟，是靠母狼的奶水而存活长大的。但"狼人"是一种自然的变形，人性中含有狼性，似乎揭示出复杂的人性，解释了文明演进的血腥历史。这形象不断激发诗人和艺术家的想象，如已故歌王杰克逊的成名作《惊悚》（*Thriller*），该片的导演约翰·兰迪斯（John Landis）拍过一部《一个美国狼人在伦敦》，也被列为经典。这类片子在好莱坞已经不少，近年来受到数码、3D技术的刺激，更刻意追求画面的震撼效果。这回翻拍1941年的《狼人》，像原来的一样写一个贵族之子回到故乡，遂与狼人遭遇，但情节变得更为复杂，实际上是按照弗洛伊德的"俄狄浦斯"的理论，以"弑父"为结局，大约想造成狼人与文明在"原型"上的双重叠影，借此超过原作，可谓煞费苦心。

《狼灾记》似乎有着"狼人"的影子，但野合七天而变成狼，好像来自铁勒部落的传说。在中国小说里人与鬼可以变来变去，而对于人与狼的变形却不太习惯，在《聊斋志异》里有三则狼的小故事，都是讲人怎么制服了狼的。20世纪60年代有一部香港电影《夜半人狼》，英译为 *Midnight Werewolf*，与西方"狼人"挂钩，后来演变为"色狼"，如2007年居香港烂片榜首的《七擒七纵七色狼》，就属于这一传统的产品。


## 2

如果稍加注意，就会发现近几年来狼大行其道，我们生活在狼群之中，像《狼人》和《狼灾记》的例子是大浪潮里的小浪花，只是在全球电影商战的背景里更具有狼拼的象征意义。其实早有人指出在20世纪末"狼旋风"就在中国文化界登陆，狼大出风头，它的强势连狮子老虎都要退避三舍，它的魅力连熊猫蝴蝶都比不上。这里仅举两个例子，一个是被称为 2006 年最火爆的网络歌曲《狼爱上羊》，流行于大街小巷，另一个是 2009 年的贺岁片《喜羊羊与灰太狼》，票房几乎突破亿元，动漫业界为之津津乐道。它们催生出许多后续的发烧产品，如杨丞琳的《狼来了》，或最近的《狼的诱惑》等都是。而《喜羊羊与灰太狼》引发了网络上"嫁人要嫁灰太狼"的热议，随之又出现了《要嫁就嫁灰太狼》的歌。狼活跃在文化产品中、媒体中、我们日常生活中。这些狼和"狼人"的类型没有直接联系，看上去狼还是狼，羊还是羊，但狼的形象改变了，变得有爱心，我们与狼的快乐共舞，温情软语，更带有中国特色。

但我们是否意识到为什么狼的形象突然改观了？从前我们一向认为狼是狡猾、阴险而残忍的，"狼心狗肺"、"豺狼成性"、"狼子野心"等成语积累着老百姓的日常智慧。或像《中山狼》的故事所告诫的，要警惕两面三刀的恶人。千百年来无论东西方，对于狼的态度是一致的。《格林童话》中的《小红帽》或者《伊索寓言》中《狼来了》的故事，我们耳熟能详，也自小接受了做人要诚实的教训。但现在人们崇拜"狼性"，以"狼来了"为笑谈。如果这意味着文化范式转变的话，其转变程度之突发与彻底令人惊异。这到底是怎么回事？为什么狼的传统形象被彻底颠覆？我们的生活观念与行为方式又发生了怎样的变化？这种新的"狼文化"是怎么形成的？

文化场域中群狼奔突，伴随着全球经济一体化的威势而来，因"9·11"事件、地球变暖、生态破坏、金融海啸等天灾人祸而变本加厉。狼群所过之处，给我们带来前所未有的刺激、想象与快乐，也使思想的绿洲变成了沙漠，冲垮了真伪、善恶的界线，启蒙时代以来的一些基本价值与道德信条荡然无存，人类仿佛重返丛林状态。狼不仅成为娱乐世界中一道美丽、复杂而神秘的风景，也是一个贴近生活的真实与欲望的比喻，意味着追求与脆弱、创意与杀戮的迷思。

有两个因素在促使狼的传统形象发生改变，一是近年来的"绿色"运动。人们发现地球变暖给人和动物带来新的危机，于是环境保护者呼吁要保持生态平衡。这几年里人的贪婪与日俱增，野生动物遭到大肆追捕杀戮，狼也一样濒临灭绝，因此出现了"狼权"的呼声。2007 年 2 月德国环保部开过一个"谁是大野狼"的讨论会，龙应台写了篇文章为狼抱不平，认为自《格林童话》以来狼被"抹黑"，现在要改变对狼的成见，文章最后欢呼："狼来了，真好！"在这种氛围下出现了像 2007 年的法国影片《与狼群共患难》（*Survivre avec les loups*）、2008 年的比利时影片《女孩与狼群》（*La jeune fille et les loups*）等，都替狼说好话，鼓吹与狼和平共处。

另一个因素就是张扬狼性和强权，以姜戎的《狼图腾》为代表。它不光在国内热销，也制造了一个全球资本与流通的寓言，迅速跨越民族与语言的界线，在短短数年间被翻译成近十种文字。之所以有这样的影响力，与其说是因为它的文学价值，毋宁说是这个"狼图腾"作为权力崇拜的象征迎合了时代的需要，仿佛从草原上飘来一股血腥气息，在新战国的世界格局中脱颖而出，为"征服"吹响了"正义"的号角。

去年姜戎又推出了《小狼小狼》，是《狼图腾》的儿童版，意在取代从前有关狼的经典童话或寓言，事实上想要给小孩"洗脑"。的确近代以来，中国知识分子痛感民族的孱弱与萎靡，而呼唤铸造强健雄壮的"国魂",不过像这样要小孩具有"狼性",如果让呐喊"救救孩子"的鲁迅看到,不知作何感想。

"狼性"在弥漫,成为媒体的宠物,也是雷词、潮语的不竭源泉。"狼来了"是好事情,唯恐狼不来。像中国乒乓球队的"养狼计划"、歌颂成吉思汗的日本大片《苍狼》、萨拉·佩林"狼人"之类,只要和狼搭边,就会上大小不等的新闻标题。互联网上类似以"狼队"命名的网站、狼人的游戏如雨后春笋。不久前看到著名相声演员郭德纲在博客上为自己辩护,说"在人群中生活,有必要保持一定的狼性"。像这样直言认同于"狼性",在十年前是不可想象的。


3


之所以崇拜"狼性",首先是白热化的竞争环境使然,谁也不愿意让自己吃亏。进入新世纪之后,全球化浪潮无坚不摧,周围的一切都变得如此神速,使人眼花缭乱。资金在快速流通,发财的机会似乎向所有人开放,希望如股市朝涨夕落。物质欲望以几何级增长,生活节奏如互联网迭代般加快,新世纪把我们抛进"信息时代"、"数码时代",还有"娱乐时代",人们比以往任何时候都需要快乐,而3D等高科技手段能把梦幻表现得更为真实。在日常漩涡中打拼的人们,突然发现狼的身上有机灵、果决、迅疾等诸般德性,于是希望变成狼,而且首先相信狼是善良可爱的。在这样弱肉强食的竞争环境中,要孩子变成狼还是羊,对于家长来说是个艰难的选择。

这真是奇妙的巧合!在新世纪里全球化经济给我们带来新的许

诺和愿景，这也是为中国奇迹所充分证明了的。全球化资本流通也需要机灵、果决、迅疾等诸般德性，在跨界和变形方面更体现了奇迹，于是呼唤狼性，首先需要一个与人亲善的新狼。20世纪80年代，那是齐秦的"我是一匹来自北方的狼"揭开了校园文化的压抑的锅盖，年轻人的心在原野上奔跑，令人战栗的狼嚎刷新了美学纪录，带来了狂野之美、恐怖之美。不过要等到《狼爱上羊》、《披着羊皮的狼》来了，狼才懂得恋爱，开始泡妞，当然那多半体现了男性的软弱和颤抖，及其对爱的占有与狂想。

这真是艺术的创意！一只懂得恋爱的狼，其意义可以通向无数的可能。狼和羊相依相偎，是一幅多么和谐的图景！其中包含着我们的宽恕和同情。如杨千嬅所唱的："狼来了将一颗痴心吃掉了。"或杨丞琳所唱："爱对你/是一种挑战/对搜集战利品/已狂热到病态。"伤心管伤心，"狼来了"仍是个无可抗拒的谎。和花心的酷男在一起，似乎更能体会爱的无常，对靓女的自我也是个富有挑战的测试。在这里狼是个富于创意的比喻，我们早已习惯于生活在虚拟世界里，而这些流行歌曲也往往传达了时代的欲望和恐惧。

说到底，创意也是产业，是全球经济链条上的一个机制。这几年里不光是狼，整个动物庄园也在改头换面，由市场之手牵动着，发挥着全球经济的"软实力"或"巧实力"。从老鼠、蝴蝶、熊猫到狗狗猫猫，无不被制成可口的文化产品。狐狸更富于中国特色，一曲《白狐》使多少有情人荡气回肠，而在电影《画皮》里，在片尾露面的小白狐才是人魔世界的真正主宰，凭她一个善念，干戈化为玉帛，大地回春，四海一家。同样，好莱坞的梦工厂加紧推出了大受吹捧的《暮光之城》（*Twilight*）三部曲，吸血鬼一改过去的可怖形象，在校园里大谈恋爱，与《狼爱上羊》有异曲同工之妙。

在炫目的艺术创意中我们在接受狼的爱、吸血鬼的爱，而善恶的界线在模糊，真假的判别在丧失。在此同时，骇人听闻的事件如雷曼兄弟公司倒闭、香港"八达通"公司泄露客户资料、奶粉三聚氰胺超标等时有发生。所有的问题指向一个症结：维系社会秩序的"诚信"遇到了空前的危机。

我就谈这些，给研究"新世纪文学"的专家作参考。我相信我们在这里所谈的"文学"，就像莫言的动物寓言闪烁着人性的光芒。尽管面临"狼文化"的挑战，只要我们坚持这样的文学，就有希望的绿洲。

原刊《文学报》2010 年 9 月 30 日

# "五四的女儿"：爱情、传记与经典

　　读罢林贤治的新著《飘泊者萧红》（人民文学出版社2009年版），心头如一片"燃烧的叶子"。哀歌中，思绪在延绵。

　　在现代文学里，萧红说什么都是个异数，跟张爱玲有好些重叠之处。同属不世出之才女，战乱如母狼般哺育了她们的文学天才，各自在青春的某个生命时段迸绽，如鲜艳的罂粟之花挺立在焦土和废墟上。但萧红的命苦而短，只活到三十岁，她的《生死场》、《商市街》、《呼兰河传》、《马伯乐》等长短篇小说和散文——注定要成为传世之作，都是在她的充满苦难、走向死亡的漂泊旅途中完成的。

　　无论是行事还是写作，这两位都非常"女性本位"，与现代中国文学"救亡"、"革命"的主旋律不啻是方枘圆凿。萧红决裂而叛逆，是个中国式的娜拉，然而性格上是林黛玉转世，多病工愁，这对于一个东北姑娘多少有点出奇。不是张爱玲式的名门淑女，也没有那种上海人的"世故"，遂转辗于社会的底层，散发出一股不羁的野性。从哈尔滨、北京、上海、东京、武昌、西安、重庆到香港，一路漂泊中追求爱和家，都得不到，于是为浓重的乡愁所萦绕，求助于"古老的记忆"，借以获取心灵的安慰。像张爱玲一样，萧红不喜受观念的束缚，也遑顾感时忧国的"宏伟叙述"，只写她自己熟悉的生活与感受。因此在她的作品里，最为感人的是对白山黑水童话般的家乡、在其间挣扎生存的芸芸众生的描写，带着原始的激情和神秘。

在个人情感方面，萧红更不幸。她的漂泊始于背叛旧家庭的"逃婚"，却逃不出情网，先后和萧军、端木蕻良、骆宾基发生恋爱或结婚，结局都不好。这三个男人在现代中国文坛上都有一席之地，萧红和萧军在一起的时间最长，也最痛苦。

萧军是关东大汉，也是个传统的大男子主义者。萧红对他专爱不二，他却惹花拈草，对她不忠；她买菜煮饭、刷锅洗碗，但他不屑她的软弱，觉得她心眼小，是个"难养"的"女子"，够不上做他的妻子。时间长了，两人的异见愈甚，而萧军脾气暴躁，更施之以拳头。最后萧红忍无可忍，尽管已经怀上她的孩子，决计要同他分手。

对于两人的辔海情天以致劳燕分飞，世人论说不已，但对于萧红来说，出于她的自我的觉醒："我爱萧军，今天还爱……可是做他的妻子却太痛苦了！我不知你们男子为什么那样大的脾气，为什么要拿自己的妻子做出气包，为什么要对自己的妻子不忠实！忍受屈辱，已经太久了！"她一再寻求爱，更寻求理解和尊重，也一再失望，她临终前自我盖棺论定："我一生最大的痛苦和不幸却是因为我是个女人。"

"我好像命定要一个人走！"这么说的时候，萧红对于爱和友情几乎已经绝望，但她不愿妥协，认定了孤独的命运，即使走向死亡也在所不惜。这还是"好像"，还不那么确定，她多么渴望来自她周围的温暖和理解啊。或许正是抓住了萧红那种脆弱而坚强的矛盾性格，林贤治着力勾画传主内心世界的形成轨迹，包括对被认为属于"女子"的琐碎哀愁和自伤自怜亦加以浓描细写，饱蘸着同情的笔触。那种几乎无保留的同情，不仅在为一代才女慷慨悲歌，同时也在伸张一种"诗的正义"。因为对于萧红而言，其作品的感动力量正是以她的日常琐细的感受、出自独特的女性的视角为根基。她对自身作为女性的生活信念及体验的坚持，事实上与她对艺术自主的坚持是不可分割的，由此为之承受更大的压力，斗争也愈为艰苦。

近些年来已有不少萧红的传记，大多受到文学史"经典"论说的制约，对她的评价或多或少有所保留。有的为二萧作合传，更以萧军的标准来衡量萧红，认为她在国仇家难之际"小我"当头，跟不上萧军的"革命"步调。《漂泊者萧红》则不然，对于萧军的遣责可说是丝毫不假以颜色，而这里对于女权的张扬，更从普遍的道义出发，为"弱势"呛声，也透过萧红这面镜子映照出现代中国"新女性"身份认同的危机，蕴含着作者某种文化上的关怀。

书中所揭示的不止于二萧之间的分合无端，还向我们展示了足令萧红的自我感到压迫与窒息的种种复杂的脉络，不仅是在性别、政治或社会的层面，更涉及不可见的思维习惯、行为方式的"语码"。萧军在信中"规劝"萧红："你应该像一个决斗的勇士似的，对待你的痛苦，不要畏惧它，不要在它面前软弱了自己，这是羞耻！"（第182页）这里的"应该"、"不要"无疑蕴含着"政治正确"的道德律令，做不到就是"羞耻"！其中也隐含着千古不移的男尊女卑的秩序，与福柯所说的"规训"并无二致，而对于这样的"规劝"，萧红根本不接受。与萧军分手之后，"在文化圈内，没有一个人对她的行动表示认同"（第228页）。"文化圈"包括胡风、梅志、丁玲等，大多属于左翼作家，在伦理和文学的立场上他们是站在萧军一边的。因此"在朋友的包围中，萧红成了世界上最勇敢的女人！"（第230页）所谓"最勇敢"，不仅在于她个人情感的抉择，事实上涉及更深的因素：当文学登上政治斗争的战车，同志们高唱战歌之时，她宁愿选择孤独地徒步，像个孩子，对于战争和革命怀着本能的恐惧和厌恶，对于集团的意志乃至服从"革命"的写作信条，始终显得格格不入。

《漂泊者萧红》也可看作一部中国式娜拉的叙事。在鲁迅的《伤逝》中，子君从旧家庭出走，与涓生自由结合，但最终还是回到旧家庭的怀抱，社会和经济条件限制了娜拉的存在及发展。作为30年代的"五四的女儿"，萧红的反抗、对光明和自由的追求更为坚决。虽然艰辛漂泊，苦难不已，但她沐浴在新文化之中，加入新文化果实的创造者、收获者的行列，更有幸得到鲁迅的扶持。让我们警醒的是，她的不幸遭遇并不能归咎于五四或革命，却反映了新文化的内在复杂性。林贤治似乎有意展示娜拉的另一种出路，与受到鲁迅的启迪不无关系。的确，正如《漂泊者萧红》所描绘的，对萧红最为爱护和宽容的，莫过于鲁迅了。可惜鲁迅没能多活几年，如果他看到萧红脸上"家暴"的伤痕，真不知他会怎么想。

林贤治在《后记》里言及写《漂泊者萧红》的缘由，是读到"萧红因萧军和端木蕻良——最亲近的两位男士——对她的作品的嘲笑而起反感一节，颇受触动，于是萌生作传的意图"。的确，这个"触动"的细节耐人寻味，对于理解萧红来说，具有核心的意义。在短短几年里，萧红成为受人瞩目的女作家，虽然对她的作品褒贬不一，但对她的才华和原创力已毋庸置疑。尽管历经颠簸曲折，凌辱交加，但正是写作赋予其生命以意义。然而恰恰从身边亲近者的嘲笑中，她一切的愿景被轻轻戳破，如残酷的一击，带来锥心刺骨之痛。她突然发觉自己原来一无所有，仅存彻骨的孤独，也必然意识到女性和写作天生负有原罪，必定被认作另类，被套上权力机制的桎梏。

这给我带来思考，遂想起另一些"五四的女儿"，如秦德君、胡兰畦和丁玲，在革命的大浪中，性别上的差异不仅见于男欢女爱，也卷入写作和文学经典的权力结构。


1988 年《秦德君手记——樱蜃》在日本《野草》杂志上刊出，曝出半世纪之前茅盾与她的一段婚外情，引起学界一片骚动。开头一段说：

> 他，一位伟大的作家，曾经是那蜃楼里的人物。他，和我，在樱花下海誓山盟，在樱之国同命相依。我，就是他创作生涯开始的时期，把他从"幻灭"的悲哀深渊里扶持起来而走上前进道路的那个人——北欧命运女神。只是到头来，一切都是虚情假意，幻景一场！

"樱蜃"的意象凄艳而富于东瀛的异国情调，那得回到 20 世纪

30 年代之初，茅盾在大革命失败之后，蜗居于上海而写出了《蚀》三部曲，崭露头角于文坛。其时他对革命前途缺乏信心，情绪悲观，加之作品受到革命营垒的批评，身心俱感疲惫，于是去日本歇息一段时间。同行的秦德君，是个受五四精神滋养的文学青年，早年便投入革命，却曾在情场上失利，经历了比战场更为严酷的人生。在日本她与茅盾坠入爱河，约三年时间里两次怀孕，两次堕胎，可谓爱得轰轰烈烈。秦德君这一爆料足使读者震愕，她自述写作缘起，因为 1981 年茅公死后，见到其"十足的谎话"的回忆录，于是决心将"历史的原相"公诸于众，其含意远远超出她与茅盾之间今世身后的孽恋恩怨。

回顾五十年前的生死之恋，惊天动地，却如"幻景一场"此固无疑问，但令人啧啧称奇的是，写《手记》之时的秦德君已是近八旬的老人了，在摄于 1985 年的一张照片里，仍两目炯炯，犹如其文字生龙活虎，豪气不减当年。细数当年情债，一颦一笑，如数家珍，凡提到茅盾之妻孔德沚时，仍口口声声骂她为"野猫"，情真意切宛如昨日。

《手记》中时而哀婉凄绝，时而嬉笑怒骂，也充盈着革命女性的浪漫和自豪。之所以自豪，固然"幻景一场"给她带来终生创伤，其一生因之流连颠沛，却多亏她当时的一番"扶持"，茅盾方能成为今天"一位伟大的作家"。这里不能等闲视之的是争辩的焦点是有关《虹》的著作权，基于这一点她与茅盾的儿女私情才有"见证"一部文学经典产生的价值，也方具有公共议题的性质。

"北欧命运女神"是一个典故：被茅盾用来比作给他指引前进方向的女神，她出现在《虹》中，在日本时也当众这么称呼过秦德君。

《手记》叙述她如何在茅盾对革命颓唐低迷、在文学上遭受围剿之际，她"哪管牺牲自我表现一切，决心扶持他到底"。并说："我在家务事与学习的繁忙中，拼性命和茅盾计议共同写成一部长篇小说《虹》，素材由我提供，稿纸由我抄写，边抄边改，终于在上海商务印书馆创办的《小说月报》上连载，就这样轰动一时了。"又说："我和茅盾的三年流亡生活。我敢说，没有那一段不幸的遭遇，我就不会成为现在这样的我；而我更敢说，没有那一段，茅盾更不会成其为现在这样的茅盾。"

其实茅盾的"文学生涯"不始于《虹》，但借《虹》的创作清算了他的颓废而摆正了此后的文学方向。与更早的《蚀》相比，《虹》的转折在于书中所塑造的梅女士，她在《新青年》感召下向往革命，从四川来到大都会上海，在共产党和马克思主义的指引下投入群众运动，最后加入反帝的五卅运动。尽管成功塑造了一个"五四的女儿"的典范，但《虹》一向被认为带有"小资产阶级"的痕迹，文学史里不怎么看好，倒是在20世纪80年代之后，其经典性日益得到张扬。先由夏志清称赞其诗史般"寓言性"，又被人翻译成英文，声誉日隆，被视为茅盾的代表作之一。

秦德君道及小说创作真相所倾诉的一腔幽怨，卷入一种不无吊诡的"承认政治"：《虹》是一部文学杰作，经典式地描述了中国女性走向解放的历程。对于小说的"生母"身份的指认出自她那一段不仅与茅盾，更与革命紧相连的刻骨铭心的热恋。而且她指出，梅女士的原型来自胡兰畦，秦德君不仅给茅盾提供素材，《虹》简直是俩人"共同写成"的，所以问题不仅在于她和胡兰畦这样的"时代女性"对于革命的典型参与，更涉及经典本身的生产。因此这一

"承认政治"所涉及的性别权力关系中，关键是女性与文学正典之间的关系。

赵毅衡在《对岸的诱惑》一书中别出机杼地指出"小说与传记的重合处"："1985 年胡兰畦，对自己在 1925 的经历，叙述更为细致生动。与《虹》中的有些细节之应合，令人惊奇。让人感叹秦德君和茅盾对细节的记忆力竟然如此准确。"他还有趣地发现茅盾晚年所写的回忆录中，写到他 1925 年在街头参加五卅运动，与《虹》中写梅女士的情景竟如出一辙。赵甚至提出："是不是胡兰畦的回忆有意攀附《虹》的情节，以证明自己就是梅女士?"是否"攀附"虽然难以证明，但所谓"榜样的力量是无穷的"，文学经典之所以为经典，因为在那些文学人物身上凝聚着集体的历史无意识，且在代代相传的过程里，人们以幻为真，与小说人物同声连气，因此真实、记忆与虚构常常错乱重叠，难分彼此。

胡兰畦不必有意攀附《虹》，她与秦德君对于革命已浸润得够深，足使她们相濡以沫，心有灵犀。虽然她们并非知名于文坛，但何尝缺少文学的想象与才能？不消说她们无不受到五四文学的哺乳，在革命实践中也无不以秋瑾、娜拉为楷模，为革命史诗创造升华的自我，何尝不是她们的动力？

我们知道，所谓自传或回忆录之类常常是自我主体在一定历史观照中的呈现，也离不开文章的剪裁功夫甚至记忆本身的自动删减。《胡兰畦回忆录》（四川人民出版社 1995 年版）叙述了作者大半生事迹，她进过黄埔军校，在上海组织过妇女战地服务团，旅居欧洲，见过高尔基，坐过德国法西斯的监牢，其经历要比梅女士丰富曲折得多。然而且不论文学技巧，胡兰畦的自我形象在思想感情的表现上不见得比梅女士更为复杂，或者说要来得较为逊色。

胡兰畦的一生极富传奇色彩，回忆录所呈现的自我画像不愧为一位女中豪杰，书中的议论旨在加强这一画像。如"革命和爱美"一节叙及黄埔军校的生活，有的女生喜欢穿着打扮，引起同学的议论，胡氏持批评态度："讲究个人的物质享受，个人的美，就会脱离人民大众，就不会把全副精力都用到革命事业上去。"（第150—151页）这议论无可厚非，却涉及性别问题，与此相关的是，回忆录很少言及主人公儿女私情的范围。相形之下，《虹》里的梅女士要克服自己的女性和母性，乃出自茅盾的塑造一个"战士"形象的需要，但这一令人诟病之处，却使小说在开掘女性的心理方面为现代文学作出了贡献。令人不无困惑的是，在胡兰畦的自我表现画像里，她是天生的、一贯的战士，男女性别不成为一个问题。

女性的身体表现，无论出自男性或女性作家，在当今的性别理论中仍是聚讼纷纭的议题。否定者认为女性暴露的肉身无非是满足男性窥视欲望的橱窗，而赞成者则鼓励运用女性身体作为穿透和颠覆男性的文化典律的利器。近二三十年来北美和中国台湾学界盛行明清时代的女性文学及文化研究，竭力厘清性别与权力结构的关系，揭示出女性作家既为儒家主流文化所建构，由此呈现分享、离异、挑战或颠覆男性正典的种种形态。《胡兰畦回忆录》提供了一个为"革命"的"宏伟叙事"所建构，然而又遭到排斥和接纳的悲喜剧。她历尽艰辛，到头来却被当作"他者"，尤其在"文革"期间，备受折磨，吃足苦头。时至20世纪80年代，她终于能一吐为快，其所自陈的何尝不是对革命的拳拳忠诚？一旦为主流所承认而不再被视作"他者"，结局颇如古典戏剧中的浪子回家，那种拥抱"正典"的感恩与喜悦，混合着恩仇俱泯的宽宏，其复杂之处难以言喻。

秦德君与胡兰畦的遭遇相似，但不同的是，秦更具个性与女性特质。历尽吊诡，终于临到她发出不平之鸣时，那是出自女性的、久遭压抑的声音，如她出示其母体的创伤所表明的，那是一种非女性难以担当和完成的角色。她要讨一个说法，远不止是《虹》的著作权，或是茅盾的创造者。秦德君俯瞰20世纪中国革命历史："我确信是有关中国命运的大事，我总是萦思于怀。""我这一生，经历了几转几折；每次都碰巧碰上了中国革命的转折关头，而每次也都巧逢转折中的某些重要人物或典型人物。这就构成了许多值得忆而录之的典型故事。"她与茅盾的事情当然是"典型故事"之一，作为革命的战斗者、见证者和被压抑者，秦德君所要求承认的具有非同寻常的象征意义。然而其中蕴含着一个悖论：首先要承认《虹》是一部反映中国妇女解放的革命经典，而茅盾是中国"现实主义"之父，并站在20世纪"小说中国"的巅峰。

尽管秦德君一面说"茅盾却是举世闻名的文学巨匠"，实在来说在她的眼中，"他不过有支'笔'，舞文弄墨的，留下一些这样那样的，一些是是非非的笔迹，其中也不免有一些误尽天下苍生的脏东西吧？能算是尽善尽美吗？不失其为以笔尖杀人的'刀笔吏'"。这样的盖棺论定流露出轻薄文人之意，却也甘冒天下之大不韪。其实"樱蜃"的叙述口吻极其复杂，在醉心描绘"床头盟誓，樱下许愿"的同时，对茅盾的刻画极贬损之能事，骨子里不无那种传统意识的对于"文人无行"的鄙视。

一篇《手记》道不尽数十年的心头郁结和愤懑，最使她感到不平的是，她是中共最早的党员之一，因为与茅盾的关系，党籍问题一直未能解决。茅盾逝世后被恢复了党籍，她也随之洗刷而"重新入党"。一生受茅盾牵连，难怪耿耿于怀。

尽管如此，正如《手记》的开场白说明："即使瑕不掩瑜，瑕和瑜终究是一个统一体哪。"因此她无意于摧毁茅盾，也知道这不可能，"我虽然微不足道，可有可无，无可无不可，而茅盾却是举世闻名的文学巨匠。我反复忖度，若是把这一段湮没了，虽然保全了对于欺世盗名者英名的流传，那就对不起后来人，更对不起研究者。"因此在爱恨交织之中的"反复忖度"决定了她的策略：似乎只有以"正典"之名，还她一个"革命者"的大义名分，才能向"历史"讨回公道，愈合她久裂的创口。


值得一提的是丁玲，其在革命正典的舞台中心所扮演的角色及其在文学史上的意义，绝非秦、胡所能比拟。在20世纪50年代反右斗争中她遭到整肃，被开除出党，于是流放至北大荒，又转辗关押在秦城监狱，达21年之久。80年代回到公共生活，回到文艺界领导岗位，却时时与改革开放的潮流相左。

秦林芳《丁玲的最后37年》一书对于丁玲在"文革"之后的详实叙述令人深省。复出之后，她的表现很大程度上也是20世纪50年代文艺界宗派斗争的延续。1984年中央为她"恢复名誉"，予以"彻底平反"，两年后她寿终正寝，死无遗恨。

晚年丁玲留下了大量文字。当她历尽劫难而奇迹般重返文学舞台时，人们希望看到"莎菲"的复活，作为现代个性解放的象征，应当对民族的劫难与人性的深刻有所反思而给世人带来启示。她的小说《杜晚香》在1979年7月《人民文学》上刊出，以革命现实主义手法刻画了一位普通劳动"标兵"，任劳任怨为建设北大荒作出贡献。这篇小说刻意重现了20世纪50年代的文学，也是照见晚年丁玲的一面镜子。然而莎菲与她形影不离，她也没有忘却莎菲，如秦林芳指出复出之后丁玲的矛盾、复杂的一面。但我觉得这种矛盾实际上已被统一起来，其中的语码已潜移默化，莎菲被笼罩在杜晚香的观照之中，或者已经变成了杜晚香。

在各种选集中，丁玲都乐于收入《莎菲女士的日记》；不让人忘却它，但要忘却那个个人主义的莎菲。她强调莎菲有着"在那个黑暗社会背负着时代重载的那颗热烈顽强、毫不屈服、向往光明的知识少女的心"。这种自我诠释表面上重申了五四的独立和叛逆精神，事实上抽掉了个性，使之成为一种集体的指符。她最为忌讳"丁玲就是莎菲"的说法，且一再否认一般认为"性爱"的误解。"莎菲有什么'性爱'呢？"她说，"如果有的话，她早就有爱人了。"的确，莎菲的那种个人主义不会给她任何力量，只会使她恐惧和脆弱，而真正支撑她生活下去、战胜苦难的却是革命的信念，与之须臾分离便会使她感到难忍的孤独。革命信念与传统价值携手并肩，性别的语码也在变化，更朝"三从四德"的伦理信条靠近。她所塑造的新人杜晚香，家庭生活并无温暖可言，她对此不但甘之如饴，反而对她丈夫萌生出尊敬和爱慕。这对于以张扬女性意识著称的丁玲来说，实在令人吃惊。

这里反映了自传与小说、女性与文学的关系，与秦德君形成有趣的对照。同样是通过经典小说的解码而重构自我，秦德君在认同梅女士之时，好像成为小说里的人物，敢哭敢笑，重现了五四新女性的独立、浪漫的风情。而丁玲则拒绝认同莎菲，不仅要为这一小说人物穿上革命的新装，她更要使人们认识一个真实的、枯燥乏味的丁玲。

原刊《随笔》2009 年第 6 期

# "俏皮话"的喜剧精神

　　答应给张俭的新书写序，一直没动笔，她也不催。这回好了，像往常一样坐在电脑前，一杯咖啡一支烟，打开文档，跳出题目：乱世的笑声——二十世纪四十年代上海喜剧文学研究。笑声仿佛弥漫开来，正是冬日，窗外春意无迹，像我口中咀嚼的一粒开心果——桌上一罐没吃完的坚果，里面还有杏仁、腰果和榛子。

　　一页页读下去，似曾相识，又觉得陌生了，战争与笑声的对立变得尖锐，开心果也坚硬起来。其实这篇论文早就读过，在博士答辩的时候，我还是主持。现在比原来显然有很多改动，有些问题激起新的思考和想象，或者这几年我的心境有了变化，对主题另生出一种敏感？

　　的确，主题够新尖。20世纪40年代的上海，从孤岛、沦陷到内战，充满战争、黑暗、创伤和恐怖的历史记忆，而张俭这本书却充满笑声，且以此作为重要的文学现象而加以研究，给我们的道德正义与历史认知带来挑战。关于 40 年代的文学研究，不能不提到 70 年代初，夏志清在《中国现代小说史》中盛赞张爱玲、钱锺书，不仅打乱了"革命"文学殿堂的座次，也挑破纸窗一角透射出与时代脱节的文学世界。其后耿德华（Edward Gunn）在《被冷落的缪斯》中剖析了钱锺书、杨绛与张爱玲的文学心灵，从战火灰烬与文明废墟中提炼出幻灭与睿智、怀疑与嘲讽，而他们的"反浪漫主义"意味着五四以来革命乌托邦与"正统"文坛的消逝。傅葆石的《灰色上海》通过孤岛到沦陷时期的话剧、报纸和杂志勾画了思想与文化层面，在日据、汪伪与"左翼"的犬牙交错的权力网络中描述了李健吾、王统照与《古今》派知识分子的痛苦、挣扎与阴沉心理及其所面临的道德困境和文化选择。他们的反抗、合作或隐退的不同形态，体现为复杂的象征与隐喻的阅读和书写方式，不乏高压政治下隐晦的反抗声音。黄心村（Nicole Huang）的《乱世书写：张爱玲与沦陷时期上海文学及通俗文化》则从性别政治考察张爱玲、苏青、潘柳黛等"乱世佳人"与城市文化的"家庭性"（domesticity）主题，揭示出女性立场的"另类"书写战争的方式，对日本泛东亚主义的女性价值体系构成某种"文化抵抗"。

这些著作各自圈定探讨对象，在异常复杂的政治、思想与文化脉络中探讨他们的文学意涵与主体建构，且朝向将文学批评与文化研究相结合的方法，考察文学与报刊等传媒及大众接受的关系，不同程度地涉及都市文化与通俗文学，这些在《乱世的笑声》中可见痕迹，但张俭耳尖，在战争中听到的是笑声，如其声称："本文选取的研究对象，正是现代中国都市在满目疮痍的二战时期里的喜剧文学想象。在这个现代文明的战争废墟上，在印刷传媒、话剧舞台上都爆发了响亮的笑声。"这决定了一种文学类型的研究，似乎在理论与方法上带来更多的麻烦。笑声无处不在，张俭也眼宽，看了更多的报刊，有男有女，有戏剧有文学，却突破了雅俗之间的界限而释放出"鸳鸯蝴蝶派"，让他们也跑到前台一显身手，使此书别具一种宏观的特色。

此书从晚清以来悲剧和喜剧类型与民族改造、阶级解放的意识形态话语建构着手，讨论研究课题范围及方法论"问题意识"，此后分两部分论述 20 世纪 40 年代上海的印刷纸媒与演艺舞台的"笑"的文学想象。文学方面如平襟亚追求"趣味"的"故事新编"、徐卓呆的滑稽"恶作剧"与张爱玲作品中鬼影闪烁的"俏皮话"，仿佛在破坏的废墟上建构拉伯雷式的嘉年华狂欢景观，与战时恐怖政治和严酷现实形成突兀对照，从时尚消费到明星八卦，从孔夫子、潘金莲到贾宝玉，无不成为戏仿、揶揄恶搞的素材，折射出日常的烦闷、浮华中的苍凉与现世秩序的荒诞，成为一则与围观发笑的城市大众共睹皇帝的新衣的寓言。

戏剧方面则以"文明戏"演变而来的"话剧"舞台为主，考察了石华父、李健吾、杨绛与张爱玲的喜剧作品，包括顾仲彝的《八仙外传》等，同样让我们看到高压政治下一波又一波"喜剧的风行"。各种喜剧类型，有本土传统的、受欧洲影响的，也有模仿好莱坞电影的，交错混杂。剧作被贴上种种标签，如"理想喜剧"、"风俗喜剧"、"幽默喜剧"、"女人喜剧"、"好莱坞化"的浪漫喜剧或"流线型闹剧"等，体现了舞台实践与批评话语息息相关的精英特征，也交织着民族救亡话语与都市流行文化消费之间的张力，而作家个人的美学信念在高雅与通俗之间游移，不断与大众接受之间产生矛盾、磨合与互动。

乱世的笑声不免苦中作乐，笑中带泪，其本身蕴含扭曲与疯狂，然而有赖于张倩的细心探究，向我们揭示了集体伤痛的创造性转化，这方面不由得惊叹她在材料搜集上所下的苦功。如她的细腻分析所展示的，各种知识社群在意识形态的竞争中争取自己的话语权，其间交织着地缘政治与美学理想的碰撞与协商。战乱中的笑声意味着在高压体制的空隙中利用各种传媒开拓文化空间，其间作家、艺术家与印刷资本、城市大众合谋，以笑声缓解心理压力，伸张生存的权利，也是保持本土文化"元气"的方式，即所谓"再现了战时城市大众的日常文化经验和情感结构。读者大众共同分享城市文化传统和文化符号，在笑声中建立了一种城市文化和情感的认同"。的确，与"大东亚共荣圈"之类的意识形态保持距离的众笑喧哗，其在地呈现本身即成为延续文化认同与情感结构的方式，含有蔑视权威与暴力的文化抵抗的意涵。当然"抵抗"难以涵盖更为广阔的文明毁坏中芸芸众生的生存形态，如日常"俏皮话"所蕴含的无奈、讽刺或犬儒。同样不能忽视的是，面对共同的敌人，笑声的创作过程拆解了虚实与雅俗之间的界限，有效集结了各种滑稽、闹剧、幽默等喜剧性资源，也消解了文化符号与艺术类型的固定程序，给艺术创造带来多元交杂的可能性。

"笑"是自然不自由的感情表现，也是文化符号，均受文明的规训，在具体语境中发生各式各样的解读。在文学的知识分类中，"笑"被归类为"喜剧"。古今中外有关笑与喜剧的著述浩如烟海，在中国语境里，自从王国维引入叔本华印记的"悲剧"观念，悲壮与崇高被当作最为纯粹的感情体验。他把《赵氏孤儿》称作世界性

"悲剧"，中国的大团圆"喜剧"被视为二等的区域性艺术。"五四新文学"以来，与"悲剧"观念相一致，"血与泪的文学"既是纯化感情、动员革命的口号，也是科学表现中国"现实主义"的不二法门。而其他与喜剧亲缘的"谐趣"、"滑稽"等文艺形式遭到贬斥。如20世纪20年代初茅盾、郑振铎等人严厉指斥《礼拜六》周刊的"消闲"宗旨，痛斥"鸳鸯蝴蝶派"为金钱写作，不顾民族存亡，犹如"商女不知亡国恨"，于是骂他们是"文丐"和"文娼"。其实像徐枕亚的《玉梨魂》与周瘦鹃的"哀情"小说都有很强的悲剧性，且风靡一时，但这些作品却不属"悲剧"。因此某种意义上外来输入的"悲剧"概念含有"文化殖民"性质，在生搬硬套时已不自觉落入被"文化殖民"的境地。

张俭在批判性审视"悲剧"和"喜剧"与中国现代性的关系时提到，雷勤风（Christopher G. Rea）在博士论文《笑声的历史：二十世纪上半叶中国的诙谐文化》中提出笑声与泪水是构成中国现代文学的一体两面，正是有鉴于中国现代文学史中笑声处于边缘化的状况，该书大力挖掘喜剧文化，将20年代的通俗滑稽文学、30年代的喜剧电影与40年代的游戏话语整合为一部中国现代诙谐文化的系谱学（雷勤风以此为基础，于2015年出版了 *The Age of Irreverence: A New History of Laughter in China*，即《亵渎神圣的时代：中国笑声新史》，2017年获得列文森图书奖）。

在《笑声的历史》中现代喜剧文化浮出地表，也是"被压抑的现代性"的工程之一，这给张俭带来启发，但40年代极其复杂，笑声更麻烦多多。她把"笑声"用作一个"关键词"，"用以涵括所有采用戏仿、反讽、讽刺、闹剧、漫画化、滑稽、俏皮话、荒诞等等手法或特征的喜剧文学想象"。这份菜单使喜剧的领地大为扩展,其中"漫画化"即书中的《钢笔与口红》为苏青、潘柳黛与张爱玲这三位当红作家所作的讽刺画,令人开颜。通过悲剧、喜剧的现代性遭遇作理论梳理,为"乱世的笑声"正名,是一种智巧的选择,也使这本书成为具开拓性的文学类型学研究的专著。

值得注意的是开头的"问题意识"部分,与一般文献综述不一样,涉及不少中外文学理论。应当说这方面张俭颇得益于在香港科技大学所受的理论训练,人文学院的几位老师,如郑树森教授乃是詹明信(Fredric Jameson)的高足,是文学与电影类型学专家,另一位高辛勇教授以精通文学理论而著称于北美汉学界,而张俭所师从的陈丽芬教授也专开文学理论课程,以批评之批评见长,见到学生言必称周蕾或本雅明就会皱眉头,告诫说要有批判思维,不要人云亦云。这一点在书里也有所表现,如巴赫金认为中世纪民间狂欢节中肉体化、世俗化的笑声对于占统治地位的权力和真理具有"颠覆"性,此说被当代文学与文化批评广泛引用,而张俭则持异议,她同意艾柯对巴赫金的批评,而结合 40 年代的历史实际更有所引申:"如果我们把笑声的文化功能局限在'抵抗'和'颠覆',限制了笑声的自由,也远远低估了笑声的丰富和复杂,也忽略了笑声作为一种文化的情感模式所蕴含的情感认同和感觉经验的表达功用。如果我们看看 40 年代上海的城市喜剧,老派小报的各种故事新编、城市八卦戏仿,张爱玲所写的上海人'满脸油光的微笑',还有杨绛式的'会心微笑',远非'抵抗'或'颠覆'能言尽。"

读到书中平襟亚的章节便忍俊不禁,此人是厉害传奇角色,游走在小报之间,专和社会名流打笔墨官司。1926 年被女文豪吕碧城告上法庭，他在苏州避祸期间写了长篇小说《人海潮》，从而一鸣惊人。30年代创办中央书店，出版通俗小说与各类图书如《鲁迅选集》等七八百种，成为出版界巨擘。也挂起律师牌子，编写《刀笔评论文选》等书，标榜"犀利尖刻"，教人如何打官司、做翻案文章。因此若把一顶"鸳鸯蝴蝶派"的帽子安在他头上，恐怕是要被戳破了的。40年代沦陷期间平襟亚创办《万象》杂志，一时间风生水起。他自己发表《故事新编》系列，无论是娱乐明星还是不良奸商，甚至是令人闻之色变的"七十六号"特工头目李士群之妻或是日本侵略者，都成为他讽嘲戏谑的对象。其实这仍是平襟亚的一贯做派，颇有市井底层的草莽气。一般认为"故事新编"从鲁迅的同名小说集而来，当年鲁迅说《故事新编》中的小说大多"油滑"，并自我批评说"油滑是创作的大敌"，以后"决计不再写这样的小说"。有趣的是张俭指出平襟亚的《故事新编》"大肆发挥"了鲁迅的"油滑"，大约已吸取了安敏成的把"油滑"看作"鲁迅最为激进的创造性要素"的观点。确实"油滑"是个值得探讨的话题，但是如果从"犀利尖刻"角度看，平襟亚或许是得了"绍兴师爷"真传的。

20世纪20年代是鸳鸯蝴蝶派的黄金时期，而在这本书里我们看到该派在40年代卷土重来，包天笑、徐卓呆、范烟桥、张恨水、程小青、郑逸梅、顾明道、陈小蝶、孙了红、王小逸等老一辈鸳鸯蝴蝶派几乎全员出动，又加入胡山源、周楞迦、予且等，包括施济美、周錬霞等女作家，他们属于新生代，当然自成面目，无怪乎主编陈蝶衣反对把《万象》称作"鸳鸯蝴蝶派刊物"。1942年10—11月他组织了一次"通俗文学运动"的讨论，除自撰《通俗文学运动》长文外，参加讨论的丁谛、胡山源、周楞迦与予且、文宗山、危月燕等皆为新一代作家，话题涉及"五四新文学"、通俗文学、鸳鸯蝴蝶派、白话文、大众语、欧化语等，其实是在回顾现代文学的历史，试图消除新旧界限，给"通俗文学"重新定义。虽然在战乱中很难谈得上"运动"，却是一次新的海派通俗文学力量的结集与宣示，且对于"通俗文学"、"鸳鸯蝴蝶派"等概念的历史演变来说，是值得重视的。

迄今对于"通俗文学"或"鸳鸯蝴蝶派"的研究还是一门年轻学问，尚须大力推进。这本《乱世的笑声》把新旧并置在一起，有助于读者对40年代文学的整体理解，这是一种可喜的突破，也别具一种目光朝下的意趣。张俭先是在中山大学师从已故程文超教授，已开启其通俗文学与都市文化的研究之旅，能取得今天的成绩乃多年积学所致。譬如我因为自己对于周瘦鹃研究投掷多年心血，能略知其中甘辛，且不说有人觉得吃力不讨好，其实不容易做。不仅"通俗"领域范围广大，而且旧派拥抱古典文学与传统文化，还须打通古今，另外如能掌握一些文学与文化研究的理论，就更能深入其堂奥。如书中论述徐卓呆的滑稽世界与人物时，借用了巴赫金关于"时空体"（chronotope）的概念与骗子、小丑、傻子三种喜剧人物功能的论述，张俭在欧洲小说发展的脉络中来理解"时空体"，且在中国"滑稽"传统中作了一定的调适，我觉得这样使用理论的方法是健康的。徐卓呆的不少"恶作剧"小说与传媒"骗局"有关，这是他的独特而重要的现代性特征，张俭从弗莱关于喜剧中骗子的作用"常常是结构性的而不是语义性的"这一论说中得到启发，揭示徐卓呆的"恶作剧"滑稽故事的套中套装置：读者在阅读过程中进入

"骗局"时，作者叙事行为本身是个骗局，不知不觉读者已陷入其中，故事最终解套，而读者在惊喜中发觉自己也是被捉弄的。

徐卓呆常以广告、书信为媒介讲骗局故事，原来他对传媒颇有研究。他撰写《模范广告术》，从1918年8月至1919年3月在周瘦鹃主编的《先施乐园日报》上连载，对欧美各国商品广告进行介绍与批评，附有二三十幅广告图。接着从1919年3月至8月又连载他的《近世商略》，是对西方商业与商品的研究。徐卓呆被称作"东方卓别林"，他不光写滑稽小说、演新剧、拍电影，还是个传播学的先驱者。无独有偶，20世纪二三十年代的上海被称作"东方巴黎"，其实作为世界都会之一，在经济体制、时尚潮流与生活方式方面与巴黎、纽约、伦敦、东京等大都会具有同一性与差异性，而"通俗文学"本来就和都市发展唇齿相依，徐卓呆对西方广告术的兴趣与介绍只是个小插曲，却富象征意味。自20世纪末以来所谓"全球城市"（global cities）迅速成为显学，本雅明的"拱廊计划"、"城市漫游者"等为学者津津乐道，有关都市文学与文化的理论与方法的著作较过去几何级地涌现，因此我想选择性地、恰当地借鉴或挪用有关理论资源是完全必要的。

读者不难发现书中的文学与戏剧部分中张爱玲各占一节，特别扮演了"跨界"的角色，这么复调处理，似有重中之重的意思。的确，对于张俭，张爱玲似乎是测试其文学理论与细读技艺的试金石，也是伴随她这一代的青春阅读体验。事实上书中论述张爱玲的两节可见其高山流水的愉悦与语不惊人的焦虑。由是我想起与张俭讨论到张爱玲的情景，虽有导师之责，也不免捉襟见肘。记得张俭爱笑，喜剧的笑，不像张爱玲笑得苍凉，却不无诡异。有一回好像说起张爱玲形容"小奸小坏"的地方，便是那种笑，顿时使我想到王国维的"隔"与"不隔"的话头，对于张爱玲或张俭的张爱玲，都有点惘然起来。

最后想指出一个不该"被冷落的缪斯"——书中再三致意的"俏皮话"。张爱玲的这一日常语言不啻是贯穿全书的主心骨。对张俭而言，"用我们熟悉的语调说着俏皮话"，"是本土通俗娱乐文化传统，也是写作的语言和叙述策略，甚至是一种世界观式的主题特质"，她发现"乱世滑稽和城市的俏皮话中诠释战争的另类方法和想象形式，沦陷上海的上海通俗文学的日常战时书写所涉及的文学美学和政治话语，其意义和包含的问题并非'抵抗'和'颠覆'所能涵括"。其实这类表述频频呼应了对巴赫金的"颠覆"与"抵抗"说的质疑，实即透过"俏皮话"观照乱世人生，在更广阔的文明崩坏与创伤时代中理解普通人的充满滑稽与荒诞的生存处境，或即一种张爱玲式的"慈悲"与"苍凉"的同情。

总之，此书内容丰富，有趣而富于启示，我无需再饶舌剧透，以交给读者明鉴为好，是为序。

原刊张俭著《乱世的笑声——二十世纪四十年代上海喜剧文学研究》，商务印书馆 2019 年版；《随笔》2019 年第 3 期

# 多元文本的生命抒发

　　林淑贞教授将她的新书《图像叙事与多元文本》发电子邮件给我，并嘱我为序，我殊觉荣幸而欣然应命，乍开卷一片独特的人文烟霞舒卷在眼前，美不胜收。开首两文分别以《台湾真少年系列》和几米《地下铁》两种绘本作为凝察对象。前一文对六位名家所写的少童故事一一评述，给自小生长在城市的我带来一种新的感受，似飘来一股冻顶乌龙茶的清香。时地迥异，儿时记忆却有共通之处，八岁男孩的火车之旅勾起我幼时一次远足郊外的记忆，彼时也发生了难以忘怀的细事。我多次来过台湾，足迹却未远离台北一带，因此宜兰、高雄、台东、屏东等地名绰约闪现着各地风土人情的画面，令我遐想。而林教授的解读更能让人感受到一种重返自然的情怀，充盈着大地之母般的温暖演绎。

　　在《几米〈地下铁〉》一文中随目可见几米的绘本图页，而作者在绚丽色彩的笼罩之下，其诠释文字一路追随盲女的地下铁旅程，细腻而委婉，如一首散文诗。所谓"任何人生之旅，皆是一人独自孑然行走"，孤寂行旅的主题被引向人世不确定的寓言，当然含有作者的主观投影："也许，我误读了几米，你们也有可能误读了我。而我之所以如此解读几米，那是我观看的角度，是我的存在感受。因为，我觉得，人生，不就是一场既期待又盲目的行旅吗？既怕受伤害，又充满了无限的想象、新鲜与好奇，导引我们不断地进入？不可拒绝的行旅，注定了繁华事散的孑然。这——就是我的诠解。"

作者在"绪论"中说："图像、影视、叙事、诗文皆是文本，这些富丽难踪的多元文本，为我们打开文字及其外更华艳的幽美窗户，开启展望更深邃、更窈然的多层次阅读，让人恣意驰骋与饱览，或曲径通幽，或柳暗花明，常常兴发坐看云起的兴味，随兴触发，观看这些文本风景，让创作者的幽深生命历程重新启动、重新感动。"这两篇文章不啻具示范意义。

初识林教授是去年五月在上海戏剧学院举办的"胡金铨与武侠片"国际学术研讨会上，听她对胡导的《山中传奇》中人物的美学诠释，从情节结构、影像画面、音乐等方面揭示影片中人物的建构，层层剥离，胜义纷披，如此引人入胜，我忝为分组主席实在不忍严格控制发言时间。在会上我也作了题为《从〈江湖奇侠传〉到〈火烧红莲寺〉》的演讲，看来我们似乎都是文学出身而涉及影视，可说是同道了。当时时间不够，林教授匆匆播放了PPT，后面愈发精彩，从人物建构中渗透着"禅化"、"禅境"论及胡导对于传统儒佛道文化的深刻浸润，最后揭示影片表现"向死而生的途中"的主旨，而且她指出这不仅是影片中的人物，也是我们现实世界的生存境遇的写照。这给我留下深刻印象，因此看到她的新著更把文学与视觉性作为主题，自然十分欣喜，也抱着一份学习的心态。

此书共收 25 篇文章，分为四辑，讨论张爱玲、白先勇、黄春明、琦君、荆棘、欧阳子的小说，郑愁予、覃子豪及马来西亚华文文学天狼星诗社的诗，龚鹏程与黄永武的散文，曹禺的剧本，欧豪年的画，几米的绘本，席慕蓉的诗与画等等，电影除《山中传奇》外，有中国香港影片《空中小姐》及意大利影片《天堂的孩子》等，视域十分广阔，有的作品真希望我能看过，才有资格来谈些看法。林教授著述甚丰，如六朝志怪小说、唐人审美风尚、明清笑话及传统诗话等，兴趣似比较集中在古典方面，另外也发表了不少诗文创作，洵为多才多艺。收入这部《图像叙事与多元文本》的论文以探讨现当代为主，且半数与视觉文化有关，似显出林教授近年的研究重心的转移与兴趣的变化。

学术研究求新求变本属常态，学文科的有的专治一路，有的兴趣广泛，因人而异，各有长短。只是近数十年来人文学界形成某种"共享经济"的态势，新变意识愈趋尖锐。从 20 世纪"语言转向"与"视觉转向"到新世纪全球化时代，数码技术加速信息资源的流通，最近哈佛燕京图书馆将馆藏五万余卷中文善本于网上共享即为一例，各种人文理论进一步交融整合而更为多元，跨语言、跨学科研究蔚成新潮。当然这也引起学科边界的浮动，比方说，20 世纪 90 年代周蕾站在"比较文学"的立场上批评作为"区域"研究的传统汉学，由理论整合致使学科边界松动。然而不久前由哈佛的戴维·达姆罗什挑头，认为在今天全球化时代，"比较文学"满足于对少数国别文学的比较研究，因此为适应需要，他大力提倡"世界文学"的研究方向，俨然引领文学与人文学科的前沿。正所谓河东河西瞬息变幻，令人有"山阴道上，应接不暇"之感。

林教授近年的新变趋向，我想既是风会所趋，也是其问学之途的自我铺展。以亦文亦图展拓新的研究领域与对话空间，而诗的生命意识渗透于学术书写，似在尝试一种新的写作方式。这方面我有相似的经验，以研读古典文学起步，后来涉足现代，又旁及视觉文化，数年前出版了一部名为《古今与跨界》的论文集，论述对象包括朱熹、汤显祖、陈寅恪、茅盾、周瘦鹃、陈冷血等，文本包括诗文、小说、戏剧、电影等，涉及文学、思想、新闻、图像影视等领域，含有一种文学文化史的兴趣。不意近来风向突变，就我参与的活动来说，去年十一月华东师范大学组织了题为"中国文学与文化：通古今与跨学科"的研究生论坛，几乎同时，复旦大学中文系举办了题为"图像、叙事、传播、翻译：中国近现代通俗文学研究"的研讨会，参会的来自各地，大多是青年学者，这一发展势头值得关注。他们手眼俱高，思维活跃，且体现了一种共享精神，其条件之优越远非我当年所能想象。

的确，已故章培恒先生在20世纪末即发出"打通古今"的呼吁，现今成为学界共识，尤其近些年来"国学热"不断，年轻人当中做旧体诗、学习书法的相当流行，虽然在文学研究中古代、现当代的分期仍然存在，但文化整体的观念愈益得到重视。在这样的背景里读林教授的文章，就觉得特别顺畅，把每一位现当代作家的文本置于文学传统长河之中，如对于郑愁予《赋别》一诗的解读，"影响的焦虑"当然首举江淹的《别赋》，然而"无论是李白的兰舟初发，或是张若虚的青枫浦上，或是李商隐的蓝田日暖，或是柳永的晓风残月，或是秦观的月迷津渡"，皆织入诗人的离情别绪。在这里林教授不分古今畛域，列举渊源典故如数家珍，显出其深厚学养，当然这也拜赐于台湾一向与传统文化的亲缘性，就像黄春明的短篇《死去活来》以谐谑的笔触描绘了为粉娘的两次送终，透映出现代社会中传统人伦的延续形态。然而当林教授将《赋别》置于抒情传统的丰富织毡中，仿佛为作品谱写了一首诗的交响，从中发出各种乐音，应和了她对文本多重对话的可能的信念："当郑愁予重新书写伤离意绪时，也产生了不同的感受，离别而不想再相见，是一份怎样的情怀呢？将一切未完的留给世界，而梦境究竟可以体现什么呢？这种怅然、恍然、迷然、惘然的情怀，是可以人心共感的，文学的成就，也就是在共同契会下，证成人世遇合的偶然与必然。"在多重对话当中我们可看到批评者的参演，将普遍人情与个人体验融汇一体，使《赋别》成为一首永恒的"传奇"。

论文集中有数文是对叙事文本的分析。如曹禺的《雷雨》属现代戏剧经典，其研究成果汗牛充栋，而林教授的解读别出新意。她指出剧中人物关系复杂，陷于人伦失序的泥淖中，各人的美好追求互相扭拧而一齐归于悲剧的命运。这一"欲求反失"的论旨是对作品结构性的精密解析的结果，也有赖其真知灼见。类似的解读也见诸其他几篇，如对电影《天堂的孩子》里"遇困——求解"的叙事模式或欧阳子短篇小说中人物"困境与挣扎"的叙写模式的分析等。这些文章里如叙事学、心理学、诠释学等理论往往了无痕迹地融贯于字里行间，与花拳绣腿、削足适履式的套用理论的做派迥异。

《以歌写志》一文论述台湾流行歌曲与社会变迁，《遮蔽与彰显》是对张爱玲《红玫瑰与白玫瑰》中男性书写的分析，前者涉及大众文化与传媒，后者则关乎性别研究，另如《空中小姐》一文与城市记忆、女性主体有关，这几篇稍显特别，因而这本论文集具有多元杂交的特点，显示作者对多种领域的兴趣，也隐含后续发展的可能性。另外几篇如《九歌版年度散文选书评》、《岭南画派传人欧豪年》以及关于马来西亚华文文学天狼星诗社等文具述评性质，而与其他各类文章一样，华丽富赡的风格却以平实打底。每一篇文章均精心结撰，资料详实，有板有眼，由表及里地展开论述，从不同角度显现研究对象，且辅之以图表——虽然我比较老派，对这一点还不大习惯。所有论文几乎分享了这些特点，即所谓"平实"吧，此乃造就优良学风的基础。

最让我感动且受启发的是许多文章所浸润的生命意识，也是这本新著题中"多元文本"的要旨所在，《绪论》曰：

> 文本的写定虽有作者之作意存乎其中，然而读者解读时，往往因人之预期视野不同而呈示多义性，此一多义性与歧义并非文本的缺点，反而因其多元解读而具现创造性。图像、叙事、影视皆为广义的文本，而作者所展演的生命特质、书写的文学作品亦为文本。大千世界、繁华人生，何处不是张罗着文本？没有一个人的遭逢相同，没有一个人的命运相同，每一个文学家所展现的生命历程，何尝不都是一出精采绝伦的文本？展读作家生命、研绎作品内容，同理感受，在对读的过程中，是一种再创作的心灵演绎过程，亦是另一种形式的文本演绎，无论是写与读皆然。

关于文学与图像的关系的理论很多，各人探究的进路不同。凡从事文化研究的无不奉本雅明的《机械复制时代的艺术作品》一文为指针，着眼于现代社会传媒与政治、美学等复杂关系，如周蕾据以切入解读鲁迅的"幻灯片事件"，对中国现代文学的"视觉技术化"、"东方主义"话语与"第三世界"的权力关系等议题展开论述。但林教授则潜泳于文学与图像的审美世界，旨在与其心仪的作家分享生命的体验，因此与克丽丝蒂娃的"互文性"理论心有灵犀，将文学叙事、图像与影视作品视作"广义的文本"（见《以歌写志》）。确实，我们常把图像的意义也称为"语言"，而在中国古代"文"的意涵本来就蕴含图像，因此林教授对于理论的选择别具慧心，且触类旁通地作了一番圆融的功夫，事实上不仅自圆其说，成效也十分卓著。

林教授不仅充分发挥了"互文"在各种文本之间、作品与读者之间的对话机制，更自我化身为进行中的文本演示。本来，如根据"言之无文，行而不远"的古训，或朱熹的"文所以载道，犹车所以载物"的说法，"文"与道路、行走、运载的意象相连，因此林教授也一样，无论是席慕蓉、盲女、胡金铨、龚鹏程、白先勇……与他们一起踏上心路历程，一路陪伴，一路絮语，在商讨文本的意蕴、交流生命的归宿与艺术的命运之际，倾听幽灵的微语，正视生存现状的困境、希望与挣扎，同时熔学术、批评于一炉，随机闪现隽词诗意、睿智之光，以其自身对人间的爱心与人文世界的想象踵事增华，使原作更为出彩，自己也沉醉于罗兰·巴特所说的"文本的愉悦"之中。

原刊林淑贞著《图像叙事与多元文本》，台湾学生书局 2018 年版

# 凌波微语

　　"凌波微语"原是为一本中英文自选集取的书名，书没能出版，序文《凌波微语——双语书写甘苦谈》收入这本书里，也在《随笔》上发表过。编了这本文集，为书名犯愁，突然想到"凌波微语"，商务印书馆的编辑也觉得蛮好，于是就做了移花接木的手脚。

　　那是从曹植《洛神赋》中的"凌波微步"借来的。读《洛神赋》是我开始当"文青"的时候，像"翩若惊鸿，婉若游龙"、"荣曜秋菊，华茂春松"之类的句子，一串串珍珠似的在我眼前晃来晃去，美得叫人晕。诗人在作一种静态的观赏，似把洛神当作画室里的模特儿，对其颜面、眼睛和体态一笔笔浓描细写，颇如一幅工笔画。不过我们不必完全接受康德式的纯艺术境界，诗人也不耐烦起来而诉诸行动，于是有"通辞""解佩"之举。这番文雅的"撩妹"并不奏效，遂失魂落魄，当写到"体迅飞凫，飘忽若神。凌波微步，罗袜生尘。动无常则，若危若安；进止难期，若往若还。转眄流精，

《凌波微语》，商务印书馆，2018

光润玉颜。含辞未吐，气若幽兰。华容婀娜，令我忘餐"，一种进退徘徊、蒹葭苍苍、飘渺迷蒙的气息弥漫其间。所谓"气韵生动"和观赏主体的情感投入有关，从文章学来说，至此将女神之美的呈现愈入佳境，而臻至诗家之绝唱。

本来将"步"改为"语"，意谓游学于大洋彼岸，步入双语写作之旅别有一种甘苦，其实陷入后现代话语的牢笼和戏仿的修辞伎俩。不过收进那个论文集里的都是学术论文，要说"凌波"不免显得吃力，现在这本书属于"学术随笔"类，从轻巧角度看使用"凌波微语"也恰到好处。

不愿舍弃"凌波微语"似在纪念我的文青时代的天才梦。曹植七步成诗，才高八斗，使我油然生景仰，其中夹带着天才的悲剧感，也不无甜蜜感。至于涉及曹植与兄嫂的不伦之恋的八卦，在我也会引起美丽的遐想。那是爱憎分明的阅读时代，钟情于曹植，就把可怜的曹丕恨得牙痒痒，正像读了《三国演义》一味把曹操往死里咒。

长年在学院里讨生活，压头压脑无非是论文。一篇篇课堂论文被改成会议论文，又改成论文集或杂志论文，从量身试镜到面世见公婆，渐渐地我的"洛神"在论文的生产流水线里挤压变形，有时沾沾自喜看似有点"曲线美"，毕竟是不太自然的。多半忙里偷闲，也写了些别的文章，断续地积累了几十篇，选入本书的二十几篇偏向于学问方面，分成书评、文序、自序、自述与访谈等类目。

虽然有别于论文，但要说是"随笔"的话，自己得说声惭愧。不由想起鲁迅的名文《魏晋风度及文章与药及酒之关系》，说是一篇学术论文也不为过。当年鲁迅师从太炎先生而打下小学根底，在《中国小说史略》里的考据功夫了得，然而"魏晋风度"的题目对他来说不光在谈历史，也是文学风格的自我演绎，没有论文套路，可说是"学术随笔"的典范。吃透历史材料而阐幽抉微，精彩不断，不仅表现了可贵的史识史鉴，更显出一种凌厉的个性色彩。

或像《论照相之类》一文更有趣了。全文分为"材料之类"、"形式之类"、"无题之类"三段，摆出一副论文架势。的确，讲照相传入中国的历史，其实在讲中西文化问题，然而讲到"无题"则笔锋转向现实生活，提到梅兰芳、泰戈尔等一大串名人，冷嘲热讽，其写照极尽漫画化之能事。"大先生"愤青偏颇，对他的观点可见仁见智，但文章读来令人大呼过瘾。这也应当属于"学术随笔"，与他的杂文不同，将史叙、议论与抒情熔于一炉，爱憎随心，奇趣横生。尽管岁月磨洗，展卷顿现一段个性的精光，怎么也磨洗不了。

本书中的文章反映了我的学术兴趣，凡作文须言之有物，也讲些文采，但浸润学界，论文气太重，且不够精简。一般来说，一本书的自序要对书中内容作介绍，跟做广告自我推销差不多，如《古今与跨界》一书的自序不厌其详，竟达万把字，另一篇为叶隽兄《北欧精神之格义立型》所作的序也下笔不知自休。虽然自觉在讨论一些问题，但对于一般读者则显得过于专业。本书将几篇自序放在一起，就不只是"三块广告牌"了。在这意义上，我很感谢"光启文库"和商务印书馆的包容，把本书列入"学术随笔"对我不啻是一种鞭策。

因此，我想不必再对本书作内容题解，自己的治学经验已经谈了很多，还是将一切交付读者为好。只是重睹旧文不免心惊，想借此机会追怀一两位最近失去的师友。

一位是赵昌平兄，5月里驾鹤西逝，噩耗传来，极突然。我的《"革命"的现代性》一书于2000年出版，那时他是上海古籍出版社的总编，该书得到他的鼎力支持。他曾亲自过目那篇《后记》，且作了少许改动。事虽细，总使我铭记在心。20世纪80年代我在复旦读硕博时就认识昌平兄，比我大一两岁，为人正直温厚，为学也严谨而富于创见，在我眼中始终是一位学长。他曾惠赠我《赵昌平自选集》和文章数篇，如今锁在香港某仓库里，人书俱隔，愈增悲怆。

书中有一篇《周瘦鹃文集》的书评，遂想起范伯群先生。先生去年11月24日住进医院，两个礼拜多点便走了，突然得难以接受。

在苏州大学附属第一医院里见到他睡着，我只能在旁默默祈祷。2001 年范先生访学哈佛时得识先生，对我的周瘦鹃研究一直给予鼓励。他多次让我参加研讨通俗文学的会议，给我珍贵的学习机会。这些在本书中《〈紫罗兰的魅影〉自序》中略有写到。此书即将出版，范先生却不能看到了，这是我深感遗憾的。

为悼念范先生，我写了挽联："博古融今只手撑起通俗文学半壁江山，传道授业悉心造就互文文化三代学人。"自 20 世纪 80 年代范先生从事中国近现代"通俗文学"的研究，至 2000 年他主编的《近现代中国通俗文学史》出版并提出中国近现代文学史由"鸳鸯蝴蝶－礼拜六派"与"五四新文学"所构成，此即振聋发聩的"双翼齐飞"论。数十年来范先生与"范门弟子"辛勤耕耘，勇于开拓，至今"通俗文学"已成为中国现代文学不可或缺的研究领域和规整的学科，而范先生始终着眼全局，把握方向，过八十高龄还在组织他的"第三梯队"进行一项规模恢宏的研究项目，其成果即《中国现代通俗文学与通俗文化互文研究》一书，160 万字皇皇巨著在 2017 年出版，其中饱含着范先生对学术的一腔热忱和不懈追求，为我们后学树立了永久的楷模。

相对而言，"通俗文学"研究仍是一门年轻学科，还有待继续努力。有时不得不慨叹"雅"、"俗"之间的森严门户，尽管已进入文学史，但触及艺术质量或"文学性"问题，"鸳鸯蝴蝶派"便好似矮了一截，观念上仍遭遇"现代性"、"正典"的障碍，难登"纯文学"神龛。从本书的几篇文章可见我在这方面的某些表述，有时不免言辞急切。为了纠正偏见，最近胡志德先生为香港中文大学的《译丛》杂志编了《民国都市文学》专号，旨在介绍一些堪称"经典"之作，嘱我推荐了周瘦鹃等人的作品，并得到几位翻译中国当代文学的高手的倾力相助。这本专号已经上市，虽是沧海一粟，但能这么做，不光值得，也是令人感动的。

原刊陈建华著《凌波微语》，商务印书馆 2018 年版；《随笔》2017 年第 5 期

# 双子星座在记忆的海面上升起

"可怜一卷《茶花女》，断尽支那*荡子肠。"

由严复的《天演论》和林纾的《巴黎茶花女遗事》做成双甲子纪念特藏，在我脑际霎时浮现了严复的这两句，出自他在 1904 年作的《甲辰出都呈同里诸公》一诗里。三四年前《巴黎茶花女遗事》见世后洛阳纸贵，"断尽支那荡子肠"不光表达了诗人一己荡气回肠的阅读体验，也道尽了一代青年经历的感情风暴——一个时代浪漫启蒙的见证。

在众多赞叹之中，严复这两句诗给我印象最深，却记不起是什么时候读到的，似乎不止一次。也许在某一部文学史、某一本传记，或某一本有关名人轶事的笔记里？我又在想，什么时候得知严复的《天演论》的？好像从中学的教科书就知道了，是的，记得我得到一

---

\* "支那"一词20世纪初在中国盛行，是中性词，并无蔑视之意。后来"支那"成为日本对中国的蔑称，中国人便不再使用，也禁止其他国家使用。——编者注

本《天演论》而欣喜若狂，那是 20 世纪 80 年代商务印书馆出的新版。又什么时候读到《茶花女》的？有一回记得很清楚，那是一本纸页脆黄的平装本，那时在哈佛读书，从燕京图书馆借出的。

记忆中有的清晰有的模糊，在互相穿越、重叠，换过几个电脑，文件夹已经丢失或打不开了。对《天演论》和《茶花女》我不一定比别人了解得更多，但是此刻唤醒了我的阅读史，在重访我的思想与情感的历程。历史常是这样，偶然的机遇，风尘的覆盖，碎片的记忆，被遗忘，被湮没，但人类精神的灯塔永远在守望，在照亮文明的进程，此刻严复和林纾犹如双子星座在我记忆的海面上升起，伴随着波光月色的风涛。

以这个玲珑可喜的"特藏"来纪念商务印书馆建馆 120 周年，让我们不仅向严复和林纾表示景仰，也关注这两部现代经典的出版史，带来新的启示。常言道，世有英才，更须伯乐。或者说英雄造时势，时势造英雄，但英雄还得由人造成。

两人均是冠绝一时的古文大家，出自清代桐城派殿军吴汝纶门下。吴称《天演论》为"高文雄笔"、"海内奇作"；梁启超盛赞"严氏于中学西学，皆为我国第一流人物"，则彰显其学养与眼光。严复的"信达雅"三原则是翻译理论的不刊之论。他自述"为一名之立，荀月踟蹰"，洵为专业敬业的楷模。的确凡属不世出之才或不免自负，严复说："细思欧洲应译之书何限，而环顾所知，除一二人外，实无能胜其任者。"而对于信奉左马班韩为"天下文章之祖庭"的林纾来说，所谓"读书破万卷，下笔七千言"也是其傲视一世的写照。试想二十多年的时间里他和多位口译者合作共翻译了 184 种小说（据马泰来的统计），这需要何等的精力和才气！此纪录大约至今未被打破。其中有二十多部欧美文学经典，而且专家认为不乏比原作更富神韵的章节。照钱锺书先生说，多亏了林译，他"才知道西洋小说这么迷人"。

两人几乎同时蜚声文坛，严复在赞叹《茶花女》时不无同门相惜之意，然而康有为说"译才并世数严、林"，据说两人都不开心，这大约跟当时小说的地位还不那么尊贵有关。其实严复是小说的最早鼓吹手之一，而林纾更看重其在古文方面的成就。倒是有些私密性轶闻更为有趣。林纾翻译《茶花女》纯属偶然。正当国人对于拿破仑的盖世武功津津乐道之时，他想翻译拿破仑，恰逢其关雎情深的发妻病逝。中年丧偶，"牢愁寡欢"，通过朋友王寿昌的介绍接触到小仲马的《茶花女》，不料他感触万千，遂与王一起翻译，从此一发不可收。

其实严复也丧妻多年，庚子年北方动乱他避居上海，与朱明丽结婚。朱是《天演论》粉丝，自称必定要像严复那样的人她才肯嫁，在朋友圈里传为美谈。其时作为戊戌变法参与者的黄遵宪遭清廷清算而蜗居在广东老家，为严复作了一首诗："一卷生花《天演论》，姻缘巧作续弦胶。绛纱坐帐谈名理，以情麻姑背蚌搔。"这是为老友道喜，后两句夫妻俩在闺房讲道的情景，严肃而香艳，其实这位朱女士的英文很好，所扮演的角色大约不止为夫子后背搔痒。不过"一卷生花《天演论》"和严复的"可怜一卷《茶花女》"有某种互文性，似对当时林纾的情感状态另有一番同情了。

《天演论》初版于1898年，是湖北沔阳卢氏慎始基斋木刻本；《巴黎茶花女遗事》也是1899年福州的私家初刻本。这两部译作迅即出现各种版本，各家出版社竞相印发，由是更风靡一时，但是很快严、林与商务印书馆签约，从 1903 年起两人的译作皆由商务出版。1904 年一年里推出了严复的《原富》、《群学肄言》、《群己权界论》、《社会通诠》和《法意》，次年《天演论》铅印本见世。林纾也是一样，1903 年之后十数年里共出版了林译 140 种，大多收入《说部丛书》和《林译小说丛书》中。商务为严、林提供经济上的保证，而从出版、营销到传播都是极其高效的。

这一切造就了严、林的传奇，也造就了商务的传奇，而在这一切的背后，站着一位商务的关键设计师——张元济。

1896 年张元济在总理各国事务衙门中任职，处理涉外文书工作，由此树立了放眼世界传播西学的志向。次年他创办通艺学堂，鼓吹西学，培养维新变法的人才。严复为学堂取名，也在学堂作过讲演，严复的侄子严君潜还是学堂的英文教师，戊戌变法失败后张元济受到"永不叙用"的处罚，南下至上海，担任南洋公学译书院院长，与严复书信往来频繁，如严在一封复信中说"译书为当今第一要务"，代表了两人的共识。此时严已经翻译了《原富》，准备交给张在译书院出版。1902 年张元济进入商务印书馆，次年担任编译所所长，即将严译纳入出版计划。

同样受到欧风美雨文化复兴的风气感召，林纾从事小说翻译。如《斐洲烟水愁城录》的序文说："敦喻诸生，极力策勉其恣肆于西学"，"欧人志在维新，非新不学，即区区小说之微，亦必从新世界中着想，斥去陈旧不言。若吾辈酸腐，嗜古如命，终身安知有新理想耶？"因福建同乡之故，林纾与高梦旦相熟。高也是商务的重要人物，后来继张之后担任编译所所长。但是 1903 年商务出版的第一本林译《伊索寓言》，其口译者即严复的侄子严君潜，这么看来与严复、张元济也都有关系。

甲午战争之后中国进入现代转型的进程，在外侮频仍、国族危机的激荡下，革命运动与保守势力此起彼伏，要求改革的呼声一浪高过一浪。此刻的张元济、严复和林纾走在一起，站在中西文化交通的前沿，怀着拥抱世界的激情，迎着希望的曙光，决心为翻译与出版事业开创新的文化空间。然而回到20世纪初把翰林张元济、举人林纾和新式学堂出身的严复连接在一起的历史节点，可发现他们面临着一种新的人生抉择而走上现代知识分子的自我形塑之途，其输入西学的共同志业更受到"教育"这一理念的驱动。当商务的创始人之一夏瑞芳邀请张元济加入商务，张自述：

> 光绪戊戌政变，余被谪南旋，侨寓沪渎，主南洋公学译书院，得识夏君粹芳于商务印书馆。继以院费短绌，无可展布，即舍去。夏君招余馆任编译，吾与约：吾辈当以扶助教育为己任，夏君诺之。

的确，张元济信守自己的诺言。1904年他致函汪康年曰："弟近为商务印书馆编纂小学教科书，颇自谓可尽我国民义务。平心思之，视沉浮郎署，终日作纸上空谈者，不可不为高出一层也。"事实上，当时清廷打算起用张元济，不久正式召张进京起复原官，他也应召，然而三个月即告假回到上海，继续在商务追求与实践他的教育理想。

因此张元济、严复和林纾不待科举制度的寿终正寝，已经完成自身知识身份的转折，为国民前途殚精竭虑。他们也看准了商务印书馆在国民教育、都市文化方面的发展潜质。确实，正如后来所证明的，他们在中国翻译史、思想史、文学史、教育史和出版史上都留下了深刻的印痕，厥功甚伟！同样商务也成为严、林的安身立命之所。如严复能"屏绝万缘，惟以译事自课"，与其著作所带来的可观收益是分不开的，至其晚年基本上由稿酬、版税和在商务的股份得以维持。林纾不光是他的译作，包括文集皆由商务出版，如高梦旦的《畏庐三集》序言说："畏庐之文，每一集出，行销以万计。"以致有人戏称林纾的书房为"造币厂"，因其"动辄得钱也"。

严、林对于中国思想与文学的巨大影响，我们耳熟能详。《天演论》发表之后，"物竞天择"、"自强保种"等话语不胫而走，而"进化"一词更成为人们的口头禅。我们似乎不太关注"进化"思想在日常生活与都市文化方面的表现。如民初郑曼陀画的一幅月份牌美女图，一个时装美女在阅读《天演论》，背景是浩瀚的海面。其实"时尚"和"进化"有相通之处，如20世纪30年代流行无袖露肩、高开衩的旗袍，表明女性身体更为自由开放的观念。有"通俗之王"之称的包天笑最富进化思想，在他主编的《妇女杂志》中不乏《进化学上之妇人观》之类的文章，就涉及感情及其表述的历史变迁。也正是包天笑在1917年1月创办的《小说画报》中声称"盖文学进化之轨道，必由古语之文学变而为俗话之文学"，该杂志由是成为中国现代第一份专刊白话的小说杂志。

20世纪中国义无反顾地朝现代化迈进，时代风云瞬息变幻，大浪淘沙潮起潮落，而商务印书馆与时俱进，保持而且不断更新其出版传奇。今天的青年读者可能会对《天演论》或《茶花女》产生隔膜，而且我们也知道，严复和林纾曾经在政治上、文学上一度非常保守，成为时代的落伍者。但对于商务来说，这两人不仅是品牌，更是一种可贵的传统，闪烁着一以贯之的文化理念。

"严译"、"林译"是商务特铸的品牌符号，不光勿忘初衷地回望中国与世界接轨的历史时刻，也是一个通过翻译把世界文明转化为国粹美文的比喻。"翻译"意味着文化并存、包容、选择而最终转化为中国特色的文化果实。

1923 年，商务首次出版《巴黎茶花女遗事》排印本，"林译"得以完帙；1930 年起开始出版《严译名著丛刊》，更确定"严译"的经典性。古语说"慎终追远"，时至 20 世纪 30 年代善始善终地对待严、林的著作，对于商务来说，这两位文化巨匠在文化河床中光景常鲜，是活的传统的代表，而借以建构、开拓和更新自身传统不仅是其出版产业的生命标志，也是中西合璧新旧兼备的文化方向的体现。

值此商务印书馆建馆 120 周年庆典之际，就商务与严、林关系略述所知，借此向前贤表达崇仰之情，也对商务的璀璨前程表示衷心的祝愿。

原刊《文汇读书周报》2017 年 4 月 17 日

# 文以载车

　　这三篇写火车的，曾连载于《上海文化》上，现在就要变成一本小书，对我来说多少有点意外之喜。对现代文学里的交通工具有兴趣，跟我现在教书的上海交通大学似乎有缘，其实缘起于几年前我在香港科技大学上过一门关于中国现代文学与衣食住行的课。其中关于"行"的部分就会讲到《海上花列传》里长三堂子妓女乘着马车在大马路上兜风啦，鲁迅的《一件小事》啦，老舍的《骆驼祥子》啦，张爱玲的《封锁》啦，或者讲到一些不为人道的作品，如周瘦鹃的《火车上》、滕固的《摩托车的鬼》、萧红的《蹲在洋车上》等，仿佛独得之秘而不免喜形于色了。

　　自那以后凡看到有关交通器具的图文，都会放在一个"民国交通"的文件专档里，渐渐地多了起来。也是因为近年来我大半时间一头扎在漫无边际的民国通俗文学的汪洋里，流连于都市物质文化的窒息光景，更有点迷途不知返了。

《文以载车：民国火车小史》，商务印书馆，2017

原先打算写了火车，再写电车、汽车、黄包车，乃至马车、飞机、轮船……这么一路写下去是个不坏的主意，许多地方没去过，虽是纸上风景，也有一番"知人论世"的乐趣。突然想起一位朋友说他不怎么喜欢旅游，所到之处没有他的想象世界来得美妙。他是诗人，这么说的时候我还在写点诗，于是秋水伊人，顿觉自己的情商打了折扣。

不知怎么会想起李笠翁的小说集《十二楼》来，讲楼的故事，不过得有亭台阁榭的搭配，就像下了火车进了城，还得滴滴打车或搭乘地铁或别的车。楼的故事无非是人情世界，却曲曲折折，惊喜不断。笠翁的小说特别讲究技巧，照他说这些故事是"空中楼阁"，因此读起来像在园林里游逛，眼前的景致忽而奇峰突起引人入胜，忽而曲径通幽别有洞天，不过这些都是他的好朋友杜浚说的。

明清时代的江南园林冠绝一时，那时有钱人喜欢给自己造园林，我们今天没得比。李笠翁最懂得生活之美，也精通园林美学，他的同代人也没得比。隋炀帝曾建造了"迷楼"，任其恣意享乐，宇文所安借题发挥，在《迷楼》一书中恣肆探索他的诗的想象迷宫。然而李笠翁写《十二楼》因为他是个楼迷，对房价一目了然，也为有钱人设计庭院，可是一生漂泊，到晚年才在西子湖边买了一块地皮，起了个名叫"层园"，打算把亭台楼阁层层叠叠一直盖到山顶，结果可能是时间和金钱的原因而不了了之。

《十二楼》里的故事有悲有喜有赞有弹。有了楼不一定幸福快乐，有一篇叫《十卺楼》的，讲的是洞房花烛夜亲友们闹了新房走光之后，喜滋滋的新郎发现新娘是个"石女"，要行"人道"却没门，真令人哭笑不得。另一篇《萃雅楼》更是个惨无人道的悲剧：三个"基友"开了一家香铺，每夜在铺里戏弄后庭花，像个柜子里的乌托邦。其中一个叫权汝修，是貌如美妇的一块"小鲜肉"。不料当朝气焰遮天的严世藩也有龙阳之癖，设计把权汝修骗到宫里，把他给活生生阉掉了。

写一写文学里的火车是一种找乐子的冲动，没等假期就出游，把项目、核心期刊等学院指标撂一边，却是一次不赖的人文旅行，无须舟车劳顿。其实想法挺简单，从现代文学选读一些与火车有关的文本，可了解到20世纪中国地图上铁道线越来越纵横交错，历史变脸的速度愈快，现代人也愈疲于奔命，不仅带来物质文明的进步，人们的生活方式和思维习惯也随之改变。我的出发点仍然是文学，做一些细读功夫，也联系到社会生活及权力机制各方面，给文化研究加码，弥新旧之鸿沟，汇中外于大观，但探究的是人心，而众多不同时期、流派和文类的作品犹如无数心灵之窗，其眼帘上万花筒般映现出车厢社会的里外镜像、山河大地铁道人生的景观。

火车总是依照时刻表前行，总是驶向下一个站头，车厢装八方旅客，陌生的心灵不可名状，在长烟呼啸中悸动，在铁轨的声浪中张开了梦的翅膀。虽然我所见有限，还得有所取舍，倾听文本的心声，其中往往不止一颗心在颤动，犹如千门万户，四周饰之以不同的表述风格、花哨的修辞、戏剧性的口吻，远较千篇一律的车厢窗格来得复杂。

临到动笔就手忙脚乱起来，就像出门难改的坏习惯，急急匆匆候分刻数，临到机场或目的地才发觉什么东西忘了，诸如手机充电线或电脑变换插头之类，引起不大不小的烦恼。写作过程中查出处找资料，打开理论武库十八般兵器大多生了锈，到头来发觉写得吃力且不够潇洒。本来应该更加有趣些，可是火车这个庞然大物落在中国土地上便激起千层浪，被视作追求富强之国的现代性表征，所谓"革命的火车头"与宏大叙事挂钩，这些对于今天的青年读者会难以理解，要为"革命"作注解就麻烦了。比如晚清时一些出访欧洲的外交使臣如志刚、郭嵩焘等，可说是最早体验火车游历的中国人。由他们带回种种域外的奇观妙闻，当然在他们对铁道传奇的赞美中不乏经国大业的宏论。

这方面的材料有不少，对于了解早期铁路在中国也颇为重要，可能见到有人写过，我就搁下了。尽管如此，我的叙事仍大致顺着时序，多半是自己的文学史专业在作怪，看米下锅，上菜加佐料也有限。所以既难有无轨列车飞驰般诗的想象，也没法学李笠翁那样充满奇思妙想而惊喜迭起。跟外国文学不一样，中国人不善写火车的罪恶谋杀，却不乏新婚蜜月或争风吃醋之类的旅行故事，这方面还没来得及扒一扒，其实也是关关雎鸠爱情传统的现代表现，虽然没有《十二楼》那样的色情段子。

讲文学故事也需要历史想象，是多久以来养成的习惯吧，在使用材料时如果不能落到具体时空，心里就不踏实，也希望能让每一滴海水蘸上阳光，因此对细节尤其着迷，如能将众多的故事编织成一幅各种关系经纬交错的复杂图景，方能体现历史的真实感。一般来说除非有必要，我不太喜欢摆弄理论，宁肯让文本自己说话，或说我自己的话。

不无反讽的是这一趟火车之旅，行李箱里缺了什么还在其次，丢不掉的是自己的习性、思考与写作的套路，它们像影子般伴随着我，有时想想却也莫名地喜欢起来，不然旅途会更寂寞。一天在机场书店看到《火车上的女孩》，一本惊悚犯罪的畅销小说，翻着翻着顿起杀心，为什么不把我那些"影子"统统干掉？一转身它们已逃得无影无踪。

近来"套路"常挂在我们嘴上，或许是一种思想贫瘠的症状。所谓套路者，"走的人多了，也便成了路"，不过时下首先是个经济术语，给股票、房贷套住甜蜜而不安了。在艺术领域中，一条路走的人多了令人生厌，有人要独辟蹊径自我作古，便有了先锋文学前卫艺术。的确通俗文学最讲套路，那是诉诸文化认同与消费惯性的缘故，就像明星突然要改戏路就踌躇再三。有关火车的作品聚在一起就变成一种文学类型，通过比较可看出套路和非套路反套路的辩证运动与作家之间的高低之分。

我写东西很慢，有时苦思苦想而难得惬意之句。比方说写完张恨水接着要写老舍，与转车差不多，车次与线路完全不同，须调理一番心境。像这样大站小站上上落落，有时干脆坐到一旁的沙发上，朝天花板发一阵呆。窗外传来对面马路建筑工地的阵阵机械声，两栋商厦拔地而起，渐渐地遮挡了我窗前的视域，夜间老是听到在某个角落里录音播放的，一个清晰而间断的女声——"倒车……倒车……倒车……"

前后半年里发生的一些事，似乎跟这几篇文章多少有点关联。三四月里听金宇澄老师说老吴亮开始写小说了，正在他原来写《繁花》的弄堂网上连载着。我连忙给吴亮老师打电话，他说："是啊，年届花甲了，该爆发一下吧，你也在写啊。"这倒是不假，他是《上海文化》的总编，说刊登两万字的文章，是从我开的头，这回火车文学的连载也多亏他的厚爱。

不多久吴亮的《朝霞》已见诸《收获》，我赶忙在附近报摊买了一本。泱泱二十五万字！这部小说不好读，其"超文本"形式使先锋文学卷土重来，众家已有定评。这似乎也是一个"元概念"文本，读着读着愈觉得自己在爬山，眼见这座城市，连同整个时代、文明在我的腰间下沉，为一个思想主体所附身，在小说形式的炼狱中，历经九九八十一难而重生，如裸身欢呼于群山之巅。

一次在饭局上孙绍谊说最近一本谈视觉文化的新书，是北师大的唐宏峰写的。大概也是绍谊兄的介绍，唐教授给我寄来了《从视觉思考中国》，书中有一章就是有关火车等各种交通工具的，而且从日常生活和视觉文化的角度来写，这让我欣喜。的确这方面的研究国内学界起步甚晚，不过相信会越来越多的。

也是从《收获》读到毛尖的《火车会飞》的妙文，即受"震惊"。火车有出轨，但我想不到会飞起来，这不能怪国人的火车文学中规中矩，也不怪当初我的脑洞给梁启超他们灌了太多的水，读毛教授的文章是一种解脱，虽得安抚感官的阵阵惊叫。她最精熟套路，却字字乱来乱套，大有晚明小品解放思想的神韵。

一次在交大人才引进绿色通道的评估会上，出身电影世家兼电影史专家的李亦中教授对我跷大拇指，说他看到《上海文化》上我的文章，使我受宠若惊。同座的葛岩教授告诉我铁凝有一篇《哦，香雪》的小说也是写火车的，当初他读了大受感动，至今难忘。我连忙去找了来，果然写得好。那是发表于20世纪80年代初的一个故事，写铁轨铺进一个深山小村，扬起一片欢乐，这篇小说不啻是一个开放时代革命改辙的出色寓言，让我们相信火车头仍把历史引向，却不再沉重，而装满柔情蜜意，扬起了女孩子们欲望的风帆。

有时茶余饭后和朋友聊天，便欣欣然谈起火车，却也不乏同道，如在大洋彼岸北乔治亚大学执教的毛佩洁教授对上海通俗文学如数家珍，给我提到两篇火车小说，俞天愤的《柳梢头》和徐卓呆的《新型结婚》，都写得颇有巧思，也都是我不知道的。

说实在这趟写作之旅不算长，愉快之途悠且长。在今天网络密布的生活岔道上，千思万语飞扬在滚滚红尘之中，片言碎语随机随缘，于我却是激励与温馨的酵素，自知不足和局限，而学海无涯，吾道不孤，岂止三人行而已。由此也不无体悟：身逢盛世，正可做点事，哪怕是小计划和易得的沾沾自喜，虽然不是耸动听闻的事，却有益于养生和环保。

须感谢黄德海君，对我最初的想法慨然允诺。他的催稿方式一如其文学批评的优雅风格。在他和张定浩的执编之下，《上海文化》的"新批评"品牌正日长夜萌光华四射，也感谢他们对我的一贯支持。最后须感谢贺圣遂兄，把这本小书纳入一套新创的书丛里。我也不揣简陋，把原文稍作增补修饰，并配上图像，希望读者喜欢并给我意见。

原刊陈建华著《文以载车——民国火车小传》，商务印书馆2017 年版

# 陆小曼·1927·上海

　　20 世纪末的一个暑假，我从美国回来收集与周瘦鹃有关的资料，除周末天天泡在开放不久的上海图书馆新馆的近代文献阅览室里。那时，民国时期的报纸杂志一般还能够看到原件，有几天翻《上海画报》见到许多周瘦鹃的文章，欣喜不已。这是"鸳鸯蝴蝶派"文人办的一份画报，流行于 20 年代后半期，从名流明星、八卦轶闻、鼎彝字画、新剧旧戏到三教九流应有尽有，图文穿插夹七杂八，排字密麻老式标点，大约我去国已久积聚了不少乡愁，又受了张迷的魅染，对于充塞其间的"雾苏"相见怪不怪，好像是嗅到了从前灶片间到亭子间的弄堂生活的气息。

　　翻着翻着，不断映入眼帘的是陆小曼的照片，刊登在头版，多为半身像，仪态万方，端的是美人，与画报刊登的其他名媛淑女相比，别具气质和风韵。她的照片集中出现在 20 年代末的数年间，其时她与徐志摩结婚之后都住在上海。我一面翻着一面纳闷，属于新

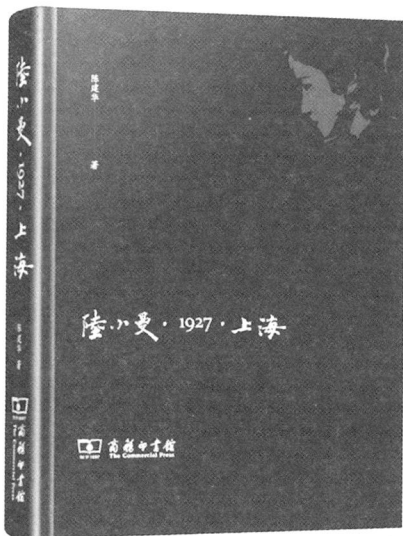

《陆小曼·1927·上海》，商务印书馆，2017

派的陆小曼与这份旧派小报殊为亲昵，总觉得不那么搭配。

影像中的陆小曼大多天真而清新，但有一张很特别，乍见之下心头一颤。背景、头发与衣服全呈深褐色，头发剪短如俊男，高光衬出脸部，从衣领看是正面坐着，脸朝右侧九十度显得紧张，耳坠悬铃，目光略朝下，神色凝重，鼻子线条清晰柔和，有一种说不出的悲剧意味。

当时不暇细究，连同周瘦鹃的材料一起复印了带回了美国。不久进入新千禧年，电视剧《人间四月天》之后不断煽起徐、陆的话题。那时我已在香港教书，觉得《上海画报》上陆小曼的情况没人谈过，就写了一篇《陆小曼"风景"内外》的文章，刊登在《书城》上。不料美人"阴魂不散"，十年之后又写了六七万字，多半为应付学术会议，也因为接触了几张小报，不觉身陷其中，不写出来又觉得可惜，于是成了现在这本小书。

新写的围绕陆小曼与云裳公司及登台唱戏之事，材料基本上得自有"四金刚"之称的小报——《晶报》、《金钢钻》、《福尔摩斯》和《罗宾汉》。也是凑巧，2014年因为香港城市大学李金铨先生的推荐，要去台湾世新大学成舍我研究中心参加近代报刊与传媒研讨会，于是做了个徐志摩、陆小曼与20年代末上海小报的题目。至于这"四金刚"小报，得感谢我的老友、现在上海交通大学的同事曹树基，他的历史系的资料库给我提供了便利，否则要我去图书馆看缩微胶卷实在是难以做到的。

读小报费工夫，为考查几个戏单子在各张小报之间切换、并置、编排，弄清了陆小曼到底演了几场戏，又从陈小蝶《春申旧闻》到多种有关陆小曼的著作一一核对，遂为独家发现而自喜起来。这不过是无数细节中的一个，眼科医生的叮嘱被丢在脑后，盅于历史的八卦，不免自嘲一种书虫的快乐。据统计1926—1932年间上海小报多达七百多种，这是值得关注的文化现象。尽管北洋军政烽火连天哀鸿遍野，在上海租界的庇护下华洋商战有增无已，市民都会渐入佳境，诸如新新百货公司、《良友》画报、舞厅茶会、恰尔斯顿纷至沓来，上海以愈益急速的步伐与欧美现代主义接轨，同时也传来了北伐的铁骑声，店铺街头换上了青天白日旗。而小报仍是市民大众的嘉年华狂欢世界，其中望平街报人的清谈嚼舌、会乐里的花酒划拳、天蟾舞台的捧角喝彩，处处众声喧哗，处处可嗅到清末的洋场习气。其实"四金刚"连同《上海画报》无非沧海一粟，却金字塔般代表小报传媒的主流，它们为争夺地盘而犬牙钳制，却都在都市经济机制与道德秩序中发挥能量，而在日益高涨的民族解放与社会革命的浪潮中，其维多利亚式的中产阶级私密空间及保守的文化底线即将涣散消解于现代空气里。

陆小曼犹如一朵奔放的烟火，任性绽放迅即坠落，画出一道1927年上海的弧线。若断还连探寻这道弧线，山阴道上捡拾旧照相碎片，从中窥见情场恩怨、家庭分合、政治风云到报馆文坛、戏台饭桌、时尚与谣诼、礼仪与装腔作势，上海滩勿要忒闹猛好看！我的兴趣在于历史还原，怀着要让旧相片像秋叶一样飞起来的奢望，却时时想起张爱玲引用马克·吐温的一句话："真实比小说还要奇怪。"小说里常有关乎后来情节或结局制造悬念的暗示，然而江红蕉"临时法院"之语不啻一语成谶，或江小鹣把《汾河湾》对白的"靴子"换成"眼镜"之类，文人调侃之中无意识潜流淙淙，生活无厘头非小说所能比拟。

小说有藏闪穿插之法，名人传记或日记也难免。《胡适日记》1928年5月16日说"上海的报纸都死了，被革命政府压死了。只有几个小报，偶然还说说老实话"，还抄写了《晶报》的一篇短文，认为"大可留作革命史料"（《胡适日记全编》，安徽教育出版社2001年版，第5册，第110页）。1927年胡适在上海时看到《晶报》有关他出席南洋大学妇女慰劳游艺会的报道，打电话告诉《上海画报》记者黄梅生，说他"未出席妇女慰劳会，且本人非国民党，亦不便高呼我总理也"。这说明他跟小报的关系密切，这些也是了解胡适的重要史料，可补其日记之不足。历史课本里"四一二"事件昭昭在目，蔡元培支持"清党"也为人熟知，但对他与郑毓秀等人组织妇女慰劳会的情状则付阙如。凡有关陆小曼的传记或著述皆着意描述云裳时装公司与登台演戏的情节，也极渲染其在上海的风光或堕落，其实如果深入到事件的肌理筋脉，可有深一层的理解。

历史叙事以"时、地、人"为基础，学者常为之大费周章，聚讼纷纭，在材料多寡与判断粗精之间可见学识之高下。至于事件经过，就像警方探询一场凶杀案，当事人与旁观者人云异云，不同视角决定不同的叙述，有利益牵涉的或后来的追忆更会脱离事实。我的这份以小报为基础的叙事或许被认为不登大雅，内容固然谈不上经国大业，但我把它当作一种文化史书写的实验。在某个会上我说不看小报就看不懂上海，不无标题党之嫌，毋宁是有感而发，在强调市民社会的丰富质地及其日常生活与情感结构的复杂性。我的叙事既适合一般史学规则，在选择事件与价值评判方面和别人一样，浓描淡写之际也有藏闪穿插之处，背后意识形态的关照也必然含有盲见。我觉得近年来文学史结合报刊研究是个健康的现象，能使得文学与文化扣联，在理论运用方面展示更为广阔的前景。就我个人而言，若把布尔迪厄有关"习性"和各种形式的资本的理论与福柯的话语、空间和权力的理论相结合，颇能揭示思想主体与语言、媒体及物质文明之间更为复杂的权力关系，给叙事带来有趣而尖锐的张力。

与其他徐、陆传奇不一样的是，这本书以陆小曼为中心。她来到上海膺有"交际界名媛领袖"的名衔，这名衔是什么意思？众目交集之下所激起的欲望波澜极其形象地体现在一篇题为《模特儿展览会参观记》的"理想小说"中，刊登在1926年12月22日《金钢钻》小报上。小说叙述在1931年元旦，在一座比卡尔登、大华饭店远为奢豪辉煌的剧场里，为救灾募捐举行"模特儿展览会"，美女一个个相继上台，褪下衣衫"赤裸裸地露出玉洁冰清的天然美来"，亦歌亦舞之后摇球叫号，中彩的上台与美人拥抱接吻，而购了昂贵一等票的另有特权，可与美人双双携手走进后台的"密室"里去。这篇小说发表时陆小曼刚到上海，虽然不一定与她直接有关，但小说中这些美女"全多是著名阔人家的奶奶小姐、最漂亮的交际名花"，陆当然也不例外。如此不堪的描写恶作剧地暴露了上流社会的无耻淫欲，却也充分表达了男性的色情狂想。

这是个极端奇葩的例子，而陆小曼成为小报传媒追捧窥视的对象，也成为 1927 年上海舞台的隐喻。小报的大宗生意是"名流消费"，将新闻与文学熔于一炉，不乏惊悚煽情的修辞，而呈现在本书中的则是无数视点，如古时说的一种"平视"——平等的对视，既单一又互动，跃动着市民大众的日常欲望，在政治、时尚的背景里交杂着美丑妍媸的审美趣尚与价值判断，不仅富于戏剧性与表演性，戏里戏外、屏前幕后，也无不生动鲜活。一个细节是记者们一再在头号交际明星唐瑛的包厢打转，一面隔雾看花般透过她的眼帘来看正在台上演出的陆小曼，一面捕捉其脸色眼风微语，将其应对与措辞定格在标尺上，微妙瞬间的情感表现颇富浓度。当日唐、陆两人不光在上海，也一再曝光在《北洋画报》上，明星 PK 引动媒体与大众的无穷兴趣，即便在今日也是如此。

在读陈小蝶、平襟亚乃至陈巨来的回忆时，我不禁哑然失笑，但是他们在记忆与历史真实的落差之间似乎分享着某种自我膨胀的共性，这一点令我惊讶而好奇，遂想起本雅明在《作为生产者的作家》一文中呼吁艺术家应当放下身段直接参与艺术生产过程，借以改变资产阶级传媒机制而为劳工大众服务。民国的情况当然不同，正如以"名流消费"为特征的小报中，孟小冬、张织云、宋美龄、富春楼老六出现在同一尺码的镜框里，含有人人都可能成为明星的意思，可说是民初"共和"的民主平权观念的遗风。像陈小蝶、平襟亚等都是大众文化产业的当事人，有时扮演主角，有时也是观众或记者群中的一员，只是在后来的记忆舞台上仍遵循了名人消费的逻辑，过把瘾地把自己想象成作者或导演，这种集体性格的背后却站立着一种个人主义。

因此陆小曼是被无数视点编织起来的，是1927年的视点，是上海视点，也是生活在这一时空里的市民的视点。对于不同甚至互相抵牾的视点尽量并置起来，而我的价值判断也尽量点到为止。至于说到陆小曼的爱情悲剧，最富启示的在于其新旧跨界，也是中国现代女性的一个缩影。这里不妨借用张爱玲的《五四遗事》这篇小说，因其提供了一个十分难得的反思五四的视点。今日我们仍喜欢谈论五四，言必称激进主义或自由主义，非争宠于鲁迅即与胡适站队，固然可敬可佩！张氏这篇小说作于1957年，从感情和家庭的角度来看五四。所谓"张看"无非是看来看去，以前的小说从上海看香港，这回从上海看五四，碰触到五四的软肋。《五四遗事》的主人公罗文韬背叛旧家庭旧婚姻，抗争了一个甲子，身体力行不愧为新青年楷模，最后却以"三美团圆"收场，"在名义上是个一夫一妻的社会，而他拥着三位娇妻在湖上偕游"，宛现传统名士风流。如此讥刺新文化的不彻底近乎漫画化，可是就胡适、鲁迅而言，五四诸公高调归高调，在爱情婚姻家庭之途中跌跌爬爬，新旧之间闹不清。江冬秀如何？朱安又如何？妇女解放也好，人道主义也好，真正做起来不容易。陆小曼也是这样，却更有一番女性的艰辛，个人情感受到现世法制与习俗的制约，古今中外皆然，所谓新旧之分多了一重自设的枷锁。论才学与幸运，陆小曼或不及林徽因，多半拜赐于梁启超的旧传统，林得以一世安稳，虽然偶而会惊现其内心的微澜波动。陆小曼则不然，敢于在孽海情天中打跌翻滚，一灵不泯坚守自我，不忌新旧，而集新女性旧传统于一身，皆臻至极致，也不愧人生精彩。如她的捧角为坤伶张目，在体制内部翻转旧戏的性别传统，与张丹翁等人不同，与骂梅兰芳要把旧戏一锅端的五四一派又不同，因此不能等闲视之。或如 1941 年与翁瑞午的画展所示，两人借山水笔墨一皴一皴地互递情愫，修炼涵养，其所建构空灵静谧的往古天地在乱世苟安之中别有一种悲壮的意味。

原刊陈建华著《陆小曼·1927·上海》，商务印书馆 2017 年版；《文汇笔会》，2017 年 4 月 22 日

# 灵氛回响

　　刚从上海回来，又是一种好久没回家的感觉。每次总是那么匆匆，想去的地方没去，想见的人没见到。此前电子邮件里说得好好的，这次一定要聚一聚，结果还是违愿。

　　老父说，从前住过的虹口老房子还没有拆迁。其实去年年头上我同内子已去找过一次。在七浦路上，幼时与外婆住过一阵。记忆中一栋日式房子，前面有个草坪。那天下午在那里兜来转去，踪影全无，连方位也吃不准，整个街道全变了样，那一排商铺应当是那个旧址吧。我望着内子，满脸歉意，她却兴致依然地面对着陌生的周围。我们来到四川路口，怯怯地，阳光特好，人特多。向苏州河望过去，烟尘滚滚。

　　想想觉得自己吊诡。真的存心要去看老房子，早就可问老父，他知道几弄几号。说实在没什么大不了的，自己也不见得很怀旧。照弗洛伊德的说法，见与不见之间或许有什么东西梗着，是一种后

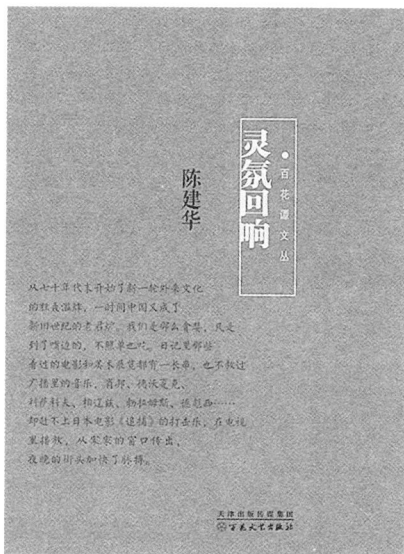

《灵氛回响》，百花文艺出版社，2014

射的欲望，或是恐惧在隐隐作怪？

在课堂上讲《论语》："子曰：仁远乎哉？我欲仁，斯仁至矣。"
于是大讲特讲历史上孝子贤孙志士仁人，当仁不让，大有天下无我
而塌陷之慨，突然一阵语塞，舌头打结，圣人的话果真这么灵验吗？
脑子里好像涨满了水，灭了灯。学生们只见我的眼珠朝上翻，一下
子翻不下来。

在上海四十年，生于斯长于斯，然后出了国，然后来到香港，
一晃二十多年过去了。

过去于我渐行渐远，一片芳草地，绿色越来越暗。回想起来，
最温馨的莫过于童年记忆，与母性有关。大冷天里外婆冲的汤婆子，
塞在被窝里，早上汤婆子冷了，感觉到外婆温暖的脚。过年大姆妈

家里的砂锅，掀起锅盖，油亮的老母鸡汤，上面铺着冬菇、冬笋和发菜。还有做了让母亲生气之事，吃了她的藤条，听她说从前有个少年，犯了法要被砍头，刑场上说要吃一口母亲的奶，结果把她的奶头咬掉了，怪她只知道宠他……

母亲过世周年时，子女们从五湖四海聚在一起，夜话母亲生平点滴，也讲到小时候的许多趣事，我大多已记不起来。又讲起同孚路（母亲叫"同孚路"，不叫"石门一路"）老房子的左邻右舍，从前我叫阿姨爷叔的，大半已经物故，这些在我听来总觉得隔了一层，方明白这些年来回上海，已然是一个过客。同孚路拆迁后，老父弟妹等搬到闵行附近，离开市中心黄金地段，不由得感喟，穷达各有命定，然而现在住的毕竟要宽敞亮堂得多，谁也不想回到过去。

有时经过石门一路，两边都已拆清。围墙围起来，像白色的屏风，里面工程正在进行，如火如荼。

但记忆的碎片犹存。外婆给了两分钱，于是去路口拐角的小书摊，一分钱可借两册，坐在细条长凳上看，看完了就发呆。那时的小人书还画得很粗糙，不像后来赵宏本的《三国演义》、王叔晖的《西厢记》，画得那么工笔而写实。那些古代打仗的画面，马上将军的头被一刀砍下，头颅掉在地上，一缕血飞溅出来，看多了就生厌了。有一回看到一个外国科幻故事，好人发明了新式武器，操纵着电气，从一幢楼通到另一幢楼，串到楼顶，就把楼炸了，好多坏蛋都死了。看完之后长长地发呆，从来没有那么兴奋过。

童年之于个人的文字有一种永久的魅力。像柏林之于本雅明，上海之于张爱玲。在海外的日子里，读他们的东西，在浇溉乡愁之余，像孩子赌气对自己说：我也写得出来的。然而逝水流年，马不停蹄忙这忙那的，无非为稻粱谋，我的记忆似乎变得愈漂泊起来，发呆的机会也愈稀少了。

本雅明的《1900年之际柏林童年》，薄薄的一册。为此他写了五六年，有四个不同的版本。在自我放逐中意识到再也难返那个曾经朝夕与共的城市，他与记忆的书写格斗。像普罗斯特把过去的碎裂图像编织成每个人可从中发现自己身影的锦毡，本雅明把儿时印象剪辑成一幅幅柏林风景画，似乎在见证一个时代的集体记忆。在往日的缤纷回忆中捕捉历史定格的瞬间，该是在捕捉他的梦寐以求的"灵氛"吧。

对于本雅明的著作，最引人兴味的莫过于他的"灵氛"（aura）一词。他自己也为之着迷，不断浮现在他的文本之中，扑朔迷离，难以界定。"灵氛"像是西斯廷大教堂穹顶上米开朗琪罗的画，代表着独一无二的真迹；又像是远山依稀的树影，蒹葭苍苍，伊人可望不可即。那是一种理想美的境界，即使在技术复制的时代不见得就此完全消逝，它会闪现于不经意处，如在阿热特的摄影镜头中，巴黎的一角街景，一片荒芜的隐喻，或如电影的"作者印记"中，一种超越了机械操作的结果。

我喜欢张爱玲在上海写的东西，如早期照相银粉晕黄的底色里，萦绕着鸦片烟般的灵氛，透过沪港双城的珠帘叠影，幽灵们一个个活得精彩。她后来的写作犹如在复制"灵氛"，毕竟时过境迁。《半生缘》里曼桢说："世钧，我们回不去了。"这一句五内震裂，灵光顿显，道尽她在大洋彼岸的离散之旅中乞灵于回忆与书写的秘辛。

搜索自己的老照片，虽非烬余，犹如花果飘零，所剩无几。回想起那一段日子，整个社会刚浸润在"红海洋"里，自己却成了个"逍遥派"，不时与三两同志，带着方镜照相机在淮海路以西，即旧时法租界一带探胜寻幽，在窗户砸碎的洋房、荒芜的庭院之间徘徊流连。主人被扫地出门，新的主人还没有进驻。我兴致不浅，故作姿态，在同行者的宽容或纵容下，摄下我的"颓废"造像。

发现几张都是在黄浦江畔照的，背景都是海关钟楼。这似乎是自然的，作为上海年代的象征，这海关大楼的钟声与我晨昏相处。从虹口到石门一路，从咿呀学语到长大成人，有多少不寐之夜与梦醒之际，倾听这钟声，飘来荡去不觉年轮辗转。

凝视着这些照片，耳畔仿佛响起一个"灵氛"的召唤，脑际浮现出江畔的钟楼，像孤独的时间之流的守望者。不禁低吟起自己在1967 年写的诗句：

> 像一个变换黑衣白衫的怪影，
> 大笑着从空中逃遁。谁能留住你
> ——匆匆的熟客，你使伟人们
> 心力交瘁，徒然悲泣。

> 我伫立在暮色中，怀着哀愁，
> 倾听这钟声，像失帆的小舟
> 在宏大起伏的波浪上颠簸，
> 无奈凝视着空空的双手。

华年不再，沧海难为，"空空"的感觉依然如故！本雅明的 aura

一词有多种译法，有的译作"灵光"，有的作"光晕"等，我更喜欢"灵氛"，对我另具一种通向远古的蛊惑，尽管自知做不了"上下求索"的醒世者。

原刊陈建华著《灵氛回响》，百花文艺出版社 2014 年版

# 礼拜六的晚上

 

 

此书所收录周瘦鹃的散文，原发表于《上海画报》。该画报1925年6月由毕倚虹创办，三日一刊，不久他因病弃世，由周瘦鹃接编。周在出版界是个名人，为《申报》编《自由谈》副刊每日要出刊，他自己的《紫罗兰》杂志正行俏一时，另外写小说、电影剧本等，手头上够忙乎，但受老友的临终嘱托，答应编《上海画报》。不过一边编，一边还写文章，每篇千字上下，到1929年初《几句告别的话》一文为止，积起来倒有数百篇之多。

对于一般读者，周瘦鹃大约不陌生了。他被称作"鸳鸯蝴蝶派"或"哀情巨子"，是因为擅长写催泪弹般的言情小说，但现在能读到的以散文为多，且写于新中国成立后。因此把他在《上海画报》上的文章编成一集，说不上"出土文物"，但对于认识周氏以及在他笔下的20世纪20年代末的上海，应当是开卷有益的。

本来想一百来篇千字文，不过十来万字，昨天突然接到陈子善兄的电话，告诉我纸样已经排出，有三百多页，我吃了一惊。又说年底之前必须见市，否则那笔钱就要注销，书就出不成了。"那笔钱"大约是研究项目的出版资金，那种紧迫的情状，好像听到金融海啸，出书要趁早啊，救书如救市！

这么说不免夸张，一百来篇文章有看头。《上海画报》赶上了"画报"热，都市的消费形态也渐入佳境，增生了打造"景观社会"的欲望。周氏的文章大多追踪当日文化名人与娱乐新闻焦点，诸如刘海粟、胡适之、史量才、梅兰芳、张织云与唐季珊、陆小曼与徐志摩、大光明电影院、夏令配克时装秀、足球赛，还有天马会、狗赛会、狼虎会这个会那个会的，或电影、戏剧，从剧目到演员排起来一长串，如宴享读者的一道道快餐，万花筒般的都市风情、文化动脉，一波又一波的，正映照出上海人的兴头。

《上海画报》的文字不文不白，一律直排，不用新式标点，女性代词不用"她"而用"伊"，这些方面都与"新文学"背道而驰。旧派大佬袁寒云经常炫耀他的书法及收藏古董，包括他与"花界"的艳闻。张丹翁热心"捧角"，专写些洋场打油诗，这些方面都显出"旧派"的作风。但画报又处处赶时尚新潮，如日逐刊登模特儿的照片，当然无非是洋姐，在艺术与情色之间打擦边球，为"艺术叛徒"刘海粟打气，客观上应顺了当时女性解放的潮流。

画报犹如公共平台，无论名媛淑女、影艺明星与青楼名花，都属职业女性，都可登台作秀，那种一视同仁也成为一时之奇观。周氏不是女权主义者，但有一副"娘娘腔"的文学面具，混合着女声，帮女性说话。这方面他不愧是苏州人，自比为林黛玉，从文学渊源上说，也是冯梦龙"情教"的传人。

凡读过李欧梵先生《上海摩登》的，会记得书中描述咖啡馆、跳舞场等公共文化空间，从中滋长出20世纪30年代"海派"文学。有趣的是周氏不会跳舞，却常跑跳舞场，至少有七八篇文章描写"舞潮之狂撼海上"，一腔兴奋溢于言表。跳舞是舶来品，最初有外国歌舞团来，借影戏院演出。这种形式在20年代末仍存在，如《蛮舞西来记》一文所述，某法国歌舞团在夏令配克影戏院，票价三四块一张，可谓辣手；广告上说有"裸体"表演，结果半点未露，观众大呼上当。

　　然而跳舞场已遍地开花，是娱乐也是交际，其间处处可见社会名流的身影，尤其是演艺界人士趋之若鹜，遇到影片试映或其他庆典的场合，必有跳舞活动，正是"春城无处不跳舞"。舞场名为"月宫"、"白宫"、"桃花宫"的比比皆是，后来又标新立异，出现"凤凰俱乐部"之类的。在周氏笔下不难感受到灯红酒绿，银花火树，衣香鬓影，彻夜狂欢的盛况。不久人们觉得疲了，于是限时而经济的"茶舞会"又风行起来。然而尽管狂热，却不乏规矩，如制片人任矜频带着明星杨耐梅进出自如，没受到狗仔队的骚扰，周氏也点到而已，看来那时的人还是较有节制的。

　　跳舞场有不少故事，《香槟买笑记》是一个洋场纨绔的速写。江夏从德国归来，风度翩翩，在舞场里与交际花、俄罗斯舞女、青楼女子，如走马灯般一一调情周旋，挥金如土，又哭又笑。这样的人物后来便成为穆时英、刘呐鸥小说里的主人公了。

　　那时的电影院一般分日场夜场。日场三点钟一场，五点半一场，间隔当中有交际，忙煞周瘦鹃。去奥迪安看《纽约之夜生活》，开映之前与卢梦殊交谈，又与韩云珍交谈，后来又见到导演陆洁、画家张光宇等。韩云珍是影坛新秀，以饰演荡妇角色而蹿红，她被比作好莱坞女星史璜生（Gloria Swanson）。周氏以寥寥数语勾画其大红大紫的服饰，说到她的女伴"似为杨耐梅昔日之侍儿，今亦顾盼自如，非复当年矣"。这么写也是衬托韩的春风得意，其措词之蕴藉往往如此。那位卢梦殊也是文坛新进，深受《良友》画报的伍联德赏识，编辑《银星》杂志，又在 1928 年初出版其编辑的《电影与文艺》一书，对于中国电影现状表示不满，从中可听到隐隐发动的"革命"新机。

周瘦鹃是个影迷，每星期要看三四部影片，尤其那些有名的西片，腹中一本账，道来如数家珍。早在 20 世纪 10 年代末他就在《申报》上写影评，算半个影圈中人。不少文章有关影界新闻，如大光明影院的开张及其命名的来由，或者影片公司的庆功宴，或女明星宴请公司老板及同仁，乃至明星有真有假的结婚及宾客闹洞房等。这些叙述涉及公私领域，文笔戏谑风生，也可视为弥足珍贵的史料。

追踪新闻热点，当然要提到片名演员等，也是在做义务宣传。经常提到的是大中华百合影戏公司，规模仅次于郑正秋和张石川的明星影戏公司，在 20 世纪 20 年代后半期拍了五六十部电影，作风上是更为西化的。周氏或有点偏心，主任朱瘦菊是他的文学同道，其长篇小说《歇浦潮》早已脍炙人口，而周氏有时为之写电影剧本，有伙伴关系。

不是看就是吃。周氏人缘好，人脉广，饭局超多。有的请他，当他是记者，不无公关之意。老饕也当仁不让，无论中菜西餐，对沪上饭馆之林、各路厨艺一一点评。在中国，饭桌是一大公共空间，尽管风卷云残、杯盘狼藉之后各走各路。入席者多为场面上人物，不管新派旧派，也常有圆桌而坐的。凭一纸"花符"传来几个会乐里挂牌花主，乃当时风气，不限于旧派的宴聚。名士清谈也偶及色情，如《樽边偶拾》一文里"天下食物之味美可口者，无过于两瓣之物"之论，出自一个日本画家之口，但周氏自己也不免。有一回他把一条鱼的某处夸为"樱唇"，被人披露于《晶报》，于是急忙发表"瘦鹃声明"，说实在是听者的穿凿附会。

其实周氏拉杂写来，话题无所不有。如在《一日之间的两看》中写他的星期日街头所见，富豪家大出丧或国货运动大游行，无非是都市日常景观，在慨叹"上海人的眼睛再忙没有"时，似是夫子自道。因此其笔触所及，不限于海上名流雅士，也为"小糊涂客"或"兰腮女士"画像，前者是个测字先生，后者是个另类知识女性，肄业于教会学校，精通英语，然而遇人不淑，荡佚自放，在生活的漩流里挣扎，这样的女子在当时有点代表性。

庞杂是缺点，却能包容，将古今中西融于一炉，一边表明与李商隐心有灵犀，另一边对意大利现代画家萨龙赞誉有加。今天我们习惯上称周瘦鹃为"鸳鸯蝴蝶派"，不像从前一棍子打杀，也有造成概念化刻板印象的危险。这些文章不啻提供了一段历史的切片，由此可见作者真实的生活与感受。

对于西洋事物的接受，周氏有他的取舍，如"辟克桌"（picnic，野餐会）之类，多为物质文化与生活方式的层面。但像谈到大人物娶寡妇、夫妻信条、接吻习俗或模特儿案件等，都切入本地生活，针对传统观念而为女性自由张目。这些话题无不援引洋人的例子，大约在这方面本土文化资源较为贫乏的缘故。

好笑的是周氏在别处写过不少关于"接吻"的文章，如称赞拿破仑给约瑟芬的情书里送上千百个吻之类，将英雄美人的传奇西洋化。不过他自己写了无数言情小说，很少写及男女之间的肌肤之亲，写及接吻的更少。大约写的是中国人，肉麻还是有限度的。如此提倡接吻，套用一个英文语汇，如 lip service（表面文章）而已。这令我想起张爱玲的一篇文章，和她的女友炎樱讨论"银幕上的吻"，到底是"吻在嘴上"、"脸上"，还是吻在别处，也真亏得张氏会如此刨根究底。

周氏的有些想法，如不要轻视有色人种或建议女子保持身材，仍合乎今天的潮流，或如机器点心店、妇女公共厕所等所谓"理想中的新事业"，也能瞩目于将来。读到《车窨记》一文，几乎要笑出来。说当时流行"一妻一妾一汽车主义"，觉得那时的上海人还是比较自卑，没想到要买房子。因为妻妾制度的存在，包二奶是合法的。《记情爱之巢》即记述一个"老朋友"包二奶之事，但隐去其姓名。

关于民国时期上海的旧闻逸事，如《上海轶事大观》之类，近年来有不少重版的。如笔者所见陈定山（即陈小蝶，属"礼拜六"派）的《春申旧闻》，及卢大方的《上海滩忆旧录》，涉及文坛与娱乐方面的相当丰富，只是在台湾出版，大陆尚未得见。本书也可当作历史旧闻来读，但与怀旧回忆不同，皆是作者亲眼所见，有一份时代的感同身受。尽管表面上夜夜笙歌，纸醉金迷，到底不免"乱世"之叹，如《山东道上的归客》一文让人听到前线传来的隆隆炮声，"北伐"战争尚在进行之际。上海也处于"大革命"的漩涡之中，正如《三日以来》、《戒严之夜》等文所示，"四一二"前后的上海"陷入了恐怖之境"。由是撩开繁华的帷幕，露出现实的狰狞面目。如在《呻吟语》、《劳圃的半日》等文中周氏慨叹："天天被莫名其妙的人情世故围逼着，桎手梏脚，摆脱无从，而烦愁焦恼，也因此与日俱增。"仿佛平日津津乐道的应酬一下子变得无意义起来，倒不失为一种自省的态度。

不得已去公园，能摆脱"十丈软红尘"而获得在片刻的宁静，然而想起上海滩上有不少"华人与狗不得入内"的私家名园，深感处处受外人欺压而满腔愤慨。有一篇《从此以后……》，写到在电车里受一个"外国妇人"的气，民族自尊受了刺激。这令人想起朱自清的《白种人——上帝的骄子!》那篇名文，形容一个白人小孩子鄙视中国人的眼光，极富象征意味，那也是发生在电车里的事。大约"五卅"惨案发生之后，国人对于外国势力的所作所为更为敏感，民族矛盾的神经绷得越来越紧。

民国诞生以来，军阀混战，民生艰难，"共和"的摇篮一直在风雨飘摇之中，到20世纪20年代末北伐"革命"吹响反帝反军阀的号角，民气大振，尤其是青天白日旗"涌现"于沪上，民族资产阶级欢欣鼓舞，都市生活也异常亢奋，寻欢作乐之中夹杂着颓废与激情，一时间充斥着玫瑰色的"革命"声浪，给文艺潮流带来新的"摩登"动力。好莱坞名导拉乌尔·沃尔什（Raoul Walsh）有一部电影叫《喧嚣的20年代》（*The Roaring Twenties*），正可用来形容此时的上海。由周氏文章所反映的，电影界"热心党国"，摄片助饷，或如妇女会慰劳前方，其中陆小曼担任要角，或如女子纷纷剪发，也是新一波自我解放的表征。

记得1998年夏，在新启用的上海图书馆里见到《上海画报》，满纸文图错杂、密密麻麻地扑面而来，顿生张爱玲式的"雾苏"感。在她那里指的是令其沉迷的日常生活的浓郁气息，似可挪用到历史阅读的场景。那些报章文字不同于博物馆里已被分类、被规整的陈年古董。它们在我眼中蚁动起来，在字里行间散发着活的气息，繁富的历史脉络纠结在一起，掰都掰不开。我又想起小时候衣服三五天没换，起了油腻，母亲会说："看侬迪付雾苏相！"这样的卫生话语不足与张迷道。

对于爱好思想的读者来说，或许会失望。因为周氏的文章几乎不讨论思想问题，也缺乏闪光的观念。他喜欢看，看的不外乎世界的表象，也须凝神专注，虽然不像鲁迅的"睁着眼睛看"，要求穿透历史深处。但如德国批评家本雅明在巴黎《拱廊计划》的研究中旨在探究历史的"感受方式"，且诉诸感性与视像的表述语言，其所揭示的意识形成过程，并非思想与观念的历史所能涵盖。周瘦鹃说："我对于无论什么东西，都是喜欢小的，越是小，越觉得精致可爱。"正是在他的"小"世界里、在日常琐事中渗透着种种感受方式，给我们留下一份经验的见证。

在"大革命"期间新旧派之间的界线出现一些松动。五四新文化运动已告一段落，而寻找后续的契机；旧派在时代的夹缝里也调整策略，与时俱进。不仅新旧方面，南北之间的文化交流也特别闹猛。梅兰芳等四大名旦穿梭于京沪两地，上海的明星影像频频见诸《北洋画报》。周氏的文章也点出"捧角"、"拜爷"之类的风尚变动。京昆女伶联袂而来，受到沪地的吹捧。有一文记述了郑正秋收刘艳琴为干女儿之事，是戏剧与电影结缘，事实上旧戏压倒了话剧，女演员越来越多，周氏的《男扮女不如女扮女》一文并非故意踩梅兰芳一脚，而呼应了某种趋势和要求。

当新旧文学急剧变动、社团或个人在重新组合、话语语码和游戏规则也在洗牌之际，某种程度上《上海画报》成为滋养新派的温床。周瘦鹃再三揄扬徐志摩与陆小曼，我已在别处说过。他也极力推介田汉的"南国剧社"和洪深排演的"爱美剧"。他不懂旧戏，更乐于推广"吃力不讨好"的话剧，言及王尔德《少奶奶的扇子》风靡沪上，刘别谦的同名电影也有煽风点火之功。对于形式上颇为前卫的《第二梦》，他一幕幕解说，虽然涉及意义艰涩之处用"陈义甚高"一语交代过去了。

《胡适之先生谈片》一文，反映了此时胡适在上海生活和学问方面的点滴，不知研究胡适的是否注意到这样的材料。周、胡在一酒席上认识，胡大谈他与张丹翁的交情，并称赞周的文章和《紫罗兰》杂志，看来在胡适那里，新旧之间的城府不深，并不排斥那些流行杂志和小报，所谓有容乃大，因此被《上海画报》口口声声称为"胡圣人"，倒不是空口说白话。

我这里说新派旧派，也有落入语筌之嫌。新旧多半指文学上的，出现在周氏笔下的，如刘海粟、欧阳予倩、江小鹣、邵洵美等，无不游走于新旧之间，而这些人是的的确确造就了"海派"的。其实周氏本人又何尝不是如此？他对西洋文学的了解不下于鲁迅、茅盾等人，当然对于"新"的吸收像海绵一样，偏向于"软"的方面。1932年庞熏琹成立"决澜社"，那是提倡非具象的现代主义画派，周瘦鹃竟也是成员之一，使得几乎要把他看扁的我，眼前为之一亮。

尽管如此，不少文章则有关"旧派"的情状。如《天平俊游记》写的是吴中"星社"即所谓"鸳鸯蝴蝶派"同仁的一次聚游，坐在沪上名妓富春老六的"花船"上。山岚水色，阳光晶晶之中，名士美人重温三百年前秦淮之旧梦，毕竟时过境迁，李香君、董小宛不复在世。然而由《花间琐记》等文可见20世纪20年代末上海青楼中却不乏肄业于教会女校的"知书识字"者，在正当勃兴的跳舞场里像这样背景的女子就更多了。

《礼拜六的晚上》写"狼虎会"的一次夜宴，该会成员多为"礼拜六派"，因此文章的标题隐含双关。以吃喝为宗旨，个个以"狼吞虎咽"自诩。自比虎狼是为了取乐，却与我们动辄称他们为"鸳鸯蝴蝶"距离太大。其实在50年代周瘦鹃被套上"鸳鸯蝴蝶派"的帽子，他就很不满，说自己是个真正的"礼拜六派"。意思里真正的"鸳鸯蝴蝶派"应该是徐枕亚等人，他们专写艳情，且用四六骈文，而"礼拜六派"是不那么狭隘保守的。

　　繁弦急管，世变方殷，文化潮流之嬗变也如是。且看《改业》一文，当年创办《礼拜六》的王钝根、陈蝶仙等在出版界风云一时，但如周氏慨叹的，到20年代末都已纷纷改行。的确如果这一派代表明清江南文人一脉，那么连同他们赏心悦目的青楼艳史，在都市现代化的急流里似乎流淌到了尽头。这里不妨加一个小插曲：1927年《良友》画报的伍联德请周做编辑，七个月之后觉得不尽如人意，遂改聘不见经传的梁得所。表面理由是周氏太忙，其实是对他及其同仁的旧风格不满。凡伍氏所启用的另如马国亮、卢梦殊等，有人说是广东帮，却都是新一代才俊飙发之辈，之后《良友》画报无论在内容还是形式上已具新的时代理念，与20世纪欧美现代主义风潮接轨。具象征意味的是，《良友》不登妓女照片，其后《上海漫画》等也如此，与"礼拜六"传统切断关系可见一斑。

　　就此要打住了。记得范伯群先生说过，周瘦鹃的小说远远不及他的散文写得好，这里要加一句：我的这篇序言远远不及这本散文集的内容丰富而有趣。

原刊周瘦鹃著、陈建华编《礼拜六的晚上》，上海书店出版社2011年版

# 雕笼与火鸟

　　编罢这本集子，斯特拉文斯基的《火鸟》还在播放，在抒情的弦乐之后鼓管齐发，激越铿锵令我想起肖斯塔科维奇。我对音乐是外行，在尖沙咀的 HMV 买了这张碟片纯属偶然，大约是因为看了几张刚应市的时尚女皇香奈儿的碟片，其中一张是讲她和斯特拉文斯基的情海孽缘的。

　　书中关于学问的讲了不少，想讲几句别的话，或者关于人生与写作的。我喜爱写作，现在更甚，几不近人情。几天没写几个字，生命的烛光好似到了尽头。回想起来，要为自己编一个写作原始的传奇的话，那是起始于画线的癖好。还在我识字之前，一分钱买了两支白粉笔，在弄堂里两壁涂鸦，实在缺乏思想，就从弄口到弄底画一条线，不能断的，然后又从弄底画到弄口。摆糖果摊的"歪嘴"见了，顺口骂了句："孽畜！"我恨歪嘴，老看我不顺眼，那是骂小孩的话，有时也从母亲或外婆口中听到，在碰坏什么东西时，就会

《雕笼与火鸟》，复旦大学出版社，2011

说："侬格手真孽畜!"但听上去像"孽触"，我的手老是不干不净，经"歪嘴"这么一骂，却使我画的那条线成了一件作品，一桩原罪，被刻上了欢喜和诅咒。

十八岁的时候写诗，伤感、颓废而唯美，文字因缘仿佛从前世里带来，是人生的一种至福吧，却很快粉碎了。不过是大风浪里的一条小舟，打翻了又爬到岸上。后来不常写诗，却在记忆里发酵，每过三五年会写点回忆，回到那个黑洞里面壁一番，唤醒了伤痛和死亡、少年成长中莫名的震颤。如果还有什么难以言说的，就像一只火鸟，醒来冲天飞去，带着自由的歌唱，脚上的桎梏如纸片散落。

所谓"雕笼"是翻转古典，毋宁指一种追求的状态，用一个西洋比喻，犹如在雕饰"语言的牢笼"，其实刘勰那里也是文章雕饰的意思。三十年来以研究文学为专业，知人论世，以意逆志，进而追寻集体"情感结构"、"视觉无意识"。无非世态人情，偶有魂销肌栗、一灵咬住之处，至于开拓心胸、不落言筌，大约还有一份诗的反抗在。然而吉光片羽，临水自照，又觉得象牙之塔的局促了。其实就研究范围而言，似乎还没步出东门。

怀旧若不流于颓废，也未尚不可。前路走不通，回头看看，知道自己在哪里。翻检旧作，不知几时自己变成一头黑猫，如《海滩》那首诗里："海滩合奏交响／一只陌生的黑猫／追捕自己笨拙的身影／悲壮的幻象／不愿放弃。"这一悲壮的旋律很快变得细声细气起来，在《黑猫》一诗里，从猎场逃窜，"跌落一串串伟大的钮扣"，来到一丝不挂的海天之际，捧住了海的"自由，像玻璃的暴力"，于是栖息于小镇，蹲在一堵闹市的颓墙上，"远眺橱窗包装的人生"，背对魔影森森的高楼，"眯上眼，阴阳交合，微露地狱之门"。

把火鸟与雕笼并置，让它们各行其是，苟能前行，吊诡也是一种动力。诗与史仿佛是文字的面具，说不清哪个红，哪个黑。其实文字自有其生涯，罗兰·巴特说"作者死亡"，并非一般理解的无视作者的存在，不然他自己还要写什么？只是意识到读者时代的来临，作品有人读才有生命。人手一握，作者被掐住了脖子。编这本文集，把自己当读者，总觉得哪里欠了临门一脚。有时写得顺手，不自觉竟与十年前的句子，一模一样；有时面熟陌生，横看竖看不是自己的，原来当初就不踏实。作品的发表随时间之流，文字有轨迹，能指与所指形影相随，久了不免同床异梦。诗与史编织写作的彩毡，既不诗史，也不史诗，探寻想象与观念的交界，辨认两者平行交错的经纬。

上网搜索斯特拉文斯基，《火鸟》在巴黎首演去今正巧百年，他的灰姑娘传奇从此发轫。从 YouTube 看他 1965 年在纽约指挥《火鸟》片段，时年 82 岁，机灵闪烁，忽然不知朝哪里飘去一个眼风。又看 2000 年迪士尼重拍的《狂想曲 2000》，采用斯氏音乐，火鸟画得像凤凰，穿过海洋和原野，飞向重生的森林。我也一时迷惑，回到了孩提时代。

原刊陈建华著《雕笼与火鸟》，复旦大学出版社 2011 年版

# 红颜祸水

## ——倾国倾城的美丽谎言

"大国崛起"是近数年来的热门话题。衡量大国的指标不仅是政治和经济，还得靠文化。咱们有一个最重要的大国标志，人们却熟视无睹：美女之多，为世界之冠。别以为我在这里说俏皮话，不必按照人口比例来算，单看这几年崛起的"车模"，也可说是"大国崛起"浪潮中的一朵浪花。金融海啸席卷华尔街，美国汽车公司倒闭的倒闭，改组的改组，但中国的汽车市场一枝独秀。车模也是模特儿，看她们的玉照在网络上铺天盖地，当然个个都是美女坯子。其他国家虽然都有，但在数量上跟我们没得比。

中国历史上美女无数，传之人口的就有一大串。在各种各样的《百美图》里，西施、王昭君、貂蝉、杨贵妃、林黛玉等，有名有姓的数不过来。我们这本书就是讲历史上美女的故事，以"红颜祸水"为题，讲的是一些特殊类型的美女。所谓"红颜"，是指她们具有"国色"一级的美貌；所谓"祸水"，是指她们不仅给男人带来特别的杀伤力，还像"倾国倾城"所形容的，能给国家造成祸害和灾难。站在今天的立场上，"红颜祸水"包含着对女性的传统偏见。我们重说她们的传奇，当然首先想讲一些动听的故事，吸引人眼球，动人心思，同时也想做点翻案文章，剖析历史的谎言，还美人以真面目。

"红颜"一词起源很早，其一是指少年。如南朝诗歌《君子有所思行》："共矜红颜日，俱忘白发年。"唐李白《赠孟浩然》诗："红颜弃轩冕，白首卧松云。"其二是指年轻人的红润脸色。如唐杜甫《暮秋枉裴道州手札》诗："忆子初尉永嘉去，红颜白面花映肉。"清龚自珍《己亥杂诗》之四："此去东山又北山，镜中强半尚红颜。"其三是特指女子美丽的容颜。如汉傅毅《舞赋》："貌嫽妙以妖蛊兮，红颜晔其扬华。"南朝徐陵《和王舍人送客未还闺中有望》："倡人歌吹罢，对镜览红颜。"其四是指美女。如明王世贞《客谈庚戌事》诗："红颜宛转马蹄间，玉箸双垂别汉关。"清吴伟业《圆圆曲》："恸哭六军俱缟素，冲冠一怒为红颜。""红颜"专门指年轻美貌的女性，比起"尤物"之类的说法相对中性一些。"红"象征热情与爱欲，蕴含感官的刺激。又有"红颜自古多薄命"的说法，貌美固然是拜自然所赐，但常受命运播弄，这类美女的心窍特别灵敏，常与多才多思的性格相联系。

"红颜"所隐含的热情和爱欲，常常是在男性方面所引起的，像"红颜知己"的说法，虽然仍不外乎男子的口吻，但对于"红颜"的态度较为正面。如在司马相如和卓文君、崔莺莺和张生的故事里，都有男子弹琴、女子倾听的情节，通过一曲《凤求凰》，因琴（情）的撩拨而两情相悦，这是带有自由恋爱的成分的。像卓文君、崔莺莺，既有貌有才，当然是才子辈的"梦中情人"。不过在很多情况下，"红颜知己"含有另类的意味。或许是有情人不能终成眷属，只有作为暧昧的"红颜知己"。或许是碰到婚姻不称心，家庭变地狱，由是发生"礼失而求诸野"的事，如一些小说中的情节，男子在欢场找到理解自己的女子，这样的女子常被称作"红粉知己"，比起"红颜"来，似乎要打点折扣。

"红颜祸水"作为本书的主题，那么在取材上就有所局限，即专写那些一向被认为是祸国殃民的美女。这样一来就不得不舍弃许多"知己"或"薄命"的美女，不免有点煞风景，使一些读者感到失望，就不得不抱歉了。而且在本书登场的，一般历史上真有其人，有许多被视作"祸水"的美女，如潘金莲，纯系小说中的人物，虽然情节令人震撼，但不在我们书写的范围。

中国历史源远流长，以辉煌灿烂的文明见称于世。然而两千年来对创造文明的"另一半"——女性——却一向不公平。在儒家的重要经典《易经》中，基于乾坤、阴阳的宇宙观，就规定了男尊女卑的等级区别。到后来，历史越是演进，男人对女人的要求变得愈加苛刻。到明清时代，"三从四德"的教条盛行，在官方修撰的历史中用高妙的词藻表彰贞女节妇，在民间贞节牌坊也多了起来，为美丽河山点缀着死亡。

文字书写是记录和延续人类文明的重要手段。尽管在过去书写和出版属于男人的专利，但内容永远离不开女人。不说内容如何，中国男人在书写女人方面所体现的热情和狂想，在世界民族之林中足占一席之地。其中所谓"红颜祸水"的无数故事可说是所有有关女人的书写中最具有奇观般炫酷效果的。无论是文人才子、史官还是小说家，仿佛进入了一个文字竞技的角斗场，其辞藻之繁富，用心之细腻及人性之流露，皆为一时之冠。如白居易的《长恨歌》，为世传诵，成为中国诗史中的经典之作，其中描写杨贵妃的句子，成为后来追摹的范本。另如《圆圆曲》，是清初诗人吴伟业的杰作，"冲冠一怒为红颜"的名句，描写了吴三桂与陈圆圆之间的爱恋孽缘。对诗人来说，如此形象而精炼地表达英雄救美的情状，在文学修辞上之煞费苦心可见一斑。

能称得上"祸水"的"红颜"，皆非等闲之辈，都是了不得的女人。男人拜倒在她们的石榴裙下，为她们的一颦一笑而置身家性命于不顾。所谓"倾城倾国"虽是个比喻，但在真实历史中，像那些叙事所渲染的，她们与皇朝兴衰、家国覆亡的命运联系在一起。这些历史记载最具有小说意味，"红颜"们常隐身于深宫之中、珠帘之后，被蒙上一层神秘，她们和帝王将相之间的喃喃私语，被载入历史，谁也弄不清到底是史实还是出于史家的想象。然而无可置疑的是，"红颜"们被置于权力网络的中心，与围绕在宫廷四周的明争暗斗、你死我活的阴谋相纠缠，尽管到头来她们无不成为权力的牺牲品，但一投手一举足皆具权力的象征。"红颜"们在残酷的斗争中辗转于男人的欲望沟壑之间，在身不由己的情势之中，容冶美色，运用智巧，借以操控男性的弱点，在求得自己生存空间的同时，也展示了女性的欲望和魔力。

在历史中，红颜们往往是被动的，在绝大多数的叙事中都是如此。我们听不到她们的声音，见不到她们的内心。她们是被客体化了的，仅像木偶、花瓶一样。她们又如一面镜子，反照出来自现实的权力世界的道德律令，她们似乎永远是以色悦人，水性杨花，秉性淫恶。我们在重写这些故事时，努力表现这些"红颜"的主体，读者不仅可获得历史知识，也可以在字里行间获得对女性的历史主体的重新认识。

关于"红颜祸水"的历史材料是极其丰富的，从正史、野史到列传、别传，从文人的笔记、杂著到戏曲、小说，遍布于各种文类。这些绝世美人吸引不同时代的目光，成为欲望凝视的焦点，也燃起不同阶层的热情，使她们的故事广为流传，不断被重写。我们可看到文明与色欲之间亦生亦灭、相辅相成的密切关系。一个奇特的现象是，尽管这些"红颜"被披上"祸水"的恶名，但她们在雨石般诅咒之中成长，历久弥新的叙事愈把她们描绘得恶贯满盈，她们却变得更为魅力四射。

"红颜"们的书写故事流转跨越于各种文类，虽然总体上带着男性的偏见，但也并非铁板一块，不能一概而论。各种叙述受到不同文类的约束，在叙事手法、文字风格方面都有差异。如正史作为皇朝权力的机制，就会严格恪守儒家的"三纲五常"的律法，文字较为刻板。如果出自文士的手笔，就富于丽词妙喻，不乏浪漫的激情与想象。正如文学与历史书写反映不同时代的意识形态及社会趣尚，同样地，在明清时期，小说戏曲迅速发展，对于"红颜祸水"的故事加入一般市井小民的情色想象，这些美人的形象也更加生动，变得有血有肉起来。如洪升的《长生殿》重叙唐明皇和杨贵妃的爱情悲剧，却写得山盟海誓，两情缠绵，演变成永恒的爱的寓言，为天下有情人表达了爱的愿望和祝福。这样描写"真情"，与晚明文学中追求人性自由和真情的解放思潮有关，而受这面"真情"镜子的映照，杨贵妃也获得一种新的诠释，她对唐明皇出于真情，也具有感时忧国的意识，却成为历史的牺牲品，因而更能引起读者的同情。

我们知道，历史上家国兴衰，都取决于国家之间、权力阶级之间的实力较量的结果，与政治的、社会的具体条件息息相关，并非某一帝王或英雄人物所能左右。"红颜祸水"把灾祸归诸"红颜"，当然是无稽之谈，但另一方面也反映了男性的软弱。到明清时期，读书人在科举制度、八股文的压力之下，元气殆尽，反映在文学或文化上，便出现"阴盛阳衰"的现象。因此用历史眼光来阅读"红颜祸水"，也可得到有关性别文化的历史变迁的启示。

文明的河床里永远流动着爱欲。其实所谓的"红颜祸水"，是人类爱情中的重头戏，是最复杂、最悲惨的爱情戏，所反映的是我们的另一句口头禅："英雄难过美人关。"这样的故事中外都有，也成为文学中的宝藏。如荷马史诗《伊利亚特》，在西方文学中居于经典地位，相当于中国的《诗经》，书中描述了一场战争，战争的起因是美女海伦，也是"冲冠一怒为红颜"。海伦是斯巴达国王的女儿，美艳无比，求婚者接踵而来，海伦选择了墨涅拉俄斯——希腊众王的领袖阿伽门侬的弟弟。后来，特洛伊王子帕里斯见到海伦，对她一见钟情，唆使海伦跟他私奔回到特洛伊。墨涅拉俄斯怒火万丈，找哥哥阿伽门侬求助。联军统帅阿伽门侬就率兵浩浩荡荡杀往特洛伊。海伦也算是西方的"红颜祸水"了。但是，比起本书所述的夏姬，海伦完全是小巫见大巫。在夏姬身旁，先后有十个王公将相卷入争夺，家国沉沦接踵而至，在情节的曲折、人物的复杂方面要比希腊神话惊心动魄得多。海伦的故事在西方脍炙人口。好莱坞喜欢从希腊、罗马等西方国家古典中汲取题材来拍摄电影，对于那些倾国倾城的美女的历史题材更是趋之若鹜。像海伦这样使情场和战场纠缠在一起的美女，当然也绝不会放过。数年前拍摄的大片《特洛伊》

即是。其实在中国古典中好的故事有的是，如夏姬就是一个。如果能拍成电影，世界上知道在古代中国有过这样一个乱世佳人，真不知要如何咋舌称奇呢。

"红颜祸水"都已经成为历史，但作为文化的记忆，这些人物既属遥远的往古，又和我们现代人难以隔断，如在目前。如张爱玲的《倾城之恋》，一个现代都市的日常男女的罗曼史，好莱坞式的调情，被套在一个"倾国倾城"的神话原型中，赋予小说中女主角白流苏与"红颜"的历史联结，但结果却把悲剧翻转成喜剧，在战火炮声中她赢得范柳原的爱情，成为替"红颜"所作的一个翻案文章。最后，白流苏做了一个胜利的姿势：

　　她只是笑吟吟地站起身，将蚊烟香盘踢到桌子底下去。

原刊陈建华、李思涯著《红颜祸水——倾国倾城的美丽谎言》，复旦大学出版社 2010 年版

# 但开风气不为师

## ——李欧梵老师侧记

在李老师的学生当中，我大约是最年长的一个。我称他为恩师，是实在话。二十多年前四十开外的我，多亏了李老师，收了我这个老童生，后来又跟随他去了哈佛，念完了博士后，在香港科技大学教了十余年的书，也有幸能和老师同在一个城市，常能面聆他的教诲。自前年从香港科技大学退休，便在上海工作。深深觉得自己还能在学术园地里耕耘，就满心感恩，虽然和老师见面的机会不像以前那么多了。写什么呢？我想远的不说，不妨谈谈近两年来我眼里的李老师，有限的几次接触，尽是平常事又不平常，说学术又在学术之外。

我们在电话里约定，周二中午在九龙塘碰头，还约了师弟吴国坤。在附近的一家意大利餐厅坐下，国坤给老师递上刚由荷兰博睿学术出版社（Brill）出版的新书，题为 *Lost Geographical Horizon of Li Jieren*，一部关于现代作家李劼人的专著，是国坤在哈佛期间受李老

与李老师、师母合影，哈佛大学，2000 年

师指导的博士论文，其中凝聚着国坤多年的心血，也一直印记着老师的关心，现在终于出版了。手中拿着这本厚重的、印制得很精致的新书，老师高兴地说："你现在是研究成都的专家了。"接着就问："你下一步的研究计划是什么？"

老师如何面授机宜，这里就略去了。近年来老师说他不专注学术，宁可在文化批评方面多做些事，但对于学界走向了如指掌，感觉总是那么敏锐，问题意识总是那么鲜明。

我近期做的一些研究，实际上和他半年前的一次谈话有关，也是在九龙塘进午餐的时候。我说我在关注民国初期的"共和"问题，老师马上说："这个好，这个重要，你得赶快做！"

　　对于举办学术会议之类的事，李老师一向不怎么起劲。然而在香港中文大学执教多年，为了扶植青年学人，由他倡议，举办了关于中国现代"左翼"文学的学术研讨会。后来由香港中文大学的张历君和台湾"中央研究院"文哲研究所的陈相因两位教授联手，制订了进一步的研究计划，这个计划越滚越大，每年在香港或台北轮流举办会议，今年6月在香港中文大学已经是第四次举办了。与会学者来自全球各地，大多是年轻学者，研究范围也从中国扩展到了东亚。每次开会，李老师都亲自到场，致开幕辞，对于年轻学子来说，其鼓舞作用难以言喻。

　　为什么要研究"左翼"？这勾起了李老师早年求学时代的一段情怀。可是现在文学史上提起"左翼"，就和"左联"画上等号。老师觉得"左翼"代表一种同情弱势、改造世界的理想主义，特别是其对现代"前卫"艺术的追求有一种世界主义的精神谱系。其实老师的意思也是回到历史，鼓励大家多做点踏实的研究，因此几年下来，成果斐然。

　　这次会议，我被邀请来为李老师开幕演讲做主持，觉得十分荣幸。做主持的照例要说几句话，我果然说了几句趣话。我说大家知道，李老师说他做学问像一只狐狸，也是以研究新感觉派的上海的狐步著称，但这个"左翼"研究，他好像跳起了华尔兹，而且舞步轻盈，身段窈窕，这几年保养得这么好，我想得归功于师母。这番话赢得满堂笑声，坐在观众席间的师母也笑眯眯的。

在晚宴上，师母说我难得幽默，我更得意了，说我临时把准备好的台词忘了。本来我还想说，李老师舞步那么轻盈，但是搞"左翼"的话，那是要飞的，我觉得好奇的是，一只翅膀怎么也飞得这么灵巧。老师说："没错，我老婆不喜欢'左翼'，说我是'左翼'的话，她就是'右翼'。"说得大家都胃口大开。

值得记上一笔的是，去年10月，老师偕同师母在上海住了一个礼拜。应上海交通大学之邀，他作了四场演讲。这次能请到李老师，对交大来说是件盛事，校门口及图书馆等处竖起了数米见方的"名家讲堂"的广告牌，让大家一睹老师风采，可容纳两百多人的人文学院大礼堂，场场爆满。许多老师和研究生从交大对面的华东师范大学早早赶来。每场演讲完了之后，同学们拥到台前，排起长龙，手上捧着书，请老师签名。

四次演讲分别讲林琴南、鲁迅、施蛰存和张爱玲，这适合一般大学生，特别是学理工的。这四位都是中国现代文学的扛鼎作家，也都是李老师的拿手戏，看似驾轻就熟，却大谬不然，如老师自言，他要借此反思自己过去的研究。果然他深入浅出，哪怕艰深复杂的理论话语，在他都能化为日常易懂的表述，然而他处处给自己找问题，于是新材料、新发现、新方法比比皆是，结果是这几场演讲不仅是李老师的自我探索之旅，也为后学开启文学文化研究的门径，在场的专业人士也大呼过瘾，不啻是一道道丰盛的学术宴享。

第一场在开始讲林琴南之前，李老师先给大家介绍了最近在国际学界引起讨论的关于"世界文学"的理论问题，以此为演讲的出发点，以这些作家为例，来思考一些宏观的理论问题，因此包含了多层反思的意思。老师的演讲精彩迭出，这里略举些例子。这回老师着重讨论林琴南的小说翻译，发现他对英国维多利亚时代的畅销作家哈格德情有独钟，翻译了二十多部哈氏的作品，大多属冒险类型。李老师考察了哈氏生平和创作，发现他曾经在非洲当过英国殖民官，却对当地的土著文化着了迷。他觉得大英帝国的现代文明太文绉绉了，因此在小说里大肆表现那种荒蛮原始的冒险精神。林琴南也有感于大清帝国的衰败，想通过翻译哈格德的小说输入"尚武"精神，来振兴民气。正所谓"萧条异代不同时"，在"维多利亚"和"大清帝国"的连接中，李老师揭示了林琴南的古文翻译的意识形态意涵，即借语言来复兴中国文化的精髓。老师的研究也是针对西方学界某些理论先行的时髦做派，动辄用后殖民理论来给哈格德定性，而不去接触历史材料。

最后一讲关于张爱玲，讲她的双语写作的问题。那时张爱玲的《少帅》刚在香港出版，李老师已经作了一番中英文的比较研究，这对于张迷们来说无疑有尝鲜之感。他指出书里对男女性爱的描写非常直露，这在她以前的小说还没有过，这意味着她对女性观念的一种突破。然而《少帅》基本上是失败的，如对历史背景缺乏交待，人物过多，加上她刻意要表现中文韵味，这样的写法显然难以取悦于英语读者，也是其在美国得不到出版的原因。李老师说，对于许多张迷来说，这么批评有点扫兴，但他不得不说实话。

在讲施蛰存的那一场，李老师回忆起当年和施先生交往的情景，动情地说，他当初在写《上海摩登》时，对于施先生的作品还没有读懂，忽视了其中所含的中国传统文化的层面，因此要向施先生道歉。他细读了《魔道》和《夜叉》这两篇小说，充分解读与古典文学有关的隐喻、典故等，从而揭示了作品的深层意涵。这么做不光是为了复原一个更为真实的施先生，也是为了在中国脉络里更为深刻全面地理解"现代性"。

短短一个星期，老师的活动排得满满的。除了四场演讲之外，还应老朋友包亚明之邀，在上海社会科学院作了演讲。回港前一晚又在思南公馆和毛尖作了一场对谈，围绕许鞍华的《黄金时代》，谈萧红、萧军，电影和文学，谈不完的男人和女人、情场和战场。那晚盛况空前，会后只见李老师的粉丝们，也捧着一大堆书，排队等待签名。

难得在上海待这么久，见了不少新老朋友，宾主尽欢，不消细说。下榻于衡山宾馆，老师说很满意，数年前和师母来上海也住在这里，但每次演讲要去交大新校区，路上差不多两个小时，我觉得老师辛苦，心里不安起来。

但开风气不为师——我眼中的李老师永远怀着好奇，不倦探索，把富于青春的诠释印刻于时代的足迹，闪烁着他的未来愿景。

原刊《明月》2015 年 10 月

# 我的年夜饭

年夜饭年年有，大概是记忆的叠离，一下子记不得那么多。

小时候和哥哥常在大姨妈家过年，她的"伟大石棉五金"店开在南京路口头的福建中路上，除夕前一天店堂间排开长桌，供猪祭羊，贴上喜庆纸条，香烛缭绕，摆了三十多只菜肴，伙计们来回穿梭，只见大姨妈口中喃喃虔诚上香，烧纸轿送灶家菩萨，我们小辈一个个跪拜如仪，不明白怎么一回事。

到晚上大人们吃年夜饭，我们在隔壁房里吃小桌，心里惦念着压岁钿，真正的年味在街上。吃什么不在意，听外面噼噼啪啪鞭炮响起来了，哥哥丢我一个眼风，渐渐地好似戏台上的锣鼓越来越密，乒——！砰——！几个高升在空中欢叫，我们的心像野马飞了出去。

年初一一早向大姨妈拜年，每人得到两角压岁钿。别小看这两角钱，五分钱可买一串小钢炮，放一生好运的彩头，或买几只掼炮，互相推诿着，或你或我朝路人身后掼一只，躲在暗里笑趴了墙角。

一条宁波路来回逛啊逛，这样看看，那个摸摸，捏牢铜钿舍不得，结果是一只只铜板数了又数，买了青龙剑、偃月刀，赵子龙和杨老令公、关云长和岳飞一对对隔代厮打起来。还有兔子灯省油的，鸭蛋壳里点一支小蜡烛，夜里拖来拖去，一直要拖到元宵夜。

到十五六岁那年，我也上了大桌。平时放在墙边的一张红漆圆台面，翻开在红木方桌上，一道道菜由小娘姨端上来，不外时鲜菜蔬鱼翅海参之类，都由外婆在楼下厨房里掌勺。那时大姨妈的朋友不那么多了，除了我爸妈，有她的过房儿子光美哥和他的妻儿、她的老姊妹兰心阿姨和严先生。每次吃完胖头鱼，我妈就要掷"鱼仙"，大家帮她数一二三，碰巧鱼骨竖立了起来，对她那份欢喜大姨妈半妒半怪地说："还是像小囡一样。"

吃得差不多了，最后是砂锅鸡汤压轴，我早就在眼睁睁地等，锅盖揭起金灿灿的汤面，在竹笋香菇发菜当中露出油亮的鸡皮，铺着蛋饺，是早先我和表弟帮着外婆做的。看见一只只蛋饺被吃掉就心痛，好像玩香烟牌子输了一样。

大姨妈是成功人士，工商界里有点名气，我妈和她合不拢，说她势利眼，看不惯光美哥和兰心阿姨的肉麻拍马。吃过年夜饭回家，我妈会嘲笑一番，学他们拿腔作势的样子，我们禁不住笑出声来。

公私合营之后大姨妈拿定息，过得还滋润，"文革"中一落千丈。有一回除夕，阿爸叫我送去一包干粉丝，就留我吃年夜饭。她仍住在五金店楼上，房间都给分了，留了卧房给她。仍是外婆烧的菜，肉丝炒芹菜、红烧鲫鱼、炒青菜，送去的粉丝加些虾米做成汤。大姨妈拿出一瓶烧酒，坊间零拷的，倒了半杯，加水成一杯，分了半杯给我。我陪她喝酒，没说什么话。冷气从窗缝丝丝透进来，她的女儿和儿子都在外地，没回来过年，我也没问。

十多年在国外，对于吃年夜饭这件事越来越稀释。和妻儿到了一家中餐馆，儿子吵着要吃麦当劳，那就尴尬了。在一起吃个仪式也好，不无离散的风味。另一种是赴朋友派对，在加州大学伯克利分校作访问学者时认识了台湾作家陈若曦，记不清那是在大年夜还是春节，反正现在想起来觉得很应该。其实也不止一次，大姐特热情，不时以派对招呼来自大陆（内地）和台港的作家学者，四海一家亲啊。难忘她家的景致，窗里望出去一片夜色湾区，金色的灯火星点连绵，像在美国做的梦，也是很清晰的。

两三年前在南大的世界华文文学大会上见到若曦大姐，迎面寒暄了几句。宾馆里见到她和台湾代表们在饭后聊天，听说她已经离开美国多年，一直住在台湾花莲。本想过去向她问候一番，脚步迟疑着没走过去。那一片湾区的夜景突然模糊起来，无论悲欢似乎会尽归过去的沧桑，何况大家生活在珍惜心态的今天，真不知从哪里谈起了。

新千禧年到香港教书，住在科技大学的教师宿舍里，两边窗户都面海。的确，香港的楼房层层密密，住在高层方能见天望山，房价也随着景观节节攀高，更不消说我的那份推窗就能摸到海的奢侈了。这宿舍叫 Tower 5，起先我把它翻译成"塔窝"，后来又叫"涛卧居"，那时有心情写诗。

有海就有诗，就有朋友。碰巧是 2003 年的大年夜迎来了不少诗友，算是个小派对了。刘燕子、秦岚在日本办一本叫《兰》的杂志，这回访港把她们的编辑班子都带来了，我和梁志英一起去车站接她们，顺便买了许多菜蔬。那晚还有黄灿然、孟浪和杜家祁夫妇等人，志英做了一桌温馨可口的素食，大家吃啊唱啊聊啊直到午夜方尽兴。

燕子他们先离去，在送别回来的途中见到嘻哈一群，原来是邓小桦、刘芷韵五六个科大学生，都属文坛新秀，跟黄、杜他们熟的，于是大家叫嚣着一窝蜂拥进我的蜗居，一直闹到天亮。

当然，我的年夜饭故事不止这些，好似列车行驶在旷野里，一节节车厢由记忆连接着，明明灭灭闪烁着爱、亲情和友情的光景，好似看到了我自己，在窗边不安地探头探脑——揣着回家的渴念，永无止歇！

原刊《新民周刊》2018 年第 7 期

# 去年夏天在纽约

　　这本来是写在一张张纸上的日记。说不上是规规矩矩的日记本，我怕丢东西，所以弄了好几个小本子，顺手插在裤袋里，走到哪儿都不会牵挂。临时还安排得好好的，怕漏了某一天，结果还是乱了。搬家，什么都顺当，连生命的距离也测量了一番，结果还是酱油瓶漏了底，把日记浸泡得像酱菜。其实，日子还可以像这么样好好过下去，正像一个个字还可以辨认出来，但越看越像一个个小蟑螂，想想，也懒得去这么认了。

　　谁也不清楚在这旅行袋的底层放着我的这些小本子，在纽约唯一剩下的正经事。我见过这酱油瓶，但不是我的事，我最不爱吃的好像是叫李锦记的鸡汁酱油。它有一种甜，甜得你发腻，一种被欺骗的感觉。我把我这些年所遇到的不顺心、不对劲的事，没品位、没出息的事，都拿这鸡汁酱油作比方。如果老是记住一种甜，朋友、生活肯定出了毛病，我想。我明明把这瓶酱油从旅行袋里取出来，不知道谁又把它放进去了。怪谁？帮我搬家的人多，嘴多，手也多。怪只怪我没有把它即刻处理掉。其实我喜欢的蒜泥酱、辣椒酱、姜末酱，还有什么别的酱，都给丢了，我还不知道是几时丢的。

本子上写的日子全不对，连不起来。有一次情急了，完了厕发现手纸筒空空如也，于是赖在洋瓷杌子上把危机研究了好一阵子，总算忍痛掏出后裤袋的日记本，撕下了几页，才了事。由此却意外地，产生了把这些东西叫作"手记"的灵感。

年岁往上爬，如果越来越想到过去，而且想起越远的童年，说明你的年岁往上爬得越胆战心惊。在皇后区的半土库里，回想起自己小时候吃的是什么奶，母亲的奶，奶妈的奶，还是市场倾销的美国奶粉。一种温馨开始在土库里弥漫，我想起了多年没见的母亲，和她的过去。妈妈的一生使我叹息，她没过得了情感的关。

自从有人把中国文化叫作"酱缸"，就使我想起了蟑螂，我想这仅仅是因为颜色相似。自从来到美国发现了蟑螂，就觉得自己应该活得自在一点。想家，不是一个好兆，美国的蟑螂到底小，即使打死它，负罪感也到底小一些。我曾经用放大镜照美国的蟑螂，没看出一个所以然来。

我的渐通人事，始于那一回我亲手打死了一只蟑螂。那离我初次遗精的惊恐还有好些年。天热，我们小孩都打地铺，睡凉席。刚灭了灯，便听见惊叫起来。母亲一面开灯，一面说："有什么大惊小怪的。"于是扫帚、木拖鞋、蒲扇、鸡毛掸子，绕着小小的亭子间，穷挥乱转。终于大家听到"啪"一声，不脆不闷的。是给我打死的，我用的是软底拖鞋，妈穿的，因为我睡的靠床一边，顺手从床底下拿的。这个斗大的蟑螂足足有寸半，从此这残骸留在我的记忆里，一半在白垩的墙上，另一半在鞋底。青白的液体从肚子里流出粘着、拌和着紫里渗黑的翅膀。弟妹们把头攒在一起，围着死蟑螂一圈。朝蟑螂的死看看，又朝我的眼睛看看，谁都没吭声。那一晚我们睡得很好，谁也没有打扇子。

死亡，和街坊出丧，殡仪馆、林黛玉、坟地、祖母联在一起，但都不那么真切。就是这么"啪"的一声，根本来不及思考，我的手把鞋底翻转，怀着急迫的期待和胜利的激动，让死亡展示，让自己突然目击死亡展示的一瞬。这残骸从此盘踞在我的脑子里，它的两根长长的触须，分别穿透了我的左脑、右脑，露出这个世界。

我常常纠缠在有关死亡的记忆里。后来"除四害"的那一回，我骑坐在屋脊上，忘了赶麻雀，就在想：四害里为什么没有蟑螂？它不属于害虫？它不传染疾病？这类想法从来没告诉别人，我却变得越来越阴沉。后来我也一直听到、读到有关死亡的故事，真实的和虚构的都有，有的是同一个故事，越传越大，越传越抽象，都没有我心中的死亡真切。

前不久听一个搞文学的朋友说，日记大概也可以改写。其实这不是奇事。我是没办法。来到波士顿中国镇，亏得除了李锦记，还有一些别的辣椒酱、姜末酱，这是老远从中国、越南运来的。于是都又买齐了，否则难以下饭。虽然，总算没让鸡汁酱油进门，怎奈我日记何？稿纸确乎是一张张分开，现在也干了。无奈的是这鸡汁味，碰上这几天回潮，稿纸潮润润的，酱油里的鸡汁起死回生，在黏乎乎的空气里，发出一阵阵味，像鸡屎，唤醒一切恶心的记忆。于是，这些日记也就被处理掉了。

我不觉得可惜。我知道我的余生，唯一的价值也就是编织我的记忆。记忆有酸有甜，有苦有辣，就像穿衣服，也谈不上喜欢和厌恶，就像有人说我昨天穿得干净些，是因为没赶上时间去剃头。这只有我自己知道。但记忆也不可靠，并不像上海人说的，"朋友朋友，碰碰就有"。

于是我打算写去年夏天的纽约，去那里小住了一阵，就反复回味。还是小时候脾气，偶尔过节吃到一只月饼，就一点一点拈着吃。此刻反而褪尽了暑气，像树荫里单衫敞胸得凉快。去年的今天正是去纽约的日子。

原刊陈建华著《去年夏天在纽约》，上海文艺出版社 2001 年版

# 印刻到骨子里去的书

有人说年纪大了，越是久远的事越是清晰，我的读书好像也是这样。从小喜欢读书，后来长年在校园，一直跟书打交道。有些书是课上必定要读的，结果好像为了写论文，多少有隔膜之感；有些书是做研究临时抱佛脚，从图书馆借了来，用完还了，便很少记挂了。现在想起来的还是年轻时读书的情景，特别在 20 世纪 60 年代，有几本书印刻到骨子里去了。

一本是《六朝文絜笺注》（许梿评选，黎经浩笺注，上海古籍出版社 1962 年版）。那时我在一个技校半工半读，喜爱文学，也写诗。一到周末回家，就去静安区图书馆借书，看了不少新文学，那种人民文学出版社的白封面或绿豆色封面的作家选集，有一回借了《艾青选集》，特激动，就不再想看郭沫若了。后来又借到《闻一多全集》第四册，里面的《现代诗抄》让我大开眼界，全抄了下来。我也喜欢古典文学，李杜不消说，却偏向李商隐、李贺，还有更软性的《花间集》和二晏词之类。这本《六朝文絜笺注》繁体直排，正文底下是双行小字的笺注，版式雅致，薄薄一册，去工地实习也带着它。六朝盛行骈体文，具备抒情、描写和叙事多种功能，追求形式之美。江淹的《恨赋》、《别赋》读来一唱三叹，辞藻富丽也使我倾心，特别是庾信的小赋，如《镜赋》里"玉花簟上，金莲帐里。始折屏风，新开户扇"的句子，是赋体的铺陈手法，把这些器物连缀在一起，我仿佛置身于错金镂彩的世界里，目眩情迷起来。我想青少年阅读伴随成长体验，情欲在扮演某种秘密角色。中学里读到旧小说写到男女之间便"云收雨歇"一笔带过，于我则怦然心动，虽不知其所以然，这大约也是从前道学之士反对六朝文学、反对小说和戏曲的缘故。

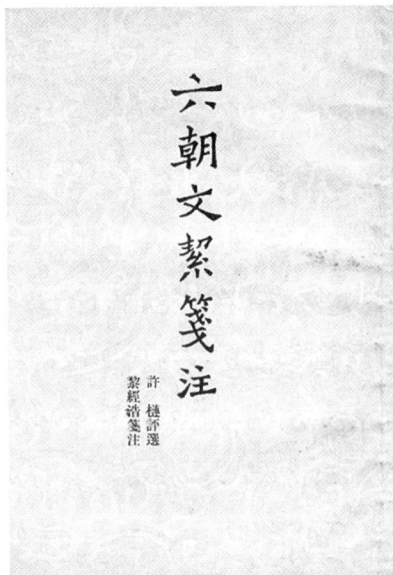

《六朝文絜笺注》，上海古籍出版社，1962

"文革"中学校停课，逍遥在家偷偷看书。父亲单位来抄家抄走了很多书，留下的封在一只箱子里，过了年把，自己提心吊胆地把封条揭了，把书取出来读。其中《阳明全书》是中华书局的《四部备要》本，十六开本，从福州路古籍书店买的，因为便宜买了不少，如《慎子》、《商君书》、《邓析子》和《韩非子》合成一本，一块钱不便宜，却比线装本经济得多。我把王阳明通读了，摘抄成一本《王阳明语选辑》的小册子。第一句："心即理也，天下又有心外之事、心外之理乎？"在当时的环境里等于是思想冒险，从小接受唯物主义教育，一提到"唯心主义"便疾恶如仇。当然抄下来不等于就接受了，但是像王阳明对他的朋友说："你未看此花时，此花与你同归于寂，你来看此花时，则此花颜色一时明白起来，便知此花不在你的心外。"我好像顿时明白了，是啊，你看到花，花就在你的心里了，也蛮唯物的呀。还抄了许多有关"良知"的语录，觉得给自己增加了不少修炼的定力。同时也通读了《韩非子》，抄成一本《韩子纂要》，作了一番内容归类的功夫，分成"人主与势"、"富国强兵法"、"畜臣术"、"周密与修养"等。这跟抄王阳明不一样，感觉与当时发生的现实靠得很近，一边抄一边心头怀着惊恐和震颤，玩权术好厉害！韩非好厉害！死得好作孽！

那时我读书抱有逆反和好奇心理。1979 年进复旦读研究生，是元明清文学方向，我那些古典学习发挥了作用，有阳明心学的底子，在理解中国近代思想演变方面就不那么困难了。当时读的另一本书，是 H. 帕克的《美学原理》（张今译，商务印书馆 1965 年版）。先前读过朱光潜关于克罗齐的美学论述，对那套主观主义的美学理论颇能心领神会，看到书前李泽厚的批判文章，说帕克是美国密歇

H. 帕克著，张宁译《美学原理》，商务印书馆，1965

根大学教授，其"哲学是十分露骨的唯心主义"，更引起我的兴趣。这本书综合了康德、叔本华、弗洛伊德、克罗齐等人的理论，对艺术和美学的本质以及各类艺术作了系统的论述，我因为缺乏哲学基础，好不容易才啃完，书上画了许多条条杠杠，想写点体会，这下可犯难了，下笔时只见一个个概念在眼前跳跃，拿不准意思，回去再读再想，脑瓜折腾了好几天，才写下十几页。虽然我的体会是简单的复述，但好像把果子摘下放到自己的篮子里，有了深一层的理解，可说是无师自通地完成了一种逻辑思维和美的教育。

20 世纪 60 年代末进厂工作后，业余时间和一些朋友一起学英语和法语，经常跑外文书店。那是 1977、1978 年的事了，有一回无意间沿着大理石扶梯走到楼上，发现架子上全是外文书，原来都是抄家物资，堆在那里卖，真让我一脚踏进玫瑰园，说要单位证明，其实并不顶真，于是我前后买了十来本，大多是法文书，有瓦莱里、拉马丁的诗集，巴尔扎克的小说等，然而最让我称心的是买到了梦寐以求的波德莱尔的诗集《恶之花》，巴黎 Amand Girard 版，不标出版年份，品相很差，要一块五毛钱。很早就听说波德莱尔这位"恶魔诗人"，后来认识了朱育琳先生，读了他的翻译才领略其"战栗之美"，朱育琳的命运很悲惨，我在别处讲过这段悲剧。当初学法文就有一个念头，要有一天能够读懂《恶之花》（参见钱春绮译，人民文学出版社 2011 年版）。真所谓功夫不负有心人，狂喜之余就一首一首地读，借助词典把意思翻译出来，订成两册。翻完了就像了却一桩心事，那时正准备报考研究生，后来考上了便一心扑在学问上，就把波德莱尔撂下了。

对我的学术生涯最有影响的，当然是我的导师章培恒与李欧梵两位先生。章先生的《洪升年谱》于 1979 年由上海古籍出版社出版，给当时学界带来振奋，对于十年动乱之后学术的自身回归具有某种标志性意义。他在 50 年代因"胡风集团"而遭受打击，此后师从蒋天枢先生学习古典文学，这本书是他困境中多年研究的成果。"追求真理，锲而不舍；纵罹困厄，毋变初衷"是章先生为 1979 级同学的题词，正代表了这种精神。我在复旦读书时把《洪升年谱》置于案头，他的一丝不苟、刻苦追求的精神始终是我的问学之途的动力。李先生的《上海摩登》于 1999 年同时发行中英文版（毛尖译，香港牛津大学出版社1999年版）。他开始师从史华慈先生研究思想史，后来转向文学从事鲁迅研究，这本《上海摩登》则显示出他的文化史兴趣。近年来李先生提倡"世界主义"，不断思考全球化时代与人文精神有关的种种问题，自己也扮演了知识分子全球多元的角色。1991年之后的十年里，从洛杉矶加州大学到哈佛大学，我有幸成为他的学生，参加了他的各种讨论班，和同学们一起讨论本雅明、哈贝马斯、安德森等人的理论，探讨如何在五四传统之外开辟"现代性"论说空间，如何把文学与印刷媒体、电影相连接等，这些也体现在《上海摩登》一书里。在他的指导下我也开始做周瘦鹃与上海文学文化方面的研究，至今仍在路上。

米歇尔·福柯的《知识的考掘》（王德威译，台湾麦田出版社1993年版）。福柯的著作很多，另如《疯癫与文明》、《词与物》、《规训与惩罚》、《性史》等对于西方人文学界产生很大影响。福柯用一种另类史学考察西方近代文明的形成过程及其弊病与权力机制，其话语、空间、全景敞视、性史等概念和分析方法产生广泛影响。我在美国探究中国"革命"话语的历史形成也受到"知识考古学"的很大启发。

还有本雅明的《发达资本主义时代的抒情诗人》（王才勇译，江苏人民出版社2005年版）。读到书中对波德莱尔与巴黎公社的描写，即受震撼，彻底颠覆了我的"恶之花"幻象，逼使我的思维作突破文学或艺术的跨界旅行。本雅明把看似不相干的事件放到具体历史时空中加以考察，这种所谓"并置"或"相似"的方法与福柯异曲同工，常常闪现灼见的火花。本雅明自称这是"历史唯物主义"的方法，但由于他的"弥赛亚"宗教情怀，在其历史观照中渗透着神秘的"救赎"意识，其思绪也如"灵晕"般回到事物的本原，给人以启示。

最后须提到我不弃不离的两本书，即陈寅恪先生的《柳如是别传》（上海古籍出版社1980年版）和《张爱玲小说集》（台湾皇冠出版社1986年版）。陈寅恪和张爱玲是我心目中最后的精神贵族，就中国近现代的文化断裂而言也是如此。他们分别代表学术与文学，展示了对激变中世界的深广同情，将文字技艺臻于极致，遂实现了文化传统的现代更新，而对他们的评价存在着某种不确定，对于我来说，这种不确定含有向未来开放的可能。

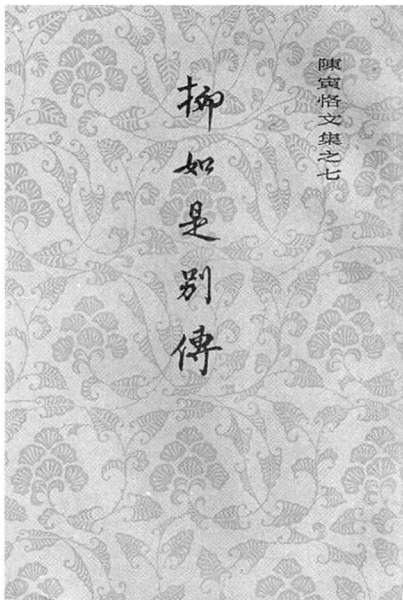

陈寅恪《柳如是别传》，上海古籍出版社，1980

《张爱玲小说集》，皇冠，1991

原刊《南方周末》2018 年 6 月 7 日